우리는
각자의 삶에서
빛의 신비를 찾아
뚜벅 뚜벅 걷는 사람들이다.
나 또한 걷는 사람이다.

- 성희승

2023.11

별 작가, 희스토리

Hee-story

별 작가, 희스토리
Hee-story

1판 1쇄 발행 2023년 12월 15일 • **지은이** 성희승 • **펴낸이** 양기원 • **편집고문** 김학민 • **펴낸곳** 학민사
출판등록 제10-142호, 1978년 3월 22일 • **주소** 서울시 마포구 토정로 222 한국출판콘텐츠센터 314호(㊐ 04091)
전화 02-3143-3326~7 • **팩스** 02-3143-3328 • **홈페이지** www.hakminsa.co.kr • **이 메 일** hakminsa@hakminsa.co.kr

ISBN 978-89-7193-267-4 (03800), Printed in Korea

별 작가, 희스토리

Hee - story

글 · 그림 성희승

학민사
Hakmin Publishers

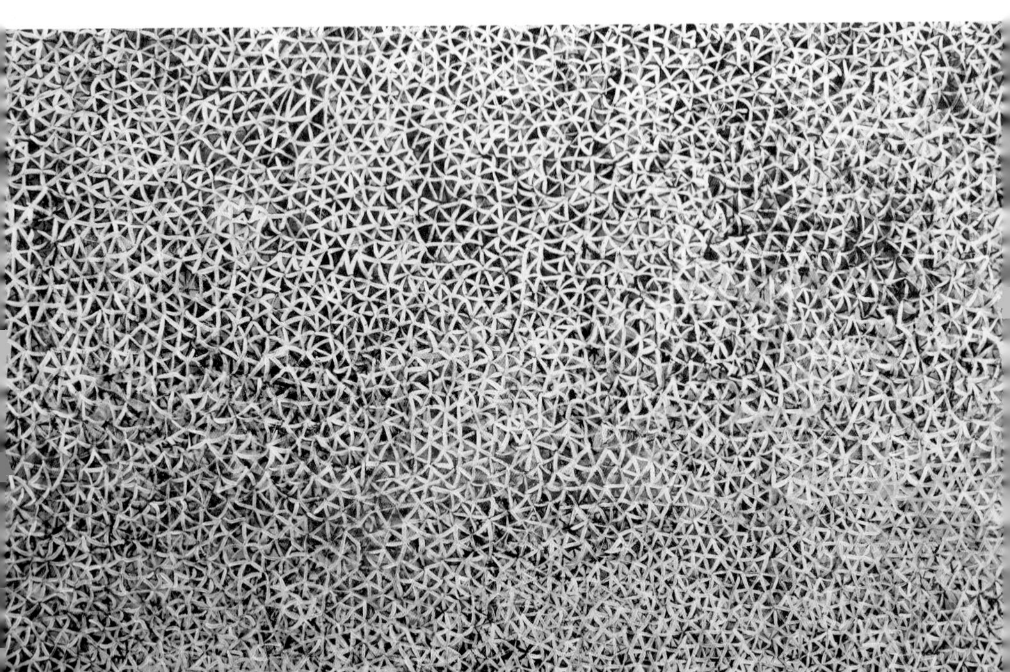

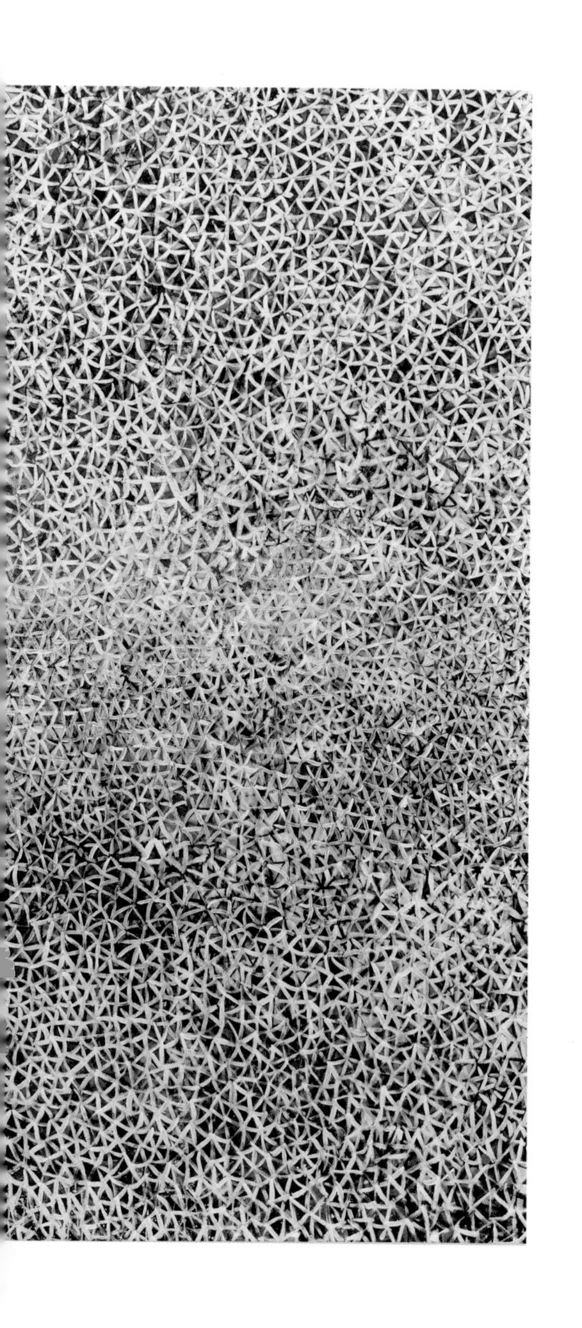

이 책을,

별무리가 된 이름 없는

그들에게 바칩니다.

머리말

올해도 어김없이 가을이 찾아왔다. 뉴욕, 서울의 길가에도 가을을 알리는 낙엽이 하나둘 땅 위로 흩날린다. 흩날리는 아름다운 낙엽을 작업실 가는 길에 잠깐씩 들여다본다. 무더웠던 여름의 더위를 이겨내고 가을볕의 선선함을 만끽한다. 며칠이 지나자 모자이크 같은 단풍잎들이 하염없이 떨어지고 있었다.

"참, 아름답다!"

문득 혼잣말이 새어 나왔다. 그리고 갑자기 가슴이 먹먹해졌다. 알 수 없는 눈물이 터져 나왔다. 그 가슴에는 별다른 이유가 담겨 있지 않다. 눈물이 곧 슬픔이라고 단정 지을 수는 없다. 그냥 무어라 형용할 수 없는 감정이 단풍잎의 오묘한 색채처럼 스며들었다.

펜을 들었다. 나의 지나온 시간을 종이에 그려 새로운 출발의 지침으로 삼고 싶었다. 한국과 미국, 서울과 뉴욕, 그 기쁨과 슬픔의 기억이 교차하면서 붓으로 표현하지 못했던 내 감정의 골이 펜 끝에서 조심스레 터져 나왔다.

작품과 삶에 대한 회한과 반성, 그리고 상처의 끝자락에 놓인 수많은 기억이 하나씩 정리되어 갔다. 고통스러운 작업이었지만, 한 자 한 자 써 내려가며 쌓이고 쌓인 가슴 속 아픔을 씻어낼 수 있었다. 지난날 내 삶의 여정을 통과하며 쌓아온 삶과 생각, 이런저런 일들이 정돈되었고, 창작의 의욕도 가을의 색채처럼 오묘하게 스며들고 솟아올랐다.

비록 작은 존재지만 서로 의지하고 연대하면서 살아갈 때 변방이 아닌 세상의 중심이 될 수 있다는 생각, 어두워질수록 저 밤하늘의 별들을 더 또렷하게 볼 수 있다는 생각들을 나름 여기에 담아놓았다. 그러나 제대로 된 글인지 지금도 가슴을 졸인다. 붓에서 펜으로 오기까지 꽤 머나먼 생각의 길을 홀로 걸어야 했기 때문이다.

서울과 뉴욕을 오가는 고단한 내 삶을 격려하고 기다려 준 남편이 있었기에 이 책을 펴낼 용기를 낼 수 있었다.

이 책이 나오기까지 처음부터 끝까지 조언을 아끼지 않은 여러분들께도 고마움을 표한다. 그리고 언제나 내 삶과 생각의 중심이신 분, 내가 숨을 쉴 수 있게 도우시고 눈물 흘릴 수 있게 하시면서 늘 나와 함께하시는 하나님께 감사드린다.

2023년 11월

용인에서 **성 희 승**

차례

머리말 6

별 빛

화가라는 이름으로 13
공항, 그리고 설렘의 서곡 17
뉴욕이라는 곳 25
빛나는, 쏟아지는, 내리는 36
나답게, 너답게, 우리답게 47
내가 함께 걸어줄게 56

우주 숲

71 빈, 텅 빈, 비우는
83 가분하게, 가뿐하게
93 모닝글로리, 모닝스타
102 작가의 선 : 세묘화
112 골든 씨드 중에서

피, 땀, 눈물

예술의 무게 127
사마리아 여인 136
인코그니토 143
시월의 눈물 162
침묵의 기도 172
저항과 연대의 힘 178

크리스마스

187 가족과의 프리허그
197 소박하지만 빛나는
203 그림 그리는 도시
210 글을 그리며
220 숨, 쉼 그리고 함께

모스부호

나의 모스부호 235
다시 희망을 그리며 243
행동하는 양심 254
언타이틀드 스타즈 262
행복 유니버스 270

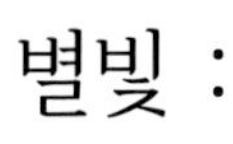

별빛 :

화가라는 이름으로

공항, 그리고 설렘의 서곡

뉴욕이라는 곳

빛나는, 쏟아지는, 내리는

나답게, 너답게, 우리답게

내가 함께 걸어줄게

화가라는
이름으로

미술에 대한 꿈은 나에게 '화가'라는 칭호를 안겨주었다. 나는 화가로서 인류에 대한 꿈을 꾼다. 우주의 한 점에 불과한 인간은 예술을 만들어 냈다. 인간의 뇌와 우주는 서로 다른 두 개의 실체지만 비슷한 점도 많다. 인간이 만드는 예술은 신이 만든 자연을 뛰어넘지 못하지만, 창작으로 그와 닮아가고자 하는 것은 기쁜 일이다. 캔버스 앞에 섰을 때 나는 창조를 앞둔 신의 마음도 이러했을 거라고 생각한다.

화가로 살아간다는 것, 그 사는 곳이 서울이든 뉴욕이든, 가장 나답게 살아가려는 정체성은 아직 미완의 상태이다. 나는 오늘과 내일을 그려내고, 어제를 해석해 내는 능력을 끊임없이 갈망한다.

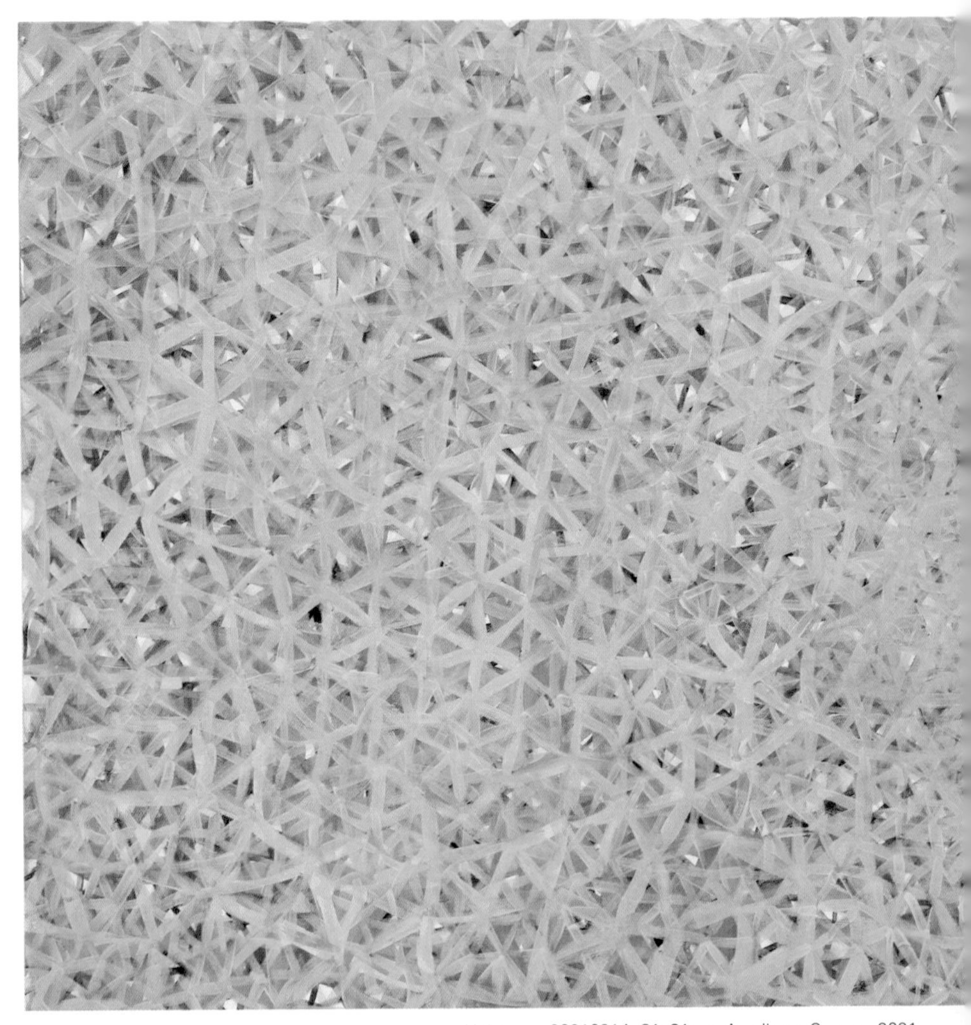

Universe_ 20210214, 81x81cm, Acrylic on Cnavas, 2021

우주는 거대한 그물 구조이다. 항성들, 은하들, 은하단들 사이에 믿을 수 없을 만큼 엄청난 공간이 자리 잡고 있다. 하지만 허공은 어디에도 없다. 멀리 떨어진 물체들이 상호작용으로 주고받을 수 있게 해 주는 장들만 있을 뿐이다. 물체들은 접촉하지 않아도 힘의 운반체인 입자들을 서로 교환하는 방식으로 상호작용을 한다. 장들이 모든 것을 이어주듯이. 화가라는 이름으로 장을 형성해 가는 나의 행위와 붓질도 그렇게 허무맹랑한 것은 아닌 것 같다.

캔버스에 세상을 끌어넣으려고 하지만, 곧 공간적 한계에 마주하곤 한다. 캔버스를 벗어난 퍼포먼스의 감동도 결국 시간 속으로 켜켜이 묻힌다. 그런 아쉬움이 이 책을 펴내려 한 원동력이다. 직관에서 이성으로, 이성에서 다시 직관으로 옮겨가며 예술의 반경이 드넓어짐을 경험한다.

캔버스 앞에서 창조를 앞둔 신의 뜻을 헤아리는 한편, 당장의 시급한 현실에 부딪힌다. 순백의 캔버스와도 같은 하늘을 보면 인생 전체가 그저 우주의 티끌일 뿐임을 실감한다. 나의 걱정과 문제들은 우주의 먼지만도 못한 것이다. 하늘을 보며 꿈을 가질 수 있고, 힘든 삶을 이겨내자고 멋지게 말할 수 있지만, 나는 여전히 세상을 끌어안으려는 발버둥을 '예술'이라는 이름으로 보여줄 뿐이다.

미국 유학 이후 다시 뉴욕 미술계에 도전하는 이야기를 시작으로 예술가의 각오, 감상, 예술, 도시, 사람, 사랑, 상처, 치유와 희망에 대해 말하려고 한다. 또 내 삶의 지향성과 그림을 그리는 한 인간의 마음가짐을 고백하려 한다.

내가 그림을 그리는 본마음은 별의 빛을 통해 생명의 힘을 전하는 것이고, 세상의 작은 별, 작은 점, 작은 생명체라고 할 수 있는 보통의 우리, 이를 아우를 수 있는 세상, 나를 포함한 세상의 작은 이들이 서로 연대하여 평화롭고 정의로운 세상이 되길 염원하며 이 글들을 썼다.

아, 나는 얼마나 동경했는지 모른다. 나 자신과 세계의 모든 사람 사이를 흐르는 우주적 파동을 느껴볼 수 있기를…. 내 호흡과 별의 호흡이 하나가 되어 사랑과 친밀로 더욱 강렬해진 새로운 꿈을 지닌 채 화가의 길을 걸어보자고 다짐을 한다.

공항,
그리고 설렘의 서곡

뉴욕, 다시 서울, 또다시 서울. 그렇게 몇 번을 반복하며 지금 나는 공항에 서 있다. 2003년 유학의 길로 들어선 이후 나는 지금까지 공항을 오가며 사는 삶에 익숙하다. 잠시 떠나가는 여행이 아니라, 또 다른 삶의 도전이 시작될 때가 많았다. 미술에 대한 꿈을 향한 첫걸음을 떼던 곳, 공항이다. 좋아하는 것, 여행 또는 다른 목적을 위해 비행기를 타는 두려움을 극복하면서 누군가는 있는 힘을 다해 용기를 내는 곳이다.

처음 공항에 서 있었던 순간부터 최근의 여행까지 오랜 시간 공항을 오갈 때마다 공항은 늘 도전하는 삶의 출발선이자 휴식과도 같은 곳이다. 너무나 익숙한 그곳을 둘러보다가 잠시 단상에 빠진다. 공항에 들어서면 인생의 마당이 한 페이지씩 마무리되고, 또 다른 시작을 준비하는 느낌이다.

긴 여행이든 짧은 여행이든, 장기간의 이별이든 잠깐의 헤어짐이든 북적북적한 공항에 서 있는 순간, 오가는 이들의 마음이 교차하는 것을 느낀다. 공항에 들어서면 그 생동감이 에너지가 되어 온몸과 마음에 스며들어 퍼져나간다.

이렇듯 공항에 서면 수많은 감정이 몰려오곤 한다. 시작과 도전의 설렘, 환희와 기쁨, 헤어짐과 아쉬움, 만남과 이별의 찰나 등 온갖 마음을 느낀다. 헤어지는 이들은 서로를 다독이고, 만나는 이들은 반가움을 감추지 못하는 곳, 떠나는 이들의 발걸음은 아름답고, 보내는 이들의 발걸음은 한없이 따뜻하다.

공항은 어떤 곳일까. 사람의 마음이 담겨 있는 곳이다. 지금 나에게는 새로운 꿈을 위한 설렘이 시작되는 곳이다. 이런저런 생각과 함께, 공항에서는 다양한 사람들이 눈에 들어온다. 멀리 떠나는 자식의 머리를 쓰다듬어 주는 부모, 여행의 설렘을 나누는 연인들, 오랜만의 여행에 들떠 있는 가족 등에게 받는 공유점은 자신의 '삶'을 열정적으로 살아간다는 것이다. 탑승 정보를 알리는 여러 나라의 언어가 들린다. 그 언어가 나의 영혼을 깨우는 듯하다.

다시 공항, 나는 지금 뉴욕을 향한다. 뉴욕은 내게 도전과 설렘, 생명의 활력을 불어넣어 주는 도시이다. 뉴욕대학교NYU를 향해 발걸음을 옮기던 2003년의 첫날이 떠오른다.

그때 나는 공항에서 잠시 눈을 감고 로버트 프로스트의 시 「가지 않은 길」을 읊조렸다. 미술로 진로를 확고히 결정했던 초등학교 고학년 때 이 시를 읽었던 기억이 있었는데, 유학을 위해 영어 공부를 하면서 완전히 외울 수 있었다.

Two roads diverged in a wood, and I
I took the one less traveled by,
And that has made all the difference

숲속에 두 갈래 길이 있었다고,
나는 사람이 덜 다닌 길을 택하였다고,
그리고 그것 때문에 내 인생의 모든 것이 달라졌다고.

— 프로스트, 「가지 않은 길」 (피천득 역) 중에서

이 시의 마지막 행이 주는 의미를 생각해 본다. 어떤 길을 택하든 가지 않은 길은, 단지 가지 않았기에 미련이 남을 수 있지만, 나는 그 시절로 돌아간다 해도 뉴욕행을 택할 것이다. 그 선택이 늘 좋은 결과를 가져온 것은 아니었지만, 2003년 뉴욕행은 내게 운명과도 같은 선택이었고, 2021년 또다시 선택한 뉴욕의 삶도 내 운명을 이어가기 위한 과정이었다. 언제나 선택도, 선택한 길로 가기도 쉽지 않다. 헤아릴 수 없는 많은 날이 지나고, 셀 수 없는 일들이 벌어질 것이다.

늘 설레고 기분 좋은 일만 일어나는 것은 아니다. 몸에 맞지 않는 옷을 입은 듯, 나에게 어울리지 않은 일을 겪기도 하고, 잘 되리라 믿었던 일이 어그러져 당황하는 순간도 있다. 독일의 대문호 괴테가 말했듯이, 인생은 노력하는 한 방황할 수밖에 없다. 우리 인생은 방황과 실패가 거듭될 때가 더 많은지도 모르겠다. 하지만 그 속에서 사람은 성장한다. 나도 그러한 과정을 거치면서 여기까지 왔다. 다시 일어설 힘을 모으고, 걸을 힘을 낼 수 있었다. 비우고 채우는 반복을 통해 내적 힘을 키워간 것이다.

이런저런 마음 다짐을 하고 시계를 보니 탑승까지 아직 시간이 넉넉하다. 남은 시간 동안 무엇을 할 수 있을까 고민하다가 근처 카페에서 진한 커피와 함께 시나몬 롤을 주문했다. 적당한 카페인 섭취와 달콤한 시나몬 롤에 정신이 번쩍 든다. 잠들고 있었던 세포들이 서서히 깨어나는 기분이다. 새로운 꿈을 향해 나아가기 전 마음을 준비하면서 뜨거운 커피와 함께 따끈따끈한 시나몬 롤 한 조각을 입에 넣으며 배고픔을 달랜다.

잠시 후 뉴욕행 비행기의 탑승 안내 방송을 듣고, 바삐 움직인다. 탑승 게이트를 지나 비행기 안에서 오롯이 나만의 공간을 만난다. 좌석은 몇 제곱미터도 안 되는 작은 공간이지만, 한편으로는 '나'로 가득 찬 공간이다. 이렇게 공항에서 목적지를 위해 떠나는 길 위에서 만나는 시간은 온전히 나를 위한 시간으로, 혼자만의 공간이 소중하게 느껴진다.

육상 선수가 출발 전 기합을 넣듯, 또는 바닷가의 서퍼가 곧 다가올 파도에 몸을 맡기기 전의 모습처럼 앞으로 닥쳐올 일을 준비하는 시간이다. 그곳은 또한 앞으로의 시간을, 그리고 기도를 드리는 특별한 시간이다. 저 멀리 넓은 곳을 내다보고 우주에 속한 내가 오롯이 한 점으로 돌아간다. 그리고 이제 나를 돌아볼 시간을 갖는다.

이 시간 비행기는 하늘에 있다. 하늘에는 비행기가 다니는 항공로가 있다. 우리는 이 길을 하늘길이라고 부른다. 땅 위 수많은 도로는 눈에 보이지만, 하늘길은 눈에 보이는 길이 아니다. 공항과 공항 사이 지상에서 발사하는 전파를 이용해 만든 항공로가 사방으로 연결되어 있다. 그 길을 따라 안전하게 비행하며 목적지를 향해서 하늘을 나는 것이다.

비행기 안에서 보는 하늘색은 실제보다 더 다양한 색깔로 와닿는다. 다양한 색만큼 느낌도 다채롭다. 비행기가 구름 속을 날다가 푸른 하늘로 다시 진입하면 마음이 시원해지며 진공상태로 들어간 듯 알 수 없는 시공간에 머문 듯한 느낌을 받는다. 행복한 상념에 젖어 나는 다시 하늘길 위에 있다. 하늘이 인도해주는 하늘길, 비록 늘 부드럽고 걷기 좋은 길로 가는 것은 아니지만, 하늘길은 항상 나를 행복의 길로 이끈다.

이렇게 비행기 안에서 하늘길이 안내해주는 풍경에 홀로 취한다. 항해에서 돌아오는 배들의 안전을 위해 빛을 밝히는 것처럼, 밤하늘을 밝혀주는 빨간 빛들이 보인다. 비행기 안에서 내려다보이는 세상은 한없이 고요하고 평화로움 그 자체이다, 현실도 그러기를 바라며 창밖 하늘을 멍하니 바라보고 있으면 시간은 조용히, 그리고 기분 좋게 지나간다. 비행기 안에서는 전화도 걸려오지 않고 메시지도 받을 수 없는 침묵 상태이다, 그래서 좋다. 그 순간 온전히 내게 집중할 수 있는 시간이 허락된다.

몇 시간이 흘러 캄캄한 밤이 내려앉는다. 하늘엔 안전비행을 위해 밝히는 불빛들이 별처럼 빛나고 있다. 거대한 어둠을 밝혀주는 불빛들이 수신호를 보내듯 신호를 보내온다. 우리 삶에서도 안전을 위한 수신호가 있지만, 우리는 그냥 지나칠 때가 많다.

어느새 존 에프 케네디 공항에 도착했다. 여느 공항처럼 여기도 방향을 안내하는 표지판이 많다. 화살표는 우리에게 방향을 알려준다. 마치 인생의 방향을 알려주는 나침반 같다.

뉴욕에서의 삶은 무엇과도 바꿀 수 없는 젊은 아티스트로서의 내 20대의 추억과 에너지가 응축된 곳이다. 나는 한국에서 중견작가로서의 어느 정도의 안정된 삶을 잠시 내려놓고, 다시 꿈을 꾸고 있다. 뉴욕은 나에게 '다시 꿈'을 꾸게 하는 곳, 뉴욕행을 결정했던 충분한 이유이다.

케네디 공항을 통과해 맨해튼으로 들어가는 전철 안이다. 먼 바다로 항해를 떠나는 기분이다. 발걸음이 항해사가 기선의 키를 잡고 항해하듯, 인생을 항해하며 달려가는 듯하다. 나를 기다리고 있을 딸과 엄마를 생각하며, 나의 걸음에 아이와 엄마의 걸음을 겹치며 우리가 꿈꾸는 머나먼 그곳까지 갈 수 있기를 기도하며 가는 발걸음이 점점 경쾌해진다.

언제나 꿈을 꾸며 '지금, 여기'에 '우리'가 있다. 인생을 돌이켜 보면, 멀리 런던에서 웅크려 숨어 지냈던 날들이 있었고, 그 시절보다 더 건강하게 회복되어 새살이 돋아났다. 그리고 이제 다시 도시로 돌아오게 되었다. 나는 운동화를 신고 있고, 다시 걸을 힘이 생겼다. 같은 길을 걷고 있지만, 확연히 달라졌다. 그때보다 더 단단해졌고, 가족이 함께하고 있다.

여기에 오기까지 나를 지탱해 준 것은 기다림과 믿음이었다. 나를 기다려주는 이들, 나를 믿어주는 이들. 그들의 마음에 보답하듯 나는 새로운 도전을 이루어 나갔다.

작은 겨자씨 하나가 싹을 틔워 커다란 나무가 된다는

성경 말씀이 떠오른다. 겨자 나무에 새들이 다시 돌아오고 안식처가 될 거라는 것을 의심치 않으며, 씨 뿌리는 이의 그 믿음을 가지고 살아갈 것이다.

가수 자우림의 〈매직 카펫 라이드〉의 노래가 생각나 발걸음을 담아 마음속으로 경쾌하게 부르고 있다.

"이렇게 멋진 파란 하늘 위로 날으는 마법 융단을 타고
이렇게 멋진 푸른 세상 속을 날으는 우리 두 사람~"

아, 우리는 '세 사람이지,' 나는 다시 '우리 세 사람'으로 가사를 바꿔 부른다. 꿈을 향한 설렘의 서곡을 활기차게 부르며 곧 만날 딸과 엄마를 생각한다. 때때로 엄마는 한국에 계시고 막내딸과 띠동갑인 내 큰딸이 와 있기도 한다. 막내의 언니이다. 이제 나는 언제나 별빛의 물결을 타고 어디든 갈 수 있다. 사랑하는 이들과 함께.

뉴욕이라는 곳

누구였을까. 깊은 새벽, 허공의 총소리가 나를 깨웠다. 나의 착각일까. 맨해튼에 살다 보면 총성과 흡사한 소리를 자주 듣는다. 아마도 자동차 타이어 터지는 소리인지도 모른다.

미국은 누구나 총기를 소유할 수 있다는 것만으로도 이방인인 나는 겁이 난다. 나의 두려움을 보면 인간이라는 존재의 한없이 작음을 느낀다. 총성이 들리지 않길 바라는 마음으로 기도를 하고 잠을 청하지만, 한 번 깨고 나면 쉽사리 잠들지 못한다.

하루를 힘차게 시작할 수 있는 에너지를 충전하듯 창문을 열었다. 맨해튼 34번가 뉴요커 호텔의 17층, 창문을 열면 엠파이어스테이트 빌딩이 바로 맞은편에 보이고, 중간에 가로

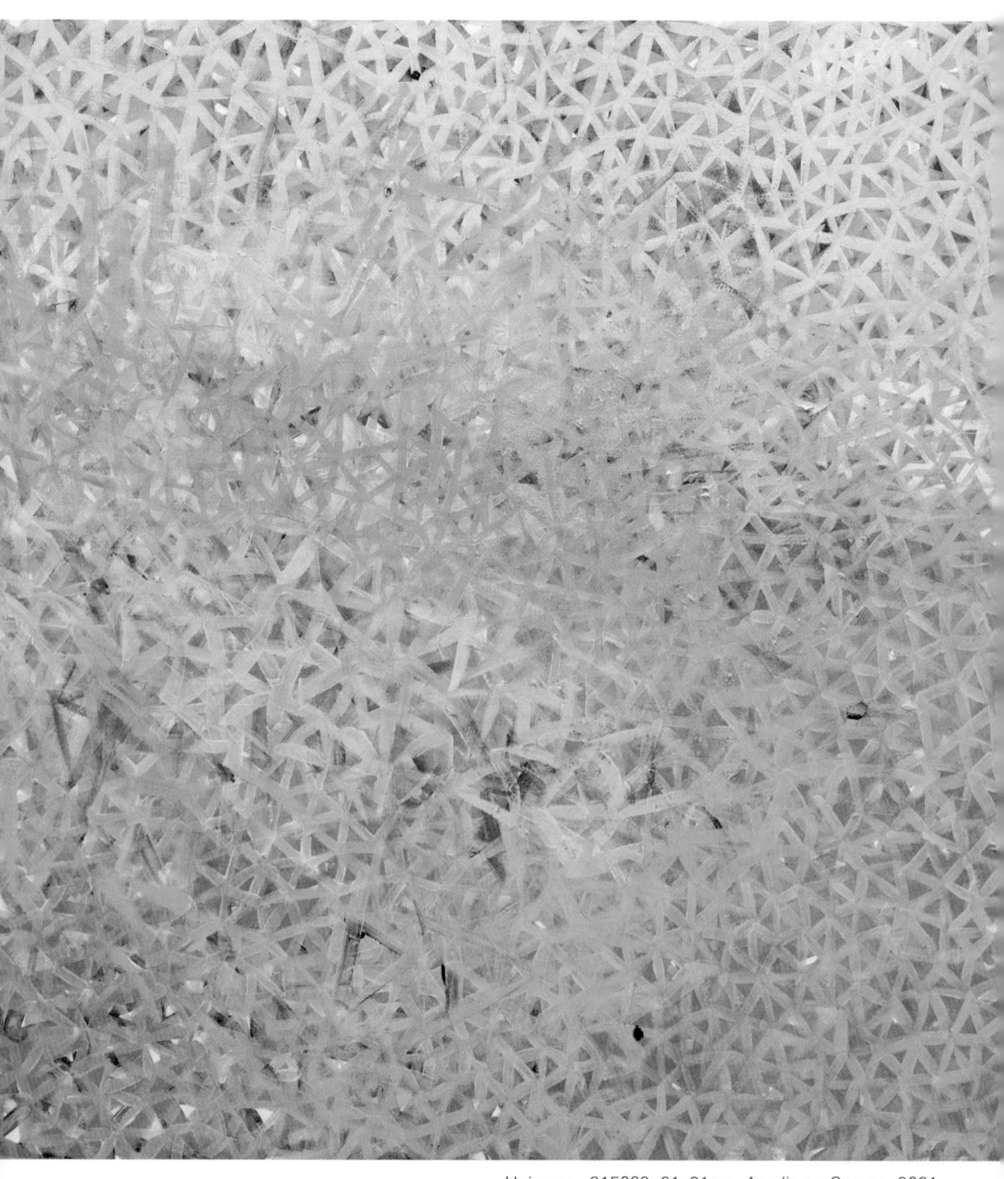

Universe_ 215002, 91x91cm, Acrylic on Canvas, 2021

막는 건물 없이 뻥 뚫려있다. 지형적 특성이 가져오는 맨해튼의 바람은 특별하다. 두 건물 사이를 가로지르는 바람에 몸도 마음도 가벼워진다. 며칠 동안의 흐린 날씨를 보상하듯 햇살 또한 가득 쏟아져 가뿐하다.

1931년 뉴욕의 하늘을 지키는 파수꾼처럼 당당하게 들어선 엠파이어스테이트 빌딩, 사람의 나이로 계산한다면 90세가 넘었다. 긴 세월만큼이나 많은 사람의 삶과 마음이 담겨있을 엠파이어스테이트 빌딩이 세워지기 2년 전 뉴요커 호텔이 지어졌고, 1933년에는 니콜라 테슬라가 입주하여 10년 이상 이곳에서 살며 많은 업적을 남기다가 자신의 호텔 방에서 사망했다. 내가 머무는 이곳에서 여생을 보내며 현대문명을 만든 테슬라를 생각하니, 차가워 보이기만 하던 뉴욕의 거리가 어느새 온기로 가득 채워지는 듯하다.

테슬라 스토리에 영향을 받았을까? 캐나다 여행을 다녀온 막내가 나이아가라 폭포에서 테슬라에 대해 들었다며 신나게 그의 스토리를 끝도 없게 재잘거렸다. 맨해튼에서 초등학교를 졸업한 막내는 솔크Salk 과학 학교에 입학하였다.

호텔 아래로 펼쳐지는 거리를 한참 내려다보다가 뉴욕이라는 도시가 품고 있는 힘이 무엇일까 생각한다. 우리가 살아가는 도시를 보면 골목과 골목이 만나 길을 잇고, 도로와 도로가 이어져 마을을 가르고, 마천루 건물들이 거대한 도시의 숲처럼 빽빽하게 들어서서 도시를 만든다. 그리고 그곳에는 도시를 삶의 기반으로 하는 많은 사람이 마음을 서로 기대며 살아 간다. 이 순간에도 도시는 누군가의 삶을 껴안고 있을 것이다. 나의 삶도 역시 이 도시 안에서 흘러가고 있다.

테이블에 놓인 조명이 은은하게 퍼진다. 얇고 희미하게 비추고 있는 도시의 불빛처럼 평온함과 안온함을 건넨다. 뉴욕의 바쁜 분위기처럼 일상 또한 활기차고 바삐 움직일 때도 많지만, 반대로 여유가 주어졌을 때의 감동 역시 크다. 이때는 무작정 걷는다. 목적 없이 걷다 보면 생각지도 못했던 자연이 주는 선물을 받을 때가 많다.

오늘의 선물은 10월의 눈부신 햇살이다. 한국에서 2년간 키우다가 데려온 애완견 솔라와 산책하며 우리의 도시 생활 루틴이 만들어진다. 은은한 햇살 조각 속에 도란도란 이야기를 나누는 소리가 들린다. 내용은 알 수 없지만, 이야기가 음악의 한 소절처럼 들린다. 햇살이 주는 밝은 에너지가 사람들에게 전해져 재즈의 한 소절처럼 들린다.

다시 돌아온 뉴욕. 현재 나는 뉴욕과 용인을 오가며 살고 있다. 뉴욕은 내가 있는 맨해튼을 포함하여 브루클린, 브롱크스, 퀸즈, 스태튼 아일랜드 등 다섯 개의 자치구Five Boroughs로 나누어져 있는데, 이러한 이유 때문인지 다양성이 공존한다.

뉴욕은 다섯 개의 자치구마다, 그 안의 거리마다 개성이 뚜렷하다. 사람도, 건물도, 문화도, 예술도 모두 각자의 개성을 표현한다. 그리고 그것들은 각각의 이야기를 품고 있다. 이 점이 바로 뉴욕이라는 도시가 주는 매력일 것이다. 뉴욕을 한마디로 말하라면, 나는 주저하지 않고 '다양성'이라고 하고 싶다.

뉴욕은 다양한 인간 모습과 다채로운 삶의 풍경을 담아 깊은 생각을 하게 한다. 다양성의 사회, 문화 중심지, 예술과 열정의 도시, 뉴욕은 세계 각지에서 모여든 이민자의 도시이며, 그만큼 다양한 문화권에서 온 이들이 어우러지는 곳이다.

다양한 문화권 안에 우리도 자리 잡고 있다. 딸들과 나, 그리고 엄마, 우리 한국 여자 셋은 도전 정신과 서로의 옆에 머물 수 있음을 감사하는 마음으로 똘똘 뭉쳐 뉴욕에 적응하고 있다. 막내는 미국의 공립초등학교에서 영어 수업을 들으며 내년 미국의 중학교 입학을 앞두고 있다. 엄마는 자기 딸과 어린 손녀를 위해 함께 영어를 배우며 후반기 인생의 새로운 도전을 하고 있다. 새 가정과 문화에 적응하고 있는 큰딸은 배우의 꿈을 꾸며 뉴욕 생활을 한다. 이렇게 애들도, 엄마도 자연스럽게 뉴욕에 적응하고 있어 걱정이 안도감으로 바뀌고 있다. 간혹 부딪치는 일도 있지만, 풀리는 데 시간이 오래 걸리지 않는다.

오늘 우리는 한가위를 맞이하여 아이가 좋아하는 레스토랑에서 외식하기로 했다. 호텔 근처 레스토랑에서 스테이크를 먹고, 뉴욕을 좀 거닐 계획이다. 오늘의 하이라이트는 한가위를 맞이하여 한복을 입기로 한 것이다. '한복 퍼포먼스'이다. 한복을 입는 사람은 당연히 초등학생 딸아이이다.

은은한 분홍빛이 도는 한복을 입고 뉴욕에서 한가위 명절을 지내는데, 우리 고유의 명절을 이렇게 보내기로 하니 기분이 좋아진다. 뉴욕에 혼자 있을 때는 설이나 한가위여도 그냥 지나갈 때가 많았는데, 이렇게 모두 모이니 명절도 지내고, 한복 퍼포먼스까지 할 수 있으니 말이다.

'한복 퍼포먼스'는 대성공이었다. 지나가는 사람들이 그 모습을 보고 "Beautiful!"이라고 외쳐주었다. 이 퍼포먼스의 주인공인 딸애도 사람들의 반응이 마음에 든 눈치다. 도심을 거닐다 잠시 빌딩 사이에 놓인 의자에 앉았다. 엄마와 딸이 이야기를 나누는 동안 무심코 하늘을 올려다보았다. 각기 다른 높이의 사각 빌딩들 사이로 보이는 푸른 하늘이 더 가까이 있는 듯하다. 미술품 같은 도시의 건축물 사이에 앉아 숨 고르기 하듯 잠깐의 휴식을 취한다.

점, 선, 면이 아우러진 사각 건축물들 사이로 보이는 푸른 하늘이 내게 다가왔다. 뉴욕에 사는 다양한 이들, 특히 이방인을 품는 듯 포근하게 안고 있는 어머니의 모습을 하고 있다. 이 도시의 하늘은 '존재'만으로 힘을 주고 축복해주는 어머니를 닮은 듯하다. 내가 '엄마'가 되어 '딸'을 품고 있어도, 끊임없이 나를 안아주고 힘을 주는 '내 엄마'의 모습처럼 도시를 따스하게 품어주고 있다.

엄마처럼 도시공간의 사람들을 품어주는 뉴욕, 세계 각지에서 모여든 이들만큼 다양한 건축물들을 만날 수 있다. 뉴욕의 건축물은 미술품을 보는 것처럼 다채롭다. 뉴욕의 도시가 특별히 눈부신 이유는 거리마다 문화가 흐르며 수십 년 켜켜이 공간의 삶을 담고 있기 때문이다. 점, 선, 면을 이루는 건축물들은 뉴욕의 도시 공간에 활력을 주고 있다.

뉴욕에는 수없이 많은 사람이 있다. 이들 모두 성별, 인종, 나이, 직업을 초월하여 뉴욕을 수놓고 있다. 바로 이민자들이다. 나는 이민자는 아니지만, 그 비슷한 이방인으로서 뉴욕의 삶에 익숙해져 가고 있다. 이런 도시 분위기가 편안하다. 1900년대의 테슬라도 뉴욕을 거닐며 나와 같은 이런 느낌이었을까.

"뉴욕이 좋니?"
"응! 엄마도 있고, 언니도 있고, 난 뉴욕 학교가 너무 좋아!"

20년 전 엄마가 나에게 '희승아, 뉴욕이 그렇게 좋니?'라고 물었던 것처럼 나도 똑같이 딸에게 묻는다. 딸아이는 오늘 꽤 기분이 좋은지 목소리가 경쾌하다. 엄마도 처음보다는 뉴욕이 점점 좋아진다고 하신다. 다행이다.

아이의 말처럼 우리는 함께 있어서 좋은 것이다. 뉴욕의 일상에서 아빠의 부재가 아이에게 한없이 미안할 때가 있지만, 다행히 잦은 영상통화와 연락으로 지구 반대편에 머무는 존재가 가깝게 느껴진다. 또 언제든지 볼 수 있으니 그 존재만으로도 얼마나 감사한가. 뉴욕이라는 도시 안에서 나와 엄마와 딸은 서로에게 힘을 주고, 힘든 짐은 조금씩 나누어 지면서 가고 있다.

미국의 긴 여름방학은 언제나 한국을 기대하게 하고, 아이가 아빠와 진한 퀄리티 타임을 보낼 수 있는 시간이다. 내가 조금 더 무거운 짐을 지더라도, 내가 가진 것을 내놓는 데 서슴지 않고 싶다. 엄마로부터 받은 사랑과 혜택을 엄마와 다시 나누고, 또 딸에게도 전하는 엄마가 되고 싶다. 그리고 내가 사랑하는 도시 뉴욕에서 받은 자유로움을 온전히 나누고 싶다.

뉴욕의 자유로움을 온전히 느낄 수 있는 곳을 추천하라면, 나는 단연코 센트럴파크를 들 것이다. 많은 사람의 일상이 시작되는 곳이다. 뉴욕은 내가 가장 많이 머물렀던 곳인데도 늘 특별하다. 그중에서도 '뉴욕' 하면 역시 가을이다. 나무들이 하나둘씩 옷을 갈아입기 시작하고, 얼마 지나지 않아 도시 전체가 노랑과 주황, 갈색으로 가득 차는데, 내가 좋아하는 색들을 많이 볼 수 있어 좋다.

이때는 무작정 걷거나 자전거를 타야 한다. 차를 타거나 전철을 타면 이 풍경을 놓친다. 눈으로 볼 수 있는 아름다움은 언제나 찰나이기 때문이다. 그 찰나의 아름다움을 마음에 담고, 나는 그때그때 꺼내서 볼 것이다. 옛 사진을 보는 것처럼 이때를 회상하게 될 것이다.

이번 가을에는 뉴욕대학교NYU 시절 자전거를 타고 오가던 길을 딸과 함께 걸어가야겠다. 몇 달 후 이사할 집은 NYU 와 더욱 가깝다. 현재의 시간을 옮기는 발걸음이 때로는 과거의 시간과 겹쳐 흐를 것이다.

과거와 현재, 그리고 미래가 함께 흐르는 뉴욕이 특별한 또 다른 이유의 하나는 문화 행사나 예술 행사가 많아서이다. 대형 아트 페어와 페스티벌, 공공예술 프로젝트 등이 쉴 새 없이 이어진다. NYU 학생 시절 나도 참가했던, 작가들의 힘으로만 열리는, 브루클린 뒷골목의 오픈 스튜디오는 매력적이다. 뉴욕이 금융과 경제의 도시이면서도 문화와 예술의 도시인 것은, 이러한 공연들이 끊이지 않고 펼쳐지기 때문일 것이다.

뉴욕의 수많은 공연 중에는 우리나라와 관련된 것들도 종종 있다. 이번 여름에는 내가 좋아하는 가수 '잔나비'의 공연이 링컨 센터에서 열리기도 했다. 한국에서 티켓을 구하려면 소위 광클, 곧 빛의 속도로 빠르게 클릭해야 가능한데 매번 실패

했다. 그런데 이곳 뉴욕에서 '잔나비'의 공연을 보게 된 것이다. 순간 10대 소녀가 된 것처럼 설레는 마음을 감출 수 없었다. 아티스트이기에 다른 아티스트의 공연에 더욱 마음이 설레었다.

공연 당일 링컨 센터로 향하는 길, 그곳에서 만났던 풍경들을 마음에 담고 '잔나비'의 공연을 보러 갔다. 공연 끝 무렵에 4 Non Blondes의 'What's Up'이 나오자 동행한 외국인 친구와 나는 열광하며 흠뻑 빠져들었다. 친구도 나도 예상치 못한 선물을 받은 기분이었다. 사랑하는 친구와 함께 좋아하는 아티스트의 공연에 흠뻑 젖는 행운을 거머쥘 수 있는 도시가 뉴욕이다.

호텔로 돌아오는 길, 뉴욕의 깊은 하늘을 바라보며 함박웃음을 지을 수 있었다. 캄캄한 밤하늘이다. 별이 총총 떠 있는 뉴욕의 밤하늘은 한낮의 하늘과는 다른 분위기이다. 한낮의 하늘이 바쁘게 움직이는 도시의 일상을 품고 있다면, 뉴욕의 깊은 밤하늘은 낭만과 호기심을 낳는다. 별빛이 가득한 하늘을 올려다보며 미소 짓는다.

밤하늘이 전해주는 특별한 마음이 뉴욕의 일상을 더욱 풍성하게 한다. 뉴욕의 하루하루가 아주 작거나, 보잘것없는 일상부터 특별한 추억까지 영화 속 한 장면처럼 각인되어 기억

되고 있다. 호텔에 도착하니, 딸과 엄마는 잠들어 있다. 조심스럽게 오가며 다음날을 준비한다. 곤하게 잠든 아이와 엄마의 모습을 보며 따뜻한 미소를 지을 수밖에 없다.

"언젠가 우리 셋은 이때를 추억하며 그리움의 퍼즐을 한 조각 한 조각 맞추고 있을 것이다."

나와 딸애, 그리고 엄마. 셋은 뉴욕에서 우리를 둘러싼 삶의 조각을 닮은 퍼즐을 맞추고 있다. 우리 삶은 끊임없는 퍼즐 조각 맞추기이다. 가끔 맞추는 것이 쉽지 않을 때도 있지만, 그때마다 함께 했던 이 순간들을 생각해야겠다.

빛나는,
쏟아지는, 내리는

날이 밝았다. 커튼 사이로 내다보니 햇빛이 새어 들어오다 못해 쏟아져 내린다. 다행히 비가 그쳤다. 며칠 동안의 흐린 날씨를 보상이라도 하듯 햇살이 가득 쏟아진다. 하루를 힘차게 시작할 수 있는 에너지를 충전하듯 창문의 커튼을 열어젖혔다. 오늘처럼 햇볕이 드는 날은 특별한 선물을 받는 것 같다. 햇살을 선물 받은 아침, 몸도 마음도 가벼워진다.

탁상시계를 보니 오전 여섯 시, 아이는 아직 조금 더 자도 된다. 부스럭 소리가 나지 않도록 조심스럽게 일어나 도시락 준비를 한다. 딸이 다니는 뉴욕의 초등학교는 도시락을 싸야 한다. 용인에 살 때는 학교에서 모든 것이 해결되기 때문에 걱정할 일이 없었는데. 처음에는 '아, 어떻게 매일 도시락을 싸지?' 이런 생각도 들었다.

거의 매일 도시락을 싸야 하기에 도시락 반찬이 중요한 고민 중 하나가 되었다. 하지만 이를 지금 해 줄 수 있는 것에 대해 감사한 마음이 든다. 아이가 훌쩍 크게 되면 이럴 일도 없어질 것이다. 지금이기에 할 수 있는 일이다. 온전히 나의 몫이지만, 엄마가 함께 계실 때는 엄마가 도시락을 싸주시는 날이 많다. 엄마의 부재를 느끼며 '엄마표 도시락' 생각에 빠져든다.

언젠가 내가 그랬듯, 지금의 작은 도시락이 훗날 내 딸의 마음을 위로하는 추억이 되어주리라 생각한다. 엄마의 도시락은 아이들에게는 언제나 사랑이며 추억이기 때문이다. 그만큼 엄마표 도시락에는 엄마의 사랑과 따스한 마음이 듬뿍 담겨 있다. 딸애도 '엄마표 도시락'을 참 좋아한다. '할머니표 도시락'보다는 맛이 덜하지만, 거기에 담긴 사랑만큼은 버금간다는 것이 전해지는 걸까.

도시락 재료를 준비하여 만드는 과정도 궁금해하고, 완성된 도시락의 뚜껑을 열고 검사하는듯 씩 웃는 모습이 좋다. 한번은 채소 물기를 다 빼지 않아 함께 찍어 먹으라고 싸준 된장에 스며들었나 보다. 그날 학교에 다녀온 아이는 "엄마, 물이 스며들어서 된장국이 됐어"라며 속상한 듯 투덜댔다. 그 순간 마주친 서로의 눈빛에 그만 웃음이 터져 둘이 한참을 배꼽을

Universe_ 200802, 151x130cm, Acrylic on Canvas, 2020

잡은 적도 있다.

어제 장을 봐온 치맛살 한 조각을 꺼냈다. 구운 후 냉장고에 있는 채소와 함께 담아줄 계획이다. 냉장고에는 토마토와 작은 오이, 피망 등이 있다. 한입 크기로 먹을 수 있도록 자를 계획이다. 치맛살은 프라이팬에 올리자마자 빗소리를 내며 익어간다. 재료는 모두 준비되었다.

이제 도시락을 꺼낼 차례이다. 보온도시락에 밥을 먼저 넣고, 그 위에 치맛살을 올렸다. 그리고 채소를 한입 크기로 자른 후 반찬통에 넣었다. 치즈와 견과류, 영양제도 따로 챙겨야 한다. 이제 아이가 일어나야 할 시간인데 하는 순간, 기특하게도 스스로 방문을 열고 나왔다.

오전 7시 40분, 우리는 집을 나와 학교를 향해 힘차게 걸어간다. 8시, 우리에게 이 시간은 분주한 아침의 절정이자 새로운 아침을 여는 시간이다.

길 위에서 여러 풍경을 만난다. 그중에서 매일 만나는 풍경, 화려한 뉴욕 뒤편에 있는 홈리스들이다. 처음에는 무서운 마음도 들었다. 홈리스일 수밖에 없는 여러 사정이 있겠지만, 뉴욕의 살인적인 고물가가 주된 이유라고 한다. 코비드를 거치며 홈리스 숫자는 더 늘어났다. 뉴욕은 금융과 문화의 중심지이면서 고물가의 도시로도 알려져 있는데, 그만큼 미국에서도 집값이 비싼 곳이다. 그러니 뉴욕에서 자기 집을 갖는다는 것이 어려운 일이다.

한국에서 처음 내 힘으로 집을 얻었을 때, '우리 집'이 있다는 것에 얼마나 기뻐했는지 생각하면 지금도 그 홍분과 설렘이 남아있다. 이제는 그 기쁨을 뉴욕 맨해튼 이곳에서 가지게 되었다. 사실 뉴욕에서 '우리 집'을 얻기란 쉬운 일이 아니었기에 특급 프로젝트처럼 진행하였다.

우선 뉴욕에 돌아와 1년 만에 외국인으로서는 쉽지 않은 주택조합에 가입하였다, 코옵co-op 아파트를 구입하기 위해서이다. 25번가 내 집으로 이사를 앞둔 지금, 뉴욕에서의 삶 중 가장 큰 도전이기도 하지만, 뉴욕의 많은 홈리스를 보며 여러 생각에 잠기게 된다.

뉴욕에서 이방인이자 프리랜서 예술가로서 집을 구입하는 절차를 하나씩 풀어나가는 일은 쉽지 않다. 뉴욕 주택조합의 지분증권을 취득하기 위해 외국환 거래신고를 해야 했고, 양국의 다른 서류 절차를 꼼꼼히 점검하며 해야 할 일이 많았다. 여기서 끝나는 것이 아니었다. 이어 해외증권 취득신고를 마친 후 외환으로 송금하고, 뉴욕의 변호사를 고용해야만 했고, 보더의 승인 절차를 거쳐야 하며, 추천인도 있어야 하는 등 복잡한 게 한두 가지가 아니었다.

사실 코옵 아파트는, 그 소유권을 취득하는 건 아니고

주택조합의 지분을 취득하는 것이지만, 그 절차는 집을 구입하는 것보다 더 복잡하다. 대학교에 입학할 때보다 훨씬 많은 서류와 까다로운 절차를 거친다. 나를 보증해 줄 사람을 찾는 일은 어쩌면 뉴욕에서 어떻게 살았는지를 증명해 주는 일일지도 모르겠다. 마치 그때의 성적표를 뒤늦게 받는 기분이다. 머릿속에 떠올려진 두 사람, 이번 주에는 그들을 찾을 계획이다.

커튼 사이로 느껴졌던 햇살이 바람결과 함께 쏟아진다. 이런 날 가볍게 길을 걸을 때는 참 행복해진다. 딸과 나는 가끔은 아무 대화 없이 걸을 때도 있고, 또 끊임없이 이야기할 때도 있다, 애완견 솔라도 함께하니 웃을 일이 더 많다.

가을날 상쾌한 아침 공기를 마시며 어젯밤 잠들기 전 못다 한 이야기를 마무리 짓는다. 아이의 초등학교 도착, '해브 어 굿데이' 인사와 '사랑해'를 속삭이며 뒤돌아서는데, 아이들의 목소리가 경쾌하다. 그 사이에서 들려오는 딸의 목소리, 아직 영어가 서툴지만, 딸아이만의 에너지가 느껴져 슬며시 미소를 짓는다. 순수하고 맑은 아이들의 모습이 이른 아침을 상쾌하게 열어준다.

그러나 인생이 그렇듯 우리에게 항상 미소 짓는 일만 일어나는 것은 아니다. 어제의 딸아이는 오늘의 모습과는 상상할 수 없을 정도로 의기소침해 있었다. 평소 에너지 넘치는 아이가 그러니, 마음이 더 쓰였다. '엄마가 내 마음을 알아?' 하는 눈빛과 말투에 섭섭함도 밀려 왔지만, 그동안 힘든 마음을 내색하지 않으려고 얼마나 애썼을지 애어른과 같은 아이의 마음이 느껴져 뭉클했다. 일단 제 시간에 학교 가는 것은 포기하고, 아이를 안아주고 깊이 이야기를 나눴다.

뉴욕의 공립 초등학교 교실 풍경은 생각보다 소박하고 일상적인 모습 그대로다. '교사와 아이들 모두가 자유로운 수업'을 추구한다. 이러한 수업방식이 당장은 눈에 띄게 좋은 성과가 나오지 않을 수도 있지만, 장기적으로 보면 아이들 각각의 개성과 장점을 살리고 찾을 수 있는 방식으로, 토론 문화가 자연스럽게 정착된다.

학기마다 아이의 수업을 참관할 기회가 있었는데, 특별한 방법이나 기술을 이용하는 것이 아니라 안정되고 편안한 분위기로 이야기하는 수업이다. 이야기하는 것을 좋아하고, 상상하기를 좋아하는 딸에게는 다행히 꼭 맞는 수업방식이다. 그래서 딸도 뉴욕에서 학교 다니는 것에 겁내지 않았고 재미있다고 했었는데, 언어문제로 인해 마음껏 이야기할 수 없으니 그동안 좀 답답했나 보다.

어제 아침, 딸아이는 새로운 언어와 문화에 적응하느라 얼마나 힘들었는지, 그동안 하고 싶은 말을 다 한 모양이다. 이제는 점차 안정되어가는 모습이다. 수학 시간에는 영어를 쓸 일이 많지 않기 때문에 자신 있게 문제를 풀면 되지만, 그 시간을 제외하고는 마음속에 있는 생각들을 다 표현할 수 없는 그 답답함에 얼마나 힘들었을까.

소통하는 학교방식이 우리의 뉴욕행을 선택한 기준이었다. 하지만 마음과 달리 모든 것이 순조롭게 진행되지만은 않았다. 이제 초등학교의 최고학년이 된 아이지만, 무슨 일이든 과정이 필요하므로 저학년용 쉬운 영어책부터 차근차근 공부하자고 했더니, 조금은 위안이 되었나 보다. 딸아이도 언어를 습득하는 시간이 쌓이다 보면 곧 익숙해질 것이다. 내가 그랬던 것처럼 시간이 지나면 지금보다는 더 자연스럽게 영어로 이야기할 것이다.

다시 시작된 일상, 오늘 아침 아이는 활짝 웃고 학교에 들어갔다. 단짝 셸리를 만나, 더 기분이 좋아진 모양이다. 다행히 학교에서는 밝은 모습이라는 말을 들었다. 영어가 조금 부족한 부분은 시간과 노력이 해결해줄 것이다. 엄마의 사랑과 기도로 성장할 것이라는 믿음을 또한 갖는다.

나는 아이가 학교에 들어가는 모습을 보고 돌아오는 길(5번가)에 자주 가는 카페 '랄프의 커피Ralph's Coffee'에서 플랫화이트flat white를 마신다. '아, 이제야 내 하루의 시작이구나' 하는 알람이 울리는 시간이다. 그리고 한국에 있는 남편, 나는 그의 이름을 줄여 종종 '헐님'이라고 부른다. 그런 나를 그는 '별님'이라고 부르기도 하는데, 나이 들어 닭살인가 싶기도 하지만, 허니, 자기, 여보, 별별 호칭들을 다 붙여가며 서로를 위한 표현이 꾸준하다. 떨어져 있으니 더 애틋한 우리, 지금 이럴 수 있는 것이 큰 축복이다. 이젠 장거리 사랑의 고수들이지만, 쉽지 않은 일이다. 그와 통화하는 것으로 내 하루가 시작된다.

지금 나는 어떤 모습일까? 길을 걷다가 뉴욕의 빌딩에 비친 내 모습을 바라본 적이 있다. 하늘에 닿을 듯 가늠할 수 없는 높다란 빌딩에 비친 내 얼굴, 다행히 웃고 있었다. 무의식 상태의 표정이 그 사람을 보여준다는 글을 본 적이 있다. 빌딩 유리 벽 너머로 잔잔하게 웃고 있는 내 얼굴을 보니 요즘 내가 느끼는 이 평온함이 거짓이 아니라는 생각에 안도감이 들었다. 아침 발걸음이 경쾌하다.

세상에서 가장 화려한 도시 중 하나, 생동감이 넘치는 뉴욕에서 20년 전과는 같을 순 없으나 그 시절의 순수함을 간직하며 파수꾼처럼 살아가길 바라는 마음이 들었다. 뉴욕에서도, 한국에서도 난 항상 가정의 파수꾼 역할을 하고 있다. 딸아이를 지키는 든든한 파수꾼, 더 나아가 위로가 필요한 이들에게 따뜻한 온기를 주는 불씨를 지키는 파수꾼이 되고 싶다.

이런 생각을 하며 나는 숲의 또 다른 파수꾼인 커다란 나무들 옆을 지나간다. 머리 위로 쭉쭉 뻗어있는 초록빛

나뭇가지들을 바라보며 순수한 힘과 에너지를 표현할 수 있는 내 삶에 감사한다. 몇 그루의 나무 위로 한 떨기 조각구름이 흘러가는 푸른 하늘이 보인다.

매일 아침 한순간이라도 하늘을 쳐다보는 습관은 나에게 상쾌함과 감사함을 안겨준다. 하루를 '감사'로 시작할 수 있는 아침이 얼마나 아름다운가. 감사라는 말로 내 마음을 표현할 수 있으니, 이 또한 감사한다. 잠시 고개를 들어 하늘을 본다.

어느 날, 평소 감사하다는 말을 자주 하는 내게 그 사람이 "너무 지나치게 많이 하는 거 아니야?"라고 했을 때, 나는 무심결에 대답했다.

"감사하다는 말을 하는 그 순간에도 감사한걸."

내 진심이 전해졌는지 웃음으로 답한다. 그리고 그 역시 감사하다는 말을 자주 한다. 감사함의 바이러스가 전해진 듯 기분이 좋다.

미국의 유명한 방송인 오프라 윈프리Oprah Winfrey는 매일 밤 감사 일기를 쓴다고 한다. 나는 그 정도는 아니지만, 순간순간 감사하다는 말을 기도처럼 되뇌면서 긍정적인 에너지를 얻고 삶의 방향을 잡아간다. 그냥 형식적인 말이 아니라,

매번 진심을 담은 감사함을 말한다. 진심이 전해질 때 우리는 마음을 나눌 수 있다. 감사한 마음은 그냥 생기는 게 아니라 하늘에서 내리는 선물이다. 이 단어에 담긴 강력한 힘을 나는 믿고 또 믿는다.

나답게, 너답게, 우리답게

센트럴파크에 앉아 따스한 햇볕을 만끽하는 기분 좋은 날이다. 평소보다 가벼운 옷차림의 사람들이 보이고, 잔디밭에 자유롭게 누워 따사로운 햇살에 일광욕하는 이들이 눈에 띈다. 책을 보며 샌드위치를 먹는 모습, 노천카페에 앉아 커피를 마시는 이들도 있다. 내 손에도 커피와 베이글이 들려 있다. 곧 이사할 집에 필요한 서류를 작성하고, 은행에 가기 전 짬을 내어 잠깐 여유를 부리고 있다. 촉촉한 베이글을 한입 베어 물어 허기를 달랜다.

뉴욕에는 기분에 따라 즐길 수 있는 베이글의 종류가 참 많다. 뉴욕의 베이글이 유명해진 것은 베이글을 먹는 유대인들이 많이 모여 살기 때문이라고 한다. 내 친구 에이드리안의 아빠는 유대인인데, 나를 친딸처럼 대하신다. 삶의 순간순간마다 별처럼 소중한 분들이 나타나 반짝반짝 빛을 낸다. 그 친구네 베이글은 가게에서 사 먹던 맛과는 전혀 달랐다, 같은 베이글인데 왜 맛이 다른 걸까? 하긴 한국 음식도 그렇다. 밥에 국과 반찬 몇 개를 먹어도 집마다, 식당마다 모두 맛이 다르다. 같은 쌀로 지은 밥맛도 모두 다르고, 같은 재료로 만든 김치 맛도 죄다 다르니 말이다.

처음에는 긴 막대에 꿰어 배달해 주는, 뉴욕에서는 일상적인 베이글은, 말랑말랑해서 속이 편한 베이글, 쫀득쫀득한 떡의 식감이 있는 베이글, 쫄깃쫄깃해서 씹는 맛이 좋은 베이글 등등 종류도 다양하지만 모든 게 맛있다. 뉴욕의 베이글이 맛있는 이유는 베이글 샌드위치 때문이다. 베이글 사이로 샌드위치 재료를 듬뿍 넣어서 만든 베이글은 빵의 식감과 재료가 어우러져 풍미가 넘쳐 먹는데 재미가 있다. 조금 울적한 날은 애플 시나몬 크림치즈를 먹는다. 사과 조각들이 시나몬 가루에 버무려져 향을 더한다.

내가 좋아하는 달콤한 맛과 건강한 맛이 조화롭다. 또 색이 고운 여러 가지 과일이 올려져 있는 것도 눈에 띈다. 맛도 맛이지만, 보는 것만으로 기분이 좋아진다. 가장 인기 있는 베이글은 빵의 푹신한 안쪽 면에 구름 같은 크림과 연어가 풍성하게 올려져 있다. 견과류가 듬뿍 들어간 베이글도 있어 이것들을 먹으면 풍성한 크림과 만나 건강해지는 느낌이 든다. 이런 베이글 가게를 가면 그날그날 기분에 따라 골라 먹을 수 있으니, 얼굴이 아이처럼 밝아진다.

수많은 베이글 중에서 내가 자주 먹는 베이글은 오리지널 베이글인 플레인 베이글이다. 아무것도 들어가 있지 않은 베이글 본연의 맛을 즐길 수 있다. 가끔은 포장하여 호텔에서 먹을 때도 있다. 하얀 접시에 갓 구운 베이글을 올리고, 아이는 우유를, 나와 엄마는 커피와 함께 먹곤 하는데, 한 끼 식사로 훌륭하지만, 소울 푸드로 느껴진다. 타국에서 우리를 위로하는 따뜻한 소울 푸드.

사실 우리 집의 소울 푸드는 엄마 음식이다. 엄마의 손맛은 우리 영혼을 살찌운다. 그중에서도 엄마의 삼계탕은 예술이다. 예전에 베스트셀러에 올랐던 『영혼을 위한 닭고기 수프』처럼 엄마의 요리는 우리 식구의 영혼을 따뜻하게 해 준다. 유학 시절에도 몸이 아프거나 심란할 때는 어김없이 엄마가 만들어주신 음식들이 생각난다. 엄마가 잠시 한국으로 들어가 당장 먹을 수는 없지만, 엄마의 음식을 떠올려 보는 것만으로도 영혼이 따뜻해짐을 느낀다.

지금, 엄마의 삼계탕은 아니지만 소울 푸드의 느낌으로 베이글 샌드위치를 먹고 있다. 맛도 멋도 풍요로운 플레인 베이글을 센트럴파크에 앉아 먹는 일이 이렇게 마음을 따뜻

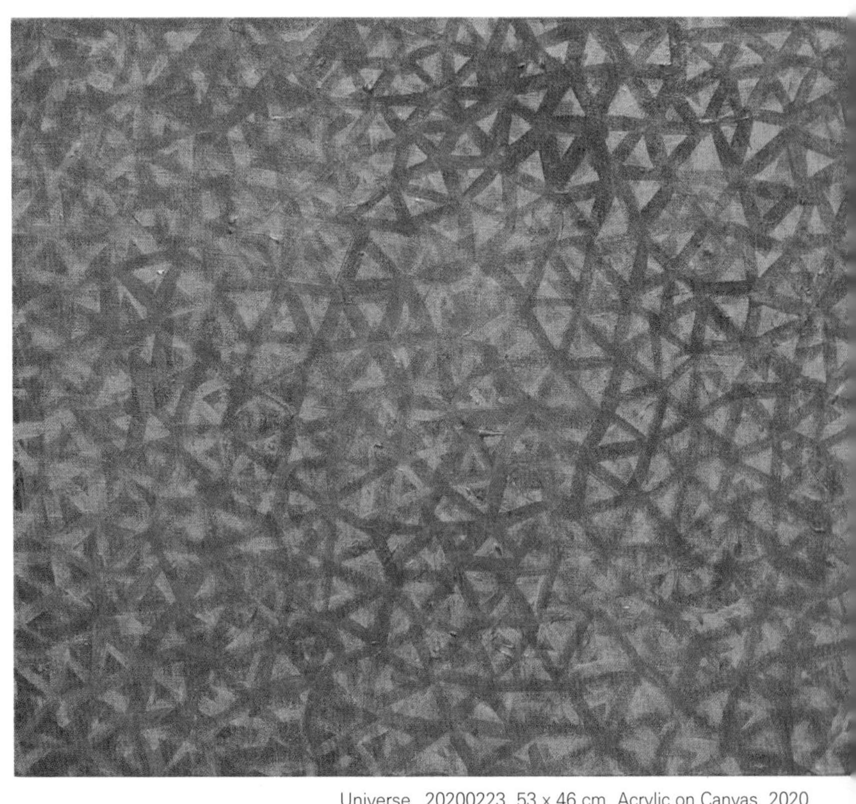

Universe_ 20200223, 53 x 46 cm, Acrylic on Canvas, 2020

하게 할 줄이야. 나는 혼잣말을 하며 마지막 한입을 넣은 후 소소한 선물을 받듯 털고 일어난다. 베이글 샌드위치의 맛도 맛이지만, 가을 날씨 특유의 춥지도 덥지도 않은 적당한 온도가 기분을 참 좋게 하는 그런 날이다.

베이글을 먹고 은행으로 향했다. 아파트를 구입하는 일련의 일들이 잘 처리되고 있는지 조금 긴장되기도 하지만, 이곳 은행 직원들은 참 친절하다. 뉴욕에서 자주 느끼는 것 중 하나는 서비스업에 종사하는 사람들의 태도이다. 다행히 이사할 집에 관련한 업무가 잘 처리되어 안도의 숨을 내쉬고 발길 닿는 대로 걷다가, 나도 모르게 노래가 흘러나오는 어느 카페 앞에서 발길을 멈추었다.

카페에 들러 커피를 마시는 이유 중 하나는 뉴욕의 매력을 즐길 수 있기 때문이다. 뉴욕에 가면 이 곡을 온종일 들으며 분위기에 취해보리라 생각했다. 한동안, 이 생각에 일상 속에 묻혀 있었는데, 다시 찾은 뉴욕의 어느 카페에서 이 곡을 듣게 된 것이다. 입가에 작은 미소가 번지면서 심장 박동이 빨라지기 시작했다.

대학 시절 스팅의 〈Englishman In New York〉이라는 노래에 흠뻑 빠진 적이 있다. 재즈와 팝을 좋아했다. 이 곡은 특별히 아끼는 플레이리스트 중 하나인데 이렇게 만나다니, 이럴 때 쓰는 말이 '운명'이지 않을까? 뉴욕의 에너지를 오롯이 담은 듯하다. 후렴구로 넘어가면서 "Be yourself no matter what they say(그들이 뭐라고 하든 너 자신이 되어라)"라고 세 번이나 반복되는 그 가사가 새롭게 다가왔다. 뉴욕에서 영국인으로 살아가면서 '나답게 살아가고자, 하는 마음을 담은 곡이었구나'라는 생각을 하면서 '나답게 살아가는 것', 그것이 얼마나 아름다운 일인가를 생각한다.

에너지 넘치고 젊음으로 가득했던 그때에는 피상적인 모습에 집중하며 '나답게'를 외쳤는데, 지금의 나는 내면의 나를 더 살피고 집중하면서 '나답게'를 말한다. 그러면서 자연스레 '나답게' 잘 살아가고 있는가, 하는 생각들로 이어진다.

"나를 나답게 하는 것은 무엇일까?"

이 물음에 답을 찾아가는 여정이 바로 '인생'일지도 모른다. 나는 자연의 흐름과 계절의 변화 안에서 끊임없이 이 질문의 답을 찾는데, 어쩌면 그림을 통하여 이에 대한 답을 구하는지 모른다. 나답게 해주는 것, 나는 이 질문의 답을 생각하며, 너답게 해주는 것, 우리답게 해주는 것으로 점점 확장해 나간다.

헤아릴 수 없는 우리의 마음을 닮은 듯 끝을 알 수 없는 저 넓은 우주, 그 우주에서 우리에게 신호를 보내는 빛, 별빛이다. 별빛은 '나'를 가장 나다운 길로 이끌어 준다. 밤하늘을 볼 때마다, 그날그날 유독 반짝이는 별이 있다. 맑은 하루였던 오늘도 그런 밤이다. 아주 멀리 있는 별인데, 나를 향해 유난히 반짝이는 듯하다. 그 별빛은 잠들었던 영혼을 깨우듯 마음

깊숙이 들어와 내 영혼을 일깨운다.

나의 영혼을 일깨우는 별빛, 내 이름에서 별을 만났다. 그래서 나는 별을 그리고 있는지도 모른다. 이 세상에 태어나 이름을 갖게 된 그 순간부터, 아니 태어나기 전부터 별을 품고 있었다. 성희승의 '성'은 별 성星의 뜻을 품고 있다고 생각해왔으니, 태어날 때부터 하늘에서 내려준 별을 품은 아기였다. 나는 운명처럼 별을 만나고, 별을 그리면서 자연스레 별을 읽는 별 작가가 되었다.

모든 것이 내가 태어나기 전부터 예정되어 있었고, 나에게 허락된 축복이라는 생각이 들면서 마음이 뭉클해진다. 내 이름에 별이 들어가 있는 것처럼 나는 하늘로부터 별을 선물 받았고, 별을 품고 이 세상에 온 듯하다.

한동안 이름에 들어있는 별을 잊고 살아왔는데, 이를 다시 상기시켜주는 일이 있었다. 어제, 가끔 들르는 뉴욕 32번가의 CVS에서 포인트 적립을 위해 멤버십이 있는지 물었다. CVS는 우리나라의 편의점이나 생활용품백화점 같은 곳인데, 방문하는 빈도수가 늘면서 적립도 하고 할인도 해 준다.

내 이름을 확인하면서 미국인 직원이 환하게 미소 지으며 "You are Star?"하고 말을 걸어온 것이다. 한국이 아닌 뉴욕에서, 그것도 외국인이 내 이름에 담긴 의미를 알고 있는 것이 신기했고, 고마웠다. 나는 반가운 마음을 담아 "How did you know?"하고 물었더니 "Sung means a star, right?"라고 대답해 준다. 반가운 마음에 나도 모르게 'OMG(Oh My God)!'를 외칠 뻔했다. 게다가 그가 "I love Korea"라는 말을 하는 순간은 더더욱 그랬다.

그는 내 이름의 '성'이 '별 성星'과 발음이 같다는 것을 알고 있었다. 뉴욕에서 느꼈던 모든 긴장감이 풀리면서 나는 오래된 친구를 만난 것처럼 '땡큐'라고 답했다. 그가 나에게 전해준 성에 담긴 별빛을 품고.

내 이름에 담긴 별빛을 상기시켜준 그도 별을 품고 살아가고 있을 것이다. 사실 우리 각자는 수많은 별 중의 하나이고, 또 수많은 별을 만날 것이다. 우리는 낮에도 빛나고 밤에도 빛나는 별이며, 가끔 그 별빛의 존재를 일러주는 이들을 통해서 '살아있음'을 더 강력하게 느낀다. 이러한 기억은 우리의 마음속에 영원히 살아있을 것이다.

나는 그것을 그림으로 그리고, 읽고, 나누는 작업을 무한히 반복하고 있다. 누군가의 가슴 안에서 살아 움직이는 별을 담은 그림, 그래서 그 그림이 그의 마음을 일으켜 세우는, 그런 그림을 그리고 싶다. 나는 이런 이였으면 좋겠다. 영혼의 상처를 서로 싸매고 보듬어주며 마음을 나누고, 누군가의 고통에 아파하고 눈물을 흘릴 줄 아는 이, 슬픔을 나눌 수 있는 이, 그런 이였으면 좋겠다. 그리고 이 마음을 기도에 담는다.

삶의 순간순간 어떤 노력을 하는 것도, 나의 의지를 넘어선 빛의 인도라는 사실을 깨닫기 때문이다. 또 나를 둘러싼 많은 일이 내가 해낸 것처럼 보였지만, 시간이 지나 그때를 되돌아보면 내가 아닌 하늘의 힘, 별빛의 인도로 여기까지 올 수 있었다는 것, 그것을 누구보다 잘 알기 때문이다.

오늘 하루도 무사히! 이 기도처럼 무사한 하루를 지내고 딸과 함께 저녁 시간을 즐기고 있다. 한국으로 들어가신 엄마의 빈자리가 유난히 눈에 띈다. 한 사람만 없어도 그 빈자리는 크다. 우리는 각자 혼자만의 시간을 보내며 침묵하는 때가 종종 있는데, 그때는 조용히 하고 싶은 일을 하면서 방전되었던 몸과 마음을 충전시키는 시간이다. 몸과 마음의 충전 시간은 절대적으로 필요하다.

그렇게 혼자만의 시간으로 지친 영혼을 충전했을 때, 타인과의 관계 맺기도 편안해진다. 엄마와 딸 사이에도 이 법칙은 성립한다. 그리고 또 얼마 후면, 이 고요함이 깨지리라는 것도 알고 있다. 서로가 필요한 시간이 되면 누가 먼저랄 것 없이, 서로를 부른다. 서로를 동시에 부르며, 웃을 수 있는 일상, 그리고 평온한 밤, 감사한 밤이다. 밤을 소홀히 여기지 않으면서, 별을 그리워하는 마음을 잃지 않으면서 영혼의 보금자리에서 내일을 꿈꾼다는 것은 아름다운 일이다.

내가 함께
걸어줄게

'그린나래'는 순우리말로 '그린 듯이 아름다운 날개'라는 뜻이다. 사회적 약자에게 아름다운 날개가 되어 약자들이 세상을 불편함 없이 살아갈 수 있도록 돕겠다는, 그린나래가 되어 함께 하겠다는 의미를 담고 있다. 우리 사회의 보이지 않는 계급구조에서 강자는 약자에게 횡포를 부리는 반면, 책임은 지지 않으려는 모습을 볼 때가 있어 씁쓸하다. 특히 어떤 사건이 일어났을 때 우리 사회의 그러한 일면이 불쑥 얼굴을 내민다.

그런 모습을 볼 때마다 나는 다짐한다. 그런 어른, 혹은 그런 강자가 되지 않겠노라고. 나는 그린나래라는 말을 좋아한다. 뭔가 그린 그린한 느낌에 푸릇푸릇, 파릇파릇해지는 기분마저 든다. 세상 어디에나 비추는 빛처럼, 빛을 닮은 그린 나래의 뜻이 너무 좋아서 자꾸 그 의미를 생각해본다.

맨해튼의 서쪽에는 허드슨강이 흐른다. 운 좋게도 허드슨강이 보이는 허드슨 야드 부근 어느 고급 콘도 아파트에서 석 달간 머문 적이 있다. 늦은 봄에서 여름으로 가는 계절, 선선한 바람이 불어오는 멋진 날씨가 계속되었다. 한국에 있는 동생 가족들을 초대했다. 시간을 맞추기 힘들었지만, 모두가 노력한 끝에 친정 가족들이 모여 맨해튼에서 한 달 살이 시간을 함께 보낼 수 있었다.

아파트는 뉴욕이 한눈에 내려다보이는 곳, 영화 속 장면에 들어와 있는 듯한 풍경이었다. 행복해하는 엄마와 동생 가족들을 보면서 이렇게 나눌 수 있음에, 또 나에게 좋은 기회를 준 지인이 너무나 고마웠다. 콘도의 넓은 베란다 끝부분 허드슨강이 보이는 31층 위치에 의자가 하나 있었는데, 그곳은 바로 내 아래 동생, 우리 집안 장남의 지정석이 되었다.

영화 〈대부〉의 말론 브랜도처럼, 그 자리에 앉아 있는 동생의 뒷모습이 무척 커 보이기도 하고, 때로는 어깨가 작아 보이기도 하였다. 순간 동생의 어깨를 다독여주고 싶은 마음이 들었지만, 마음으로만 위로를 건넬 뿐 그 아이는 자기 혼자만의 무게가 있었으리라. 잠깐이지만 뉴욕에서의 생활이 그 어깨를 가볍게 해 주었으면 좋겠다는 마음이 들었다. 동생이 앉아서 바라보았던 허드슨강은 원래 낡은 철도역과 주차장 등이 있었던 구도심으로 사람들에게 외면받은 곳이었다.

하지만 지금은 도시재개발로 뉴욕의 대표적인 명소로 재탄생했다. 구도심의 모습은 사라졌고, 뉴욕을 대표하는 건물들이 하나의 거대한 숲을 이루고 있다. 센트럴파크의 푸른 숲과 대조되는 높은 회색빛 도시 숲, 이렇게 자연의 숲과 빌딩 숲이라는 전혀 다른 속성의 둘이 조화를 이루는데, 이게 바로 맨해튼의 매력적인 부분이기도 하다.

뉴욕의 수많은 빌딩 중에서도 개장 전부터 주목을 받았던 조형물이 있는데, 그것은 영국의 토머스 헤더윅이 디자인한 베슬Vessel이다. 이 조형물은 높이 45m의 나선형 계단으로 얽히고설켜 있다. 벌집처럼 보이기도 하고, 솔방울이나 잣송이처럼 감각적으로 느껴지기도 한다. 이곳은 전체 80개의 전망대로 이루어져 있는데, 재미있는 것은 서로 다른 높이와 각도로 설계되어 바라보는 위치에 따라서 조망하는 각도나 범위가 달리 보인다. 그 때문에 모든 전망대에서 주변 경관을 담아보고 싶은 마음이 들 때도 있었다.

베슬은 각층의 난간이 유리판으로 되어 있어 거기에 햇빛이 반사되면 그 오묘한 빛깔이 신비로운 느낌을 줘 건축물 이상의 미술작품으로 다가온다. 뉴욕의 상징 중 하나가 되어

가고 있는 베슬을 가리켜 '뉴욕의 에펠탑'이라 부르기도 한다.

멀리 보이는 베슬이 햇빛에 따라서 금빛으로 보이다가도, 구릿빛으로 변한다. 베슬에서 허드슨강을 보려면 정상까지 올라가야 하는데, 특별히 석양 무렵이 가장 아름답다. 특히 허드슨강의 석양과 강변의 윤슬은 그 어떤 작가도 표현할 수 없을 정도로 황홀한 장관을 연출한다.

그러나 겉으로 보기에 화려하고 신비로워 보이는 이곳에서 생을 마감하는 사건이 여러 번 일어났다는 것을 듣고는 안타까운 마음이 든다. 사고가 잦아지면서 한때 출입이 금지되기도 했다. 영구적으로 폐쇄해야 한다는 이야기가 나오기도 했다. 지금은 혼자 출입하는 것은 불가능하고, 두 명 이상일 때에만 가능하다. 이후 사고는 줄었지만, 이곳을 지나갈 때는 여전히 슬프다.

그중 14살 아이가 바로 가족들 옆에서 투신한 이야기를 들었다. 그 이야기를 듣고 아이의 영혼이 평안하기를 기도하면서, 14살 아이가 가족 옆에서 뛰어내렸다니 얼마나 고통스러운 일이었을까, 내 딸 또래의 아이라 더 마음이 쓰라렸다. 또 그 아이의 엄마와 아빠는 어떤 마음으로 살아갈 수 있을까?

뉴욕의 중심에서 도시의 생명력을 상징하는 건축물, 사방을 조망할 수 있는 매력적인 조형물로 생각했는데, 이면에 담긴 사건 사고의 아픔과 고통, 외로움이 느껴져 이곳을 지날

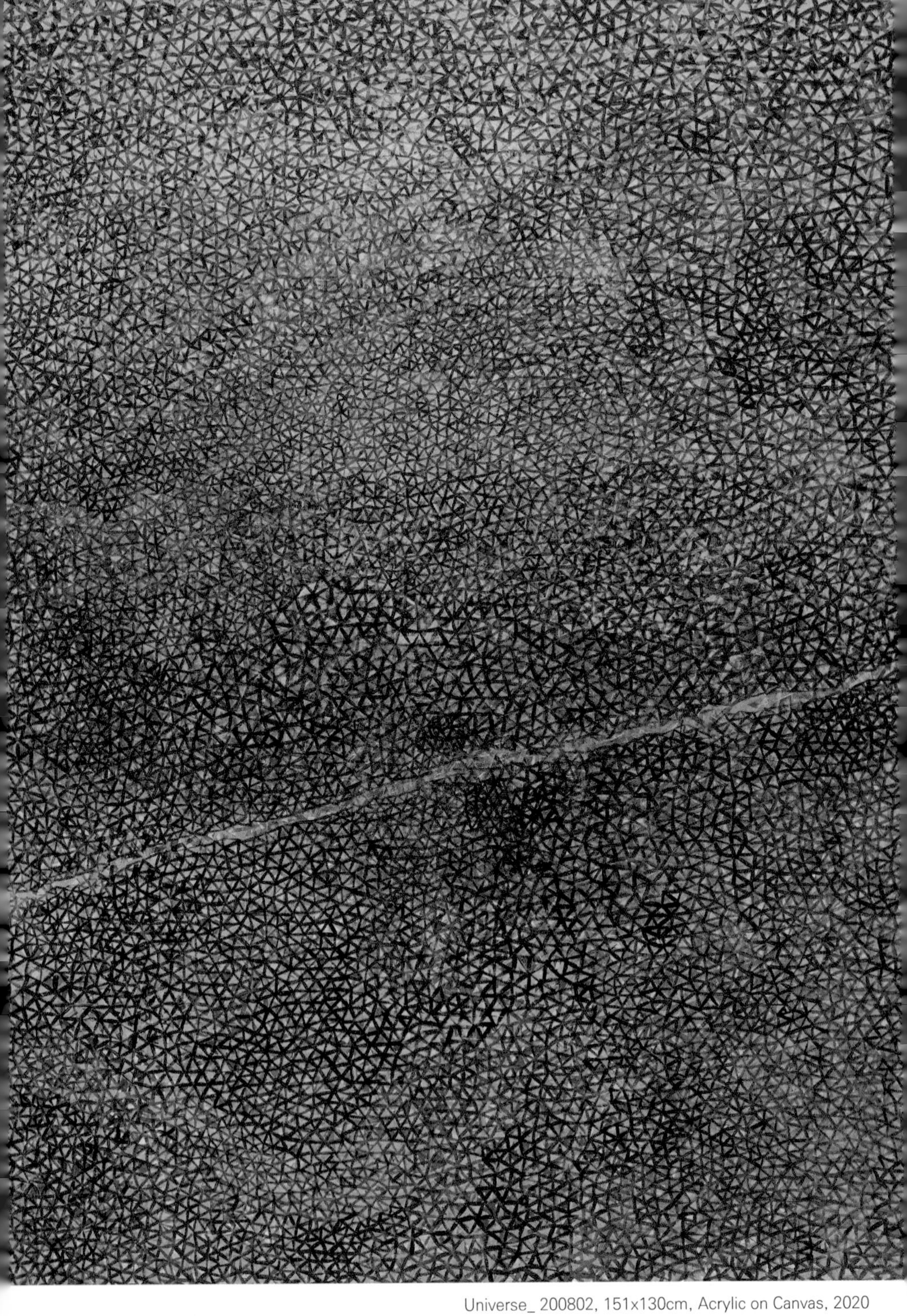

Universe_ 200802, 151x130cm, Acrylic on Canvas, 2020

때마다 기도하게 된다. 외롭게 꺼져 갔던 그 영혼을 위해.

"그곳에서는 빛나고 있기를…
하늘 너머 그곳에서 지금은 편안하길…"

베슬을 지나가다 유리 벽에 비친 햇빛 조각을 가만히 본다. 그것들을 모아 이불로 만들어 덮으면 얼마나 따뜻할까, 하는 생각이 들었다. 빛의 입자가 잔잔하게 온몸에 퍼지는 날이 있다. 그런 날은 빛을 마주하는 순간 치유되는 느낌, 치유의 에너지를 받는 듯한 느낌이다. 베슬에서 생명의 끈을 놓았던 이들이 이 광경을 보았다면 얼마나 좋았을까, 하는 안타까움에 마음이 아팠다.

베슬의 유리 벽에 비친 햇빛 조각이 나에게 치유와 위로를 주었던 것처럼, 뉴욕의 한가운데 에펠탑처럼 서 있는 베슬이 이곳을 찾는 사람들에게 치유의 힘으로 다가갔으면 하는 마음을 품어본다. 이렇게 간절함을 담아 위로의 기도를 드릴 수 있는 마음이 있어 다행이다.

햇빛 조각이 흩어져 어느덧 밤이 되었다. 이런 밤이면 여러 사람, 여러 마음이 한 사람 한 사람 사진첩을 보듯 스쳐 지나간다. 그들의 얼굴이 가슴속으로 스며든다. 이런 날은 그림을 그리는 마음이 누군가를 배웅하는 듯하고, 또 어느 날은 손님을 마중하러 가는 듯하다. 작가로서 작품에 담아왔던 생명력에 대해 다시금 되돌아본다.

겉으로 빛나는 작품이 아니라 내면으로부터 나오는 힘과 에너지를 담아 긍정의 에너지로 풀어내고자 하는 소원을 품고, 햇빛이 흩어진 밤에 생명의 빛을 전할 수 있기를 기도한다. 지금의 힘든 상황이 끝이 아니라 각자에게 다가올 빛의 시기로 나아가기 위한 잠깐의 '어두운 밤'을 지나 다시 살아날 수 있는 '생명의 힘'을 온전히 느끼길…. 그리고 우리에게 생명의 힘으로 인도하는 빛을 향해 나아가길….

다시 아침이 밝아온다. 생명의 힘은 어두운 밤을 지나 밝은 아침과 함께 돌아온다. 오늘은 뉴욕에서 미술을 하는 지인들을 만나 '뉴욕 아트페어'에 함께 가기로 했다. 이렇게 친구들과 다른 이들의 작품을 보러 가는 것만큼 설레는 일은 없다. 각자의 영혼 안에 깃든 작품에 대한 마음을 나누며 때로는 현실 문제를 토로하기도 하고, 때로는 한마음이 되어 다가오는 미래에 대한 설렘을 나누기 때문이다. 영혼을 깨우는 소리처럼 뉴욕 아트페어는 자유롭고 활기찬 축제이다.

화가 한 사람 한 사람이 안겨주는 영혼의 질량과 깊이는 우리를 '영원'의 숲속으로 안내한다. 이 기간 뉴욕의 예술과 문화의 다양성을 만날 수 있다. 뉴욕의 모든 에너지가 그곳으로 집중되는 듯하다. 특히 젊은 작가들의 작품을 보면서 그들의 열정과 에너지를 공유하는 일은 즐거운 일이며, 한편으로는 나를 돌아보게 하는 감사한 시간이다.

나도 한때 신진작가라고 불리던 시절이 있었다. 언제나 할 일은 산더미처럼 쌓여 있었고, 그림을 그리는 일만큼 살아가야 하는 방법에 대한 고민에도 빠져있을 때였다. 작품도 삶도 초조함과 기다림의 연속임을 뼈저리게 느꼈던 시기이다. 잠시 스스로 고해하듯 그때를 돌아본다.

"초조함과 기다림이 켜켜이 쌓이고 쌓여
마침내 작품창작에 큰 힘이 되고 에너지가 된다."

이 고해를 젊은 작가들에게 전하고 싶다. 동시대를 살아가며 함께 걸어가는 '작가의 길', 혼자 가는 길 같지만, 결코 혼자 갈 수 없는 길임을 알기에 마음을 담아 서로에게 '힘'을 전하고픈 말이다.

뉴욕 아트페어에 참가한 여러 예술가의 출품작 중에서 색을 대범하게 쓴 작품 앞에 한참 서 있었다. 이렇게 가슴에 들어오는 작품이 있을 때는 잠시 작가의 위치를 내려놓고 관람객이 되어 그 작품이 완성되기까지의 과정을 상상해본다.

작품을 준비하면서 헤아릴 수 없는 밤을 고민했음이

고스란히 전해진다. 잠깐이지만 관람객이 되어 내가 느낀 순수한 에너지가 고스란히 전해지길 기원한다. 관람객의 에너지는 작가에게 엄청난 힘이 되고, 에너지가 된다.

언젠가 친구가, 한국에서 인정받았고 그래서 안정된 생활을 하는데, 뉴욕에는 왜 가는지 물은 적이 있다. 나는 새로운 도전이라고, 지금 아니면 못 갈 것 같다고 답했다. 나는 작가가 성장하기 위해선 끊임없이 깨어 있어야 한다고 생각한다.

성장한다는 것은 가슴을 꿰뚫는 아픔을 겪기도 하고, 함께 공감하는 마음, 그리고 전달하는 마음이 커져간다는 것이 아닐까? 또한, 그로 인해 눈물도 많아지는 것 아닐까? 이러한 도전의 시간, 둥지를 박차고 나오는 결단의 시간이 있어야 작가로서 성장할 수 있을 것이다.

우리 인생의 성장 역시 눈물을 동반하는 것 같다. 그래서 나는 한 영혼의 성장은 눈물을 동반할 수밖에 없다고 말하고 싶다. 인생이라는 길 위에서 눈물은 성장을 나타내 보이는 신호이기 때문이다. 나에게 눈물은 살아있음을 알려주는, 존재에 관한 또 하나의 언어가 되어가고 있다.

요즘 눈물이 부쩍 늘었다는 나에게 어떤 친구가 이런 말을 해주었다.

"그건 성희승 작가가 공감하고 나누는 마음이 커진 거지."

그때는 그냥 지나쳤던 말인데, 친구가 어떤 의미로 했는지 고개가 끄덕여지면서 울컥해지곤 한다. 김현승 시인의 〈눈물〉이란 시를 떠올려 본다.

더러는
옥토에 떨어지는 작은 생명이고저…

흠도 티도
금가지 않은
나의 전체는 오직 이뿐!

더욱 값진 것으로
드리라 하올 제,
나의 가장 나중 지니인 것도 오직 이뿐!

아름다운 나무의 꽃이 시듦을 보시고
열매를 맺게 하신 당신은,
나의 웃음을 만드신 후에
새로이 나의 눈물을 지어주시다.

마음속 눈물과 공감, 내 안의 어떤 것들이 이제 타인과 사회를 향해 진실한 마음을 나누며 행동으로 나아가고 있다. 우리는 매일 길 위에 선 삶을 살아간다. 그리고 언젠가는 꼭 가보고 싶은 길을 마음에 품고 살아가기도 한다.

나에게도 그런 길이 하나 있다. 전시에 참여하거나 짧은 여행으로 스페인에 다녀온 적이 있다. 그때마다 꿈꿔온 길, 바로 산티아고 순례길이다. 별을 담고, 빛을 따라가는 그림을 그려오면서 우리 모두가 인생의 순례자라는 묵상을 한다. 그래서인지 산티아고 순례길이 마음에 들어왔고, 그 길을 따라 걸어보고 싶다.

그리고 그 옆에 나의 반려자 '헐님'과 함께 하는 상상을 해보곤 한다. 마음만 먹으면 언제든 갈 수 있는 스페인이지만, 아직은 산재한 여러 가지 일들로 시간을 내기가 쉽지 않다. 사랑을 나누는 부부이자 벗, 그의 손을 꼭 잡고 순례길을 비추는 빛을 따라 걷고 싶다. 나에게 그가 필요하듯, 그에겐 내가 필요하다. 우리는 서로 절실히 필요했기에 함께 걸으며, 뚜렷한 목적이 없더라도 우리를 일으켜 세운 빛을 따라 걷고 싶다. 수도자들의 봉헌의 시간처럼….

이 순간 나는 삶의 페이지를 넘기면서 그 흔적들을 담는다. 마치 춤을 추듯 붓을 들고, 빛의 흐름을 따른다. 빛을 따라 떠나는 순례자가 된다. 나의 벗에게, 아이들에게, 동시대를 살아가는 이들에게, 그리고 다음 세대에게, 그리고 이 땅의 작은 이들을 향해 진심을 담아 말해주고 싶다. 내가 전하고 싶은 말, 건네고자 하는 말은 명확하다.

"내가 함께 걸어줄게."

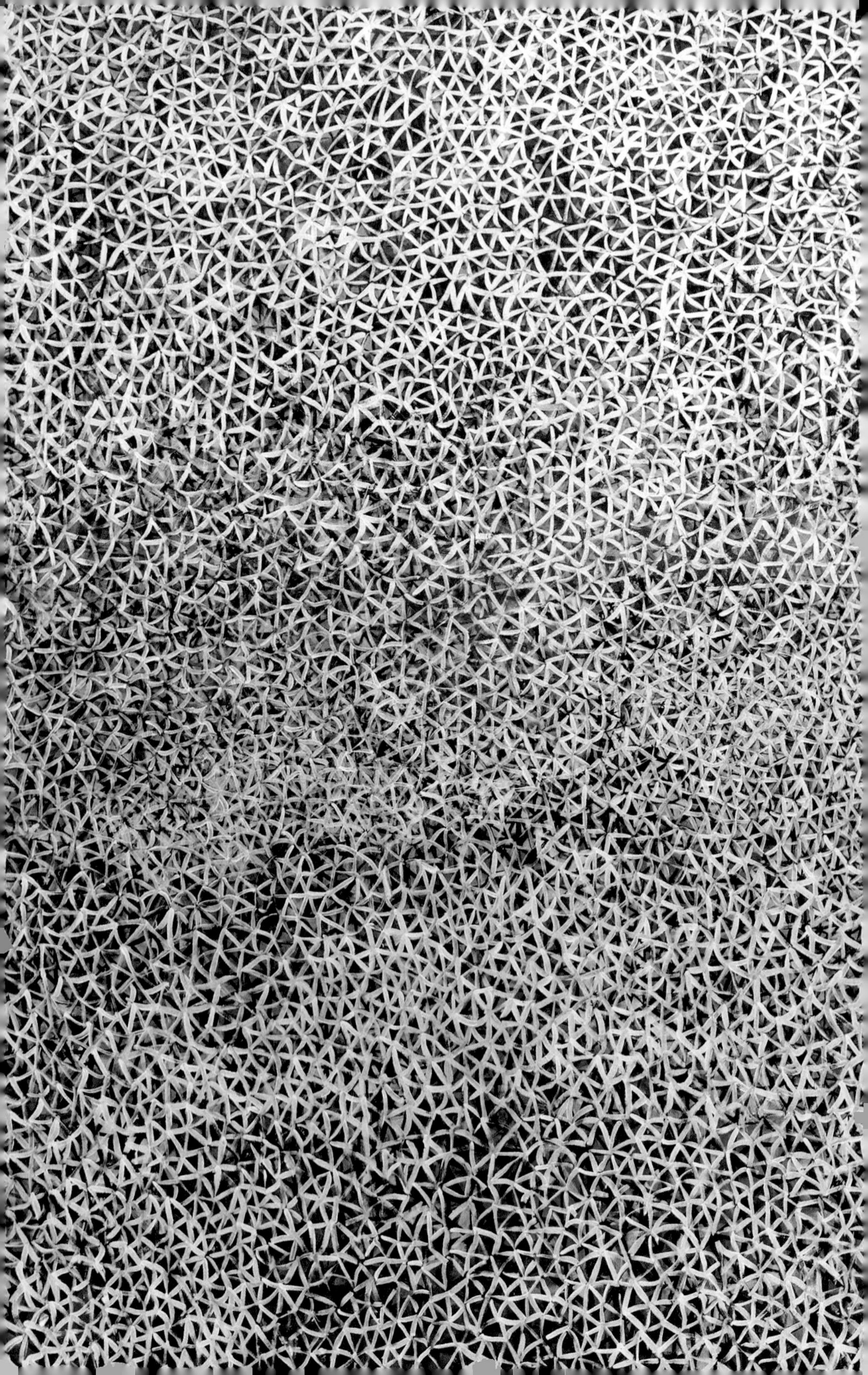

우주 숲 :

빈, 텅 빈, 비우는

가분하게, 가뿐하게

모닝글로리, 모닝스타

작가의 선 : 세묘화

골든 씨드 중에서

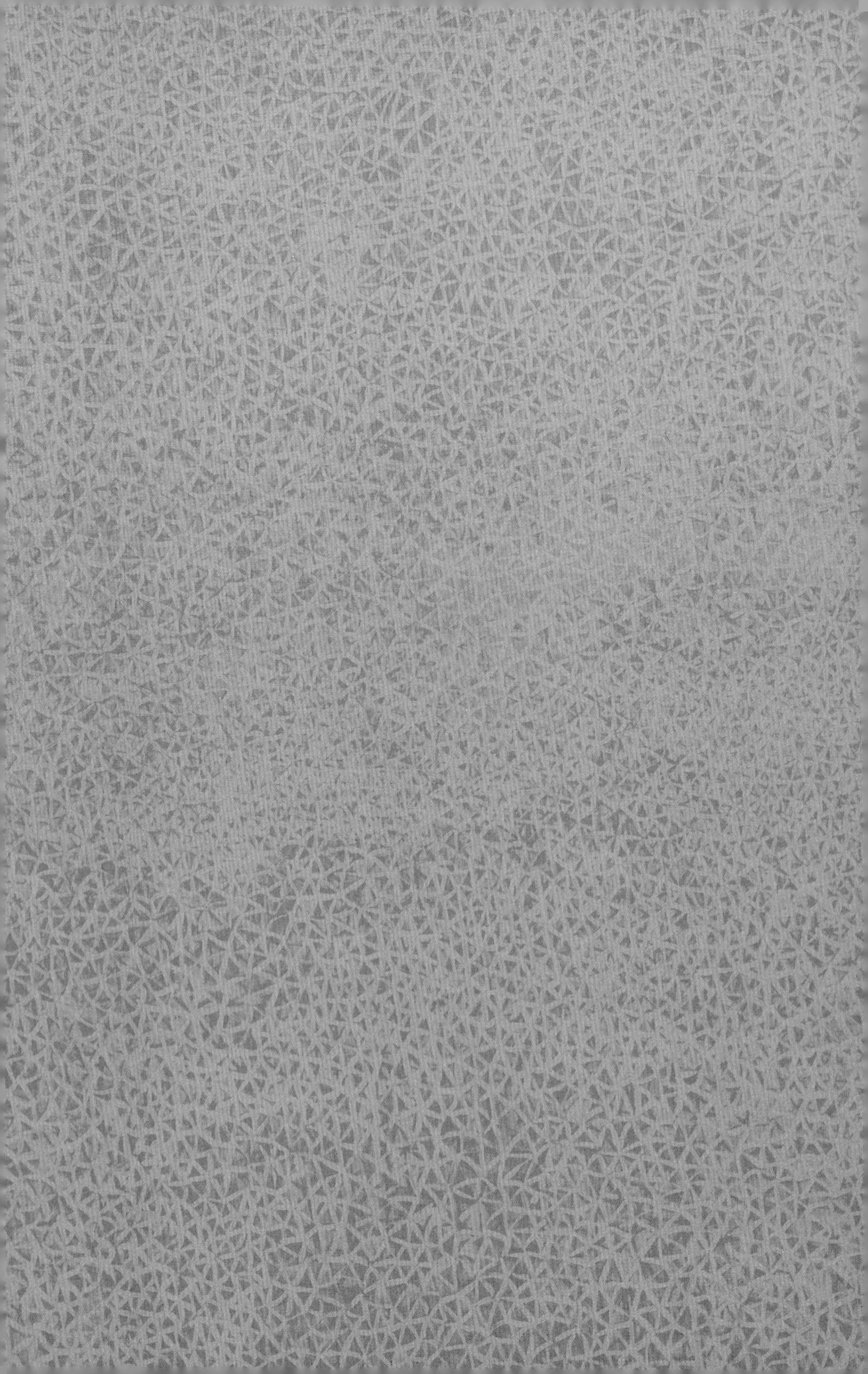

빈, 텅 빈, 비우는

세상을 살아가면서 내가 경계해야 할 것, 불쑥불쑥 찾아오는 '조급증'이라는 골칫덩이를 생각해 본다. 평온한 상태를 망가뜨리고, 고요함을 깨뜨린다. 내가 그러겠어? 하는 순간, 주인인 양 내 혼을 잠식하려고 한다. 이럴 때면 모든 것이 불안하다. 그럴 때마다 청소를 시작한다. 주변을 깨끗하게 정리하고 나면 마음이 평화로워진다. 청소를 통해서 생각을 정리하고 영혼을 정화하는 느낌이다.

나이 들수록 내가 하고 싶은 것을 감각적으로 표현하기보다, 절실하고 간절한 마음, 평화롭고 조화로움을 향해 나아가고 있다. 이러한 마음은 평소 습관에도 담겨 있다. 정리정돈이 잘 되어있어야 모든 것이 자연스럽게 흘러간다. 이때 더

Universe_ 210203(part), 73x61cm, Acrylic and Korean Paper on Canvas, 2021

감각적인 것이 나온다.

어수선할 때, 생각의 정리정돈이 필요할 때, 무언가 중요한 결정을 해야 할 때 하는 것이 있다. 바로 '청소.' 오늘도 그런 날이다. '청소하자' 이 생각에 오랜만에 책장 정리를 하다가 낡은 일기장 하나를 발견했다. 아주 얇고 작은 크기여서인지 책 사이에 들어가 있었거나, 책을 보다가 갑자기 메모하고 싶은 마음이 들어 끄적이다 그대로 꽂아두었던 모양이다.

정리를 잠시 멈추고 다이어리를 들추었다. 대학교 때 썼던 다이어리이다. 그 시절의 생각들이 고스란히 담겨 있는 일기들이었는데, 눈에 들어온 단어가 하나 있었다.

"비 움"

아무것도 씌어 있지 않은 페이지에 '비움'이라는 단어만 반짝이고 있었다. 갑자기 웃음이 나오더니, 멈춰지지 않았다. 다른 방에 있던 딸이 달려와 "엄마, 왜 웃어?" 하는데, '비움'이라는 단어를 어떻게 설명해야 하나, 떠오르지 않아서 "엄마가 대학교 다닐 때가 생각나서." 이렇게 말하고는 일기장을 닫았지만, 그 시절의 내가 떠올라 미소가 가시지 않았다.

다시 '비움'이라는 단어를 한참 들여다보았다. 종이 한 장에 다른 내용 없이 써놓은 '비움'이라는 단어와 그 옆에 붉은 펜으로 ★표를 해놓은 것이 비장하게 느껴졌다. 일기장을 채워 나가던 스무 살 갓 넘은 나이였을 텐데, 그때는 어떤 고민이 있었을까? 또 머리에는 무엇이 꽉 차 있었을까? 하는 생각이 들면서 웃음이 나왔다.

일기장을 한 장 더 넘겨 보니, 대략 추측해 볼 수 있는 일들이 적혀 있었다. 지금처럼 '그림 작업'을 치열하게 하고 있었던 모양이다. 고민의 흔적들이 여기저기 보이며, 답을 찾고 싶은 마음이 고스란히 느껴졌다. 책장 정리하던 것도 잠시 잊어버리고 옛 기억을 되살리기 시작했다.

그때나 지금이나 나는 그림을 그리기 전 작업실을 깨끗하게 치우는 습관이 있는데, 내게는 하나의 의식과 같은 행동이다. 먼저 작업실 탁자를 정갈하게 치우고, 물감과 붓, 캔버스 등을 준비하는데, 그러할 때는 나도 모르게 어떤 설렘이 있다. 아무것도 없는 텅 빈 작업실이 새로운 작품으로 채워지는 순간을 상상하게 한다.

이렇게 시작되는 비움과 채움의 반복, 텅 빈 작업실의 책상에서 모든 것이 마법처럼 시작된다. 작업실이 텅 빈 모습일 때 작업을 시작할 수 있듯, 마음도 그러하다. 마음속 생각을 하나둘씩 비우고 나면, '무無'의 상태가 된다. 명료하게 또는 단순하게 정리하지 않으면 뒤죽박죽 얽히고설켜 갈 곳을 잊고, 가슴 구석진 곳에 웅크리게 되기 때문이다.

작업이 진행되면 탁자, 그림, 물감 등이 제 자리를 찾아간다. 이때 작업실이 채워져 감을 느낀다. 그 채움은 버거운 것이 아니라 설렘이며, 도전이며, 여행길이며, 또 빛을 향해 떠나는 의식 같은 것이다.

단순히 '새로운 작업', '최근 작품'으로 채워지는 것이 아니라 그 작품이 탄생하기까지의 전 과정이 담기기 때문이다. 좋아하는 책들로 가득 채워진 책장이 나의 영혼을 깨우는 것처럼, 나를 깨워주는 역할을 한다. 그 순간은 바로 내 영혼이 깨어나는 고귀한 시간이다.

그래서 마음속에 있는 것들을 버킷리스트처럼 정리하는 습관이 있다. 마음이 가벼워졌을 때, 비로소 보이기 때문이다. 마음이 보일 때 흘러가고자 하는 방향으로 흐를 수 있다. 이렇게 작업실은 내 마음의 거울이고, 또 내 삶의 나침반 같은 역할을 한다.

그런데 나침반의 방향은 처음부터 정해지지는 않는다. 비움과 채움, 이들의 반복을 통해 '비움'의 방향을 찾아갈 수 있다. 또 그림을 그리기 전 진정 비워낼 힘이 허락됨을 느낀다. 그리고 비우는 힘이 생겼을 때 우리는 각자 원하는 '삶'의 방향으로 흘러갈 수 있다.

이렇게 나는 작업을 통해 인생을 살아가는 법을 배우고, 삶으로 이어나간다. 자신에게 주어진 길을 묵묵하게 걸어가는 순례자처럼 그림을 그려나가고 있다. 순례자는 그의 하루를 하늘에 의탁하며 몸과 마음의 문을 연다. 그는 영혼 깊은 곳, 자신의 마음 전부를 하늘의 인도에 맡기며 생을 성찰해 나간다. 나는 화가로서, 삶을 살아가는 이로서도 순례자의 모습이었으면 좋겠다고 기도를 드린다. 또 이런 생각을 한다.

"우리는 각자의 삶에서 빛의 신비를 찾아

Prelude of water, 259x194cm, Acrylic on Canvas, 2002

뚜벅뚜벅 걷는 사람들이다.

나 또한 걷는 사람이다."

인내하고, 깨닫고, 다시 뚜벅뚜벅 걸어가기를 반복하기에 이런 생각에 이르게 된 것이다. 우리 삶이 펼쳐지는 순간순간 각자에게 힘을 주는 빛을 만나고, 그 빛의 인도에 따라 살아갈 수 있으니 말이다. 순례자가 하늘을 향해 온몸과 마음을 오롯이 내어놓듯이, 우리도 이러한 경건함을 가지고 살아갈 때 삶을 이끌어 주는 빛의 인도를 받을 수 있다.

나는 순례자의 영혼을 생각하면서 항상 마음을 깨우려고 노력한다. 고난이 닥칠 때 바보는 방황하지만 현명한 사람은 순례 길을 떠난다는 말이 있다. 세상을 향해 순례 여행을 떠난다는 것은 새로운 풍경만을 보러 가는 게 아니라, 세상을 살아가는 또 하나의 새로운 눈을 얻어 오기 위함이다.

나의 '지금'을 깨우는 시간, 내게 이 시간은 그림을 그릴 때다. 가장 눈부신 순간이다. 붓을 들고 캔버스에 마음의 결을 꺼내 햇빛에 보기 좋게 말려 놓는다. 가슴속의 복잡함이 서서히 정리되는 느낌이다.

언제부터인지 나는 그림을 그리면서 비우기 시작했고, 그림을 그리는 모습은 내 삶의 자화상이기도 하다. 사람들은 나의 외모를 보고 화려함을 좋아할 것처럼 여기지만, 나는 소소한 것, 소박한 모습, 소담스러운 것을 좋아한다. 본연의 모습을 볼 수 있고, 본래의 맛을 느낄 수 있고, 있는 그대로의 멋을 감지할 수 있기 때문이다. 이목구비가 뚜렷하고 키가 큰 나는 조금만 화장을 해도 화려해진다. 그러나 나는 수수한 옷차림과 화장기 없는 얼굴을 좋아한다.

삶을 비우며 있는 그대로의 모습으로 살아갈 때, 일상의 소소한 일에서 기쁨을 느낄 수 있다. 그러나 그렇게 살아간다 해도 낙심하고 상처 입을 때가 있다. 인생길에서 넘어지고 상처받을 때 어떤 이는 주저앉아 버리거나, 세상을 원망하며 울부짖기도 한다. 이럴 때 나는 툭툭 털고 일어나 함께 걷고, 잘 되길 기도해주는 이들과 더불어 있을 때 힘이 난다.

한 친구가 있다. 지구 반대편에 있어도 우리는 마음을 나누는 벗이 되었다. 시차가 다른 데도 새벽에 이야기를 나누고, 커피 한 잔 같이 마시는 느낌으로 이야기하며 마음을 나눌 수 있다. 어느 날 '비움'에 관한 주제를 가지고 이야기하다 우리 관계도 그렇게 되었다는 것을 깨달았다. 순간순간 서로의 마음을 위로해 주고, 각자의 인생을 응원해줄 수 있는 사이가 되었다.

지금은 우연히 발견한 좋은 정보, 가슴에 와닿는 글귀를 발견하면 주저 없이 서로 나누고, 비슷한 경험을 공유하거나 상반된 견해에 대해서도 이야기를 나눈다. 각자의 가족과 이웃, 친구 등 주변 사람들의 안부도 나눈다. 한마디로 있어 보이는 척도, 잰체 하지도 않고, 있는 그대로의 모습으로 이야기를 나눌 수 있는 사이이다.

친구와 나누는 그러한 시간이 참 좋다. 소식이 있으면 무심하게 링크만 툭 보내지만, 그것을 나누는 마음은 깊다. 이 자체가 얼마나 큰 선물인가? 그 친구가 정보를 공유해 링크를 보내온 적이 있다. 뇌사에 빠진 젊은 청년이 하늘나라로 가면서 100명에게 생명을 나누어 주었다는 소식이다. 이 소식을 듣고 한동안 가슴이 먹먹했다. 빛으로 와서 또 다른 빛을 선물하고 세상을 떠나간 그 청년의 고귀한 삶이 느껴졌다.

김수환 추기경님이 하늘나라로 가시면서 각막 기증을 하셨다는 사실을 접하고는, 그 사랑과 비움에 대해서 존경하는 마음을 가졌던 것이 떠올랐다. 장기기증에 대해 생각한 적이 있는데, 한동안 잊고 있었다. 그런데 다시 비슷한 사연을 접하게 된 것이다.

> "아, 나도 누군가에게 빛을 남기고, 빈손으로 살아갈 수 있기를…."

이번에 한국에 돌아가면 꼭 해야 할 리스트에 적고, 그 절차와 방법도 알아두었다. 내가 아끼는 이에게도 함께하자고

새벽별, 228x161cm, Acrylic on Canvas, 2023

권해야겠다는 생각이 들었다. 흙에서 와서 흙으로 돌아간다는 성경의 말씀처럼, 모든 것을 다 나누고 비우고 간 청년의 삶, 그 삶을 애도하며, 존귀한 삶을 나눌 수 있는 이가 되길 기도하며 이 밤을 보낸다.

"비움으로써, 텅 빈 마음 안에
진심을 담아 마음을 읽고, 이야기함으로써
마음의 결을 한결 한결 비워내자.
이렇게 가벼워지길 바라면서,
깊은 밤, 새벽녘을 흘려보내고 있다."

깊은 밤에 이어지는 짙은 새벽, 나를 더 깊게 읽는 시간이다. 하루를 정리하고, 어지러운 마음을 정돈하는 시간이다. 고요한 시간은 부정적인 감정보다는 평온한 마음이 더 밀려온다. 이 시간은 텅 빈 마음으로 하루를 비어낼 수 있다. 혼자 느긋하게 산책을 하는 기분이다. 미뤄두었던 생각들을 정리하고 나면 기분이 한결 가벼워진다.

생각이라는 것은 무의미한 게 아니라, 나의 본성 어딘가에 숨어 있는 그 무엇을 알아내는 일이다. 이런 날은 잠도 잊고, 마음의 길을 따라가다 보면 내게 빛을 주는 곳에 이른다. 그리고 그곳에 머무르게 된다. 한없이 소박한 곳, 엄마 품처럼 따뜻한 곳, 빛을 품고 있는 그곳은 밝은 빛의 원류이며, 원천이다.

이런 시간은 에너지가 충전되어야 할 때 주어진다. 밤의 순례자가 존재의 근원을 찾아, 그리고 빛의 근원을 찾아 순례하듯 이 시간을 이어나간다. 내가 바라보는 세상, 우리가 바라는 세상을 생각하며 글자 하나하나를 쓰듯, 그렇게 그림을 그려나간다. 단순히 그림을 그리는 것이 아니라 마음을 읽고, 손으로 그리며, 다시 마음에 새기는 과정을 거친다.

이 과정을 거쳐 작품이 완성되었을 때 비로소 말할 수 있다. 모든 것이 비워졌다고 생각하는 찰나 다시 시작된다. 희망은 바로 옆에 있는 이를 통하여 찾아온다.

가분하게,
가뿐하게

서울과 뉴욕을 오가면서 시차 적응에 시달리면 어김없이 감기 기운이 돈다. 며칠 뉴욕의 날씨가 좋아서 얇게 입은 옷도 한몫 한 것같다. 지구 반대편의 친구 모니카와 이야기를 나누다가 '뱅쇼'가 나왔다. '감기에는 생강차나 뱅쇼'라고 하는 친구의 말에 뱅쇼 판매 카페를 찾을까 하다가, 이번에는 직접 만들어 봐야지, 하는 생각을 하게 되었다.

프랑스의 감기약이라 불리는 뱅쇼, 20년 전 대학 기숙사 방을 함께 사용했던 러시안 룸메이트가 좋아하던 뱅쇼, 옛 친구의 모습과 함께 자연스레 뱅쇼의 재료가 머릿속에 그려졌다. 적당한 크기의 편수 냄비를 꺼내 얇게 썬 사과, 오렌지, 레몬을 넣고, 와인을 부었다. 그리고 정향과 팔각을 넣고 기다리는데, 보글보글 끓는 소리가 머리를 맑게 한다. 끓는 소리가 커지면서 뱅쇼는 그 빛깔을 찾아갔다.

뱅쇼는 영혼마저 치료한다던 모니카의 말이 떠오른다. 함께 넣은 과일들과 향신료들의 색과 향이 입혀지면서 와인의 색이 깊어진다. 오래 끓일수록 알코올 향은 날아가고, 그윽한 뱅쇼의 향이 올라온다. 오랜 친구를 만나, 그간의 소식을 하나씩 풀어내는 것처럼 깊고 진한 맛이다. 그리고 각자 열심히 살아온 기분 좋은 느낌처럼 여러 가지 향긋함이 달콤하게 올라온다. 뉴욕에는 오랜 친구들이 여럿 있다. 그들을 떠올리며, 자주 보지는 못해도 안녕을 기원하며 뱅쇼를 마셨다.

내가 만든 머그잔보다는 선물로 받은 '뉴욕 트위기 머그잔'을 꺼내 뱅쇼를 담는다. 나는 '트위기 시리즈'를 좋아하는데, 내가 가지고 있는 것은 이 머그잔 하나밖에 없다. 나는 장을 볼 때, 또 붓을 살 때, 물감을 살 때는 계산하지 않고 아낌없이 산다. 그런데 엄마가 되고부터 나를 위한 물건을 살 때는 머릿속으로 계산을 한다. 이렇게 주저하고 계산하는 모습이 싫지만은 않다. 내가 책임져야 할 이들에 대한 가장의 모습이니 말이다.

뱅쇼의 향이 주방을 가득 메운다. 트위기 컵에 담은 뱅쇼에 시나몬 스틱을 넣어 휘휘 저으며 한 모금 마셨다. 순간 몸을 따뜻하게 하는 뱅쇼 덕분인지 감기 기운이 모두 날아가는 듯했다. 더불어 뉴욕에 도착해서 머릿속에서 복잡하게 나누어져 있던 생각들이 하나로 맞춰지는 듯 가벼워진다. 머리가 복잡해지는 순간들을 돌아보면 마음의 부침을 겪을 때가 많다. 뱅쇼 한 잔이었지만, 모니카의 말대로 몸뿐 아니라 영혼의 배고픔까지 채우는 것 같다. 한 잔 마시고 나니 몸도 마음도 한결 가볍다.

뉴욕에 와서 좋아하게 된 단어의 하나가 '영혼'이다. 영혼, 글을 쓰는 작가든, 그림을 그리는 화가든 '영혼'을 담은 작품을 만들고 싶을 것이다. 그리고 수많은 '영혼'들과 함께 교감하며 공감하는 작품으로 그들에게 이야기를 건네고 싶을 것이다. 꿈을 이루기 위해서는 보이지 않는 곳에서 더 큰 노력을 해야 한다. 또 수많은 나날, 셀 수 없는 노력과 반짝이는 꿈을 꾸어야 한다.

나는 그림을 그리지 않을 때는 주로 책을 읽고 쓰며, 꿈을 꾸고, 공감하며 연대하며 살아간다. 당장 특별한 활동은 하지 않더라도, 깨어 있는 생각을 하며 올곧은 가치관을 갖기 위해 노력한다. 여건이 되면, 좋아하는 책으로 벽면 사방 가득 서재를 꾸며 보는 것이 꿈이다. 높은 층고의 위쪽에만 책으로 채워 볼까 생각하는 것만으로도 근사하다. 지금은 그림을 그리는 작업실이 중요하지만, 언젠가 좋아하는 책으로 꽉 찬 높은

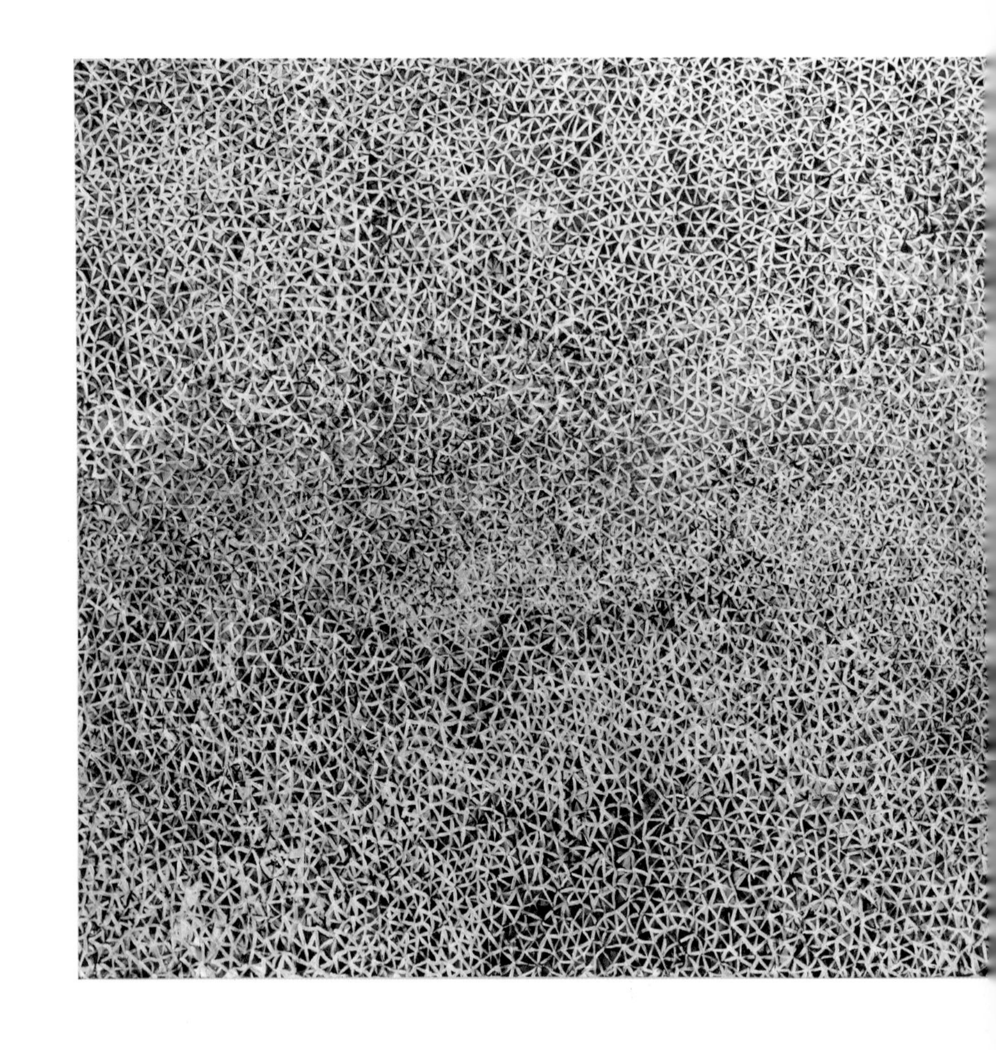

벽들과 사다리를 가진 서재를 가질 수 있으리라 하는 꿈만으로도 삶의 에너지를 느낀다.

뉴욕에는 집이 아닌 나만의 서재가 있다. 아니, 나만의

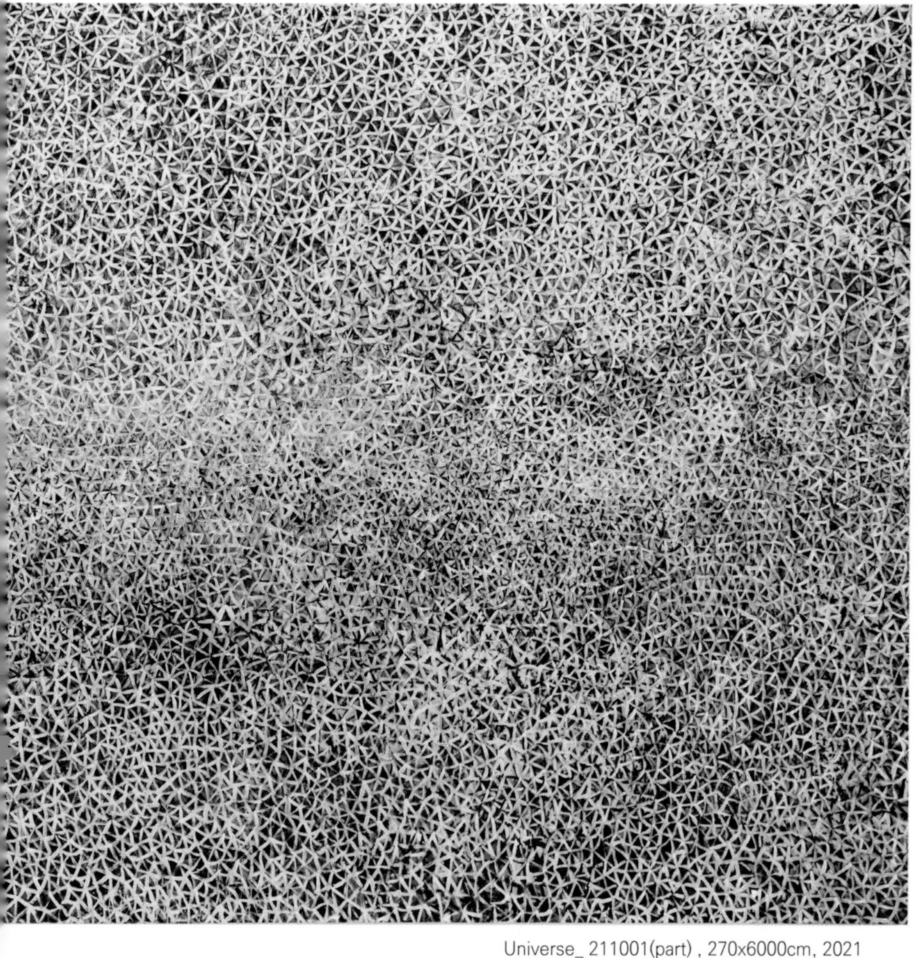

Universe_ 211001(part) , 270x6000cm, 2021

서점이라는 곳이 있다고 말하는 것이 더 적절할 듯싶다. 바로 스트랜드Strand 서점이다. 이곳은 영화, 드라마에도 자주 나올 정도로 유명하다. 뉴욕 한가운데에 100년을 자리할 정도로 뉴욕의 또 다른 랜드 마크이다.

1927년에 개점한 스트랜드 서점은 리투아니아에서 건너온 이민자가 문을 연 곳이다. '스트랜드'라는 서점 이름은 유명 작가들이 많이 살았던 영국 런던의 스트랜드 거리 이름에서 가져왔다. 뉴욕의 스트랜드는 우리 집 근처 유니언 스퀘어Union Sq.를 지나 브로드웨이B'way를 따라 남쪽으로 조금만 걸으면 나타난다.

스트랜드 서점의 붉은색 로고가 마음을 설레게 한다. 뉴욕에 오고 나서 스트랜드의 에너지가 참 좋아 아이를 학교에 보내고 혼자서 종종 들린다. 스트랜드 서점 근처에는 유명한 아티스트의 자택이나 작업실 등이 있는데, 현대미술사가 느껴지는 골목과 건물들이 반갑다.

스트랜드에 들어가면 시간이 멈춘 듯한 책들의 냄새, 책장 곳곳에는 예술가들의 숨결이 깃든 흔적들이 남아 있다. 손에 꼽아 왔던 예술가를 택해 그에 관한 책을 읽다 보면, 그의 시대로 돌아가 함께 여행하는 기분이 든다. 나는 중고 책이 더 매력이 있다, 낡았지만 깊이가 있다. 그 안에는 그 책이 발간된 이래의 시공간이 들어있다.

책을 읽는 시간은 단순히 지식을 늘리는 것이 아니라, 시공간을 초월해 여행할 수 있고 그 시대를 배우는 과정이다. 종이에 밴 잉크 냄새, 페이지를 넘기면서 느껴지는 종이의 촉감도 그 시대의 역사를 함께하는 듯하다. 책장이 늘어선 좁은 통로가 불편하기도 하지만, 100년의 시간을 담고 있는 낡은 책장에서 풍기는 자취들이 이 서점을 오게 만드는 이유이지 않을까?

이곳의 분위기를 그림으로 담고 싶다는 생각에, 머릿속으로 붓을 들고 스케치를 하며 산책하듯 걷는다. 이럴 때는 '아, 용인 집이면 원하는 책들을 다 사갈 수 있을 텐데…' 하는 마음이 들었다가 '스트랜드가 내 서재라 생각하면 되지!' 하는 생각도 해본다.

용인 집에 있을 때도 가끔 헌책방을 가긴 했는데, 스트랜드 서점은 그 규모에 압도되고, 무엇보다 예술 관련 고서적이 많아 자주 발길이 닿는다. 또 이곳에 재미를 더하는 것은 '스페셜 1달러'(Special $1) 라고 적힌 가판대이다. 거기에 있는 책은 무조건 1달러이다. 거기에서 어떤 책이 나올지는 아무도 모른다. 보물찾기를 하는 기분으로 뒤적거리다 보면 값어치 있는 책이 나오기도 하여 깜짝 놀라곤 한다. 나는 그 앞을 지나갈 때마다 '보물찾기'에 도전하는 습관이 생겼다.

이렇게 스트랜드에서 보내는 시간은 과거와 현재 그리고 미래를 아우르며 시공간을 초월하는 기분 좋은 과정의 연속이다. 스트랜드 서점에는 우리나라 서적 코너도 있다. 이국땅 뉴욕에서 만나는 한국 책은 각별하고, 한글은 더욱 소중하게 느껴진다.

〈나무위키〉에 따르면, 세상에는 100여 개의 언어가 있다고 한다. 한국어는 전 세계 언어 중 사용자 수가 7,500만 명에 이르러 화자 순위로 세계 18위라고 한다. 그런데 세계의 다양한 언어 중에 문자를 만든 사람, 만들게 된 목적, 반포되어 쓰기 시작한 때, 그리고 글자의 원리 등을 알 수 있는 언어는 한글이 유일하다고 한다. 이러한 한글이니, 얼마나 자랑스러운 일인가.

이곳에서 한국을 알리는 책이 있는가 살펴보곤 하는데, 어느 날 우리 국어사전을 발견한 적이 있다. 스트랜드에서 만난 국어사전이 얼마나 반갑던지, 사전을 덥석 들고 펼쳐보았다. 우리나라의 냄새가 고스란히 묻어 있는 듯 기분이 좋아졌다. 이때 펼쳐진 단어가 '가분하게'였다. '가분하게'는 자주 쓰지 않은 말이지만, 뜻이 너무 좋아 기억에 담아왔다.

"가분하게 :

1. 들기 좋을 정도로 가볍다.

2. 말이나 행동이 가볍다.

3. 몸의 상태가 가볍고 상쾌하다."

외국의 도시에서 접하는 한글이 한없이 반갑다. '가분하게'의 세 번째 의미가 가슴에 들어왔다. 뜻 그대로 몸도 가볍고 마음마저 상쾌해진 기분이 들었다. '가분하게'라는 단어는 다소 낯설지만, '가뿐하게'의 작은 말이라는 안내 말에 금세 익숙해지면서, 한글의 매력을 생각하게 된다. 언어학자들이 한글을 가리켜 '위대하다'라고 하는 이유를 깊이 느낀 날이다. 한글의 오묘함과 신비로움이 아름다움으로 옮겨지면서, '느긋함'이라는 단어도 눈에 들어온다.

"느긋함 :
마음에 흡족하여 여유가 있고 넉넉한 상태"

느긋함. 스트랜드에서 한글을 만난 지금의 딱 내 마음이다. 뉴욕대학을 다니던 20대 시절에도 스트랜드를 자주 들르곤 했는데, 그때는 우리나라 책이 많지 않았다. 그러나 지금은 각 분야의 K-문화 때문인지 우리 말에도 관심을 가지는 이들이 늘어나, 스트랜드에도 한국 관련 책들이 자주 보인다.

가끔 외국인 친구들이 한글에 대해 말할 때가 있다. 한 친구의 의견이 인상적이었다. 넷플릭스로 세계 여러 나라의 드라마나 영화를 공유하게 되면서 그 나라의 언어들도 친숙하게 들려오는데, 한글이 제일 오묘하고 신비롭다는 것이다. 한글에 대한 외국인의 독창적이고 신비롭다고 하는 평가를 활자로 접한 적은 있었지만, 직접 말로 듣는 것은 처음이었다. 신기하기도 하고 자랑스러웠다.

그전에 외국인 친구들로부터 한글에 대해 들은 말은 그 구조가 복잡해 배우기 어렵다는 것이었다. 한글이 오묘하고 신비롭다 하고, 더 나아가 배우고 싶다는 이들도 있으니, 듣기 좋고, 기분도 '가분해지는, 가뿐해지는' 순간이었다.

이날 이후로 나는 '가분하게, 가뿐하게'라는 단어를 자주 사용한다. 뉴욕에서의 우리 생활이 그렇게 흘러갔으면 좋겠다는 마음을 담아 기도한다. 뉴욕으로 전학을 와 힘든 첫해를 보낸 딸애도, 딸과 손녀와 시간을 함께 보내며 '뉴요커 할머니'가 된 엄마도, '뉴욕 퍼피'가 된 솔라도, 뉴욕에서 20대를 시작하며 새로운 가정에서 함께 성장해갈 큰딸도, 그리고 새로운 도전을 모색하고 있는 나도 그렇게 가분하고 가뿐하게 지냈으면 하는 마음이다.

기도를 드리는 시간, 어느새 걱정은 사라지고 나를 어루만져주는 손길을 느낀다. 눈에 보이지 않는 손길, 그러나 한없이 따뜻한 손길을 느끼며 많은 밤을 잠들 수 있다. 이렇게 기도를 드리며 마음의 위로를 얻고, 앞으로 나아갈 힘을 얻는다. 내일은 오늘보다 더 '가분하게, 가뿐하게' 일어나, 다가올 시간을 향해 갈 것이다.

모닝글로리,
모닝스타

아이의 함박웃음은, 어린 시절 웃느라 바빴던 나를 일깨운다. 길가에 핀 꽃과 하늘을 나는 새만 봐도 좋아하는 아이들, 나도 저럴 때가 있었지, 아직도 그런 모습을 간직한 나는 해바라기만으로도 행복하다. 어릴 때부터 나는 알 수 있었다. 작고 소소한 일들이 모이고 모여 삶의 에너지가 되고, 인생은 그 에너지로 살아간다는 것을…. 웃음도 마찬가지다. 큰 웃음, 작은 웃음, 그 웃음들이 모여 밝음을 만들고, 그 밝음이 내 하루를 밝게 한다.

어린 시절의 이런 에너지는 나를 사막으로 이끌었고, 사막에서도 희망을 보게 하는 원동력이 되었다. 모하비 사막, 20대 때 나는 그곳 한가운데에 서 있었다. 아무것도 자라지 않는 황무지였다. 모하비 사막의 해를 바라보며, 목마름이 아니라 생명력을 느꼈다.

나에게 생명을 주는 곳, 사막, 그 안에서도 꽃이 피어나는 것을 볼 수 있다. 해바라기였다. 사막에도 해바라기가 핀다는 사실이 무척 벅찼다. 생명의 꽃처럼 땅이 갈라지듯, 메마른 땅에서도, 흙먼지가 이는 모래 숲에서도 꽃이 피어나고 있었다.

나는 그렇게 사막에서 생명의 꽃을 발견했고, 그 생명의 꽃이 시작된 근원을 찾을 수 있었다. 나는 생명의 근원을 자연에서 찾으며 살아왔다. 그리고 생명의 근원을 찾을 수 있는 순간은 대부분 찰나일 때였다. 찰나의 반복일 때, 그 찰나는 영원의 순간으로 나를 이끈다.

뉴욕에서 모닝글로리를 만났다. 모닝글로리, 나팔꽃. 늦은 봄부터 여름까지 피어나는 나팔꽃, 새벽부터 아침까지 피어나는 나팔꽃을 보면서, 어두운 밤하늘을 밝히며 아침의 희망을 전하는 모닝스타의 활짝 핀 꽃이 모닝글로리, 나팔꽃이라고 생각하였다. 모닝글로리, 나팔꽃은 위에서 내려다보면 별 모양을 하고 있다. 얼마나 기뻤는지, 처음 해바라기에서 수많은 별을 발견했을 때와 같은 기쁨이었다. 그렇게 모닝글로리를 발견하고, 한참을 나팔꽃에 빠져 사진을 찍었던 적이 있다.

여름이 지나 가을이 되어가고 있다. 아직은 이른 가을, 수풀은 초록 옷을 입고 있다. 그러면서도 수줍은 아이의 빨간 볼처럼 울긋불긋해지기 시작하고 있다.

밤하늘에만 보이던 별이 어느 순간 쏟아지기 시작했다. 이름 모를 작은 꽃으로, 피다 만 꽃망울, 막 가을옷을 갈아입기 시작한 들풀, 햇살을 받은 그들은 각각의 빛깔을 내며 빛나고 있다. 그 순간 나의 영혼을 깨우는 듯, 뉴욕의 선선하고 특별한 바람이 지나간다. 눈으로 볼 수 있는 빛보다 마음으로 볼 수 있는 빛이 나를 이끈다.

세상의 모든 빛나는 것은 언제나 제 자리에서 한 순간에도 빛나고 있을 것이다. 제자리에서 각각의 순수한 모습을 그대로 유지한 채 살아가는 세상을 꿈꾸는 것이다. 그리고 더 나아가 우리가 사는 세상이 그런 곳이 되면 좋겠다는 꿈을 꾼다. 그런 세상은 화가 혼자서 만들 수 있는 것이 아니다. 함께 웃고, 울고, 공감할 수 있는 우리가 있을 때 가능하다.

그런 세상을 꿈꾸는 순간 나는 다시 한번 모닝스타를 기다린다. 칠흑같이 어두운 밤, 아침이 오기 전 어둠의 절정을 밝혀줄 모닝스타, 그 찰나를 놓치고 싶지 않은 것이다. 그 찰나는 캄캄한 마음의 방에 불이 켜지는 것과 비슷하다. 그리고 마음의 뜨락에 별빛이 스며들어와 마음의 수를 놓듯 꽃을 피운다.

그렇게 별꽃이 피어나는 순간, 세상 어떤 것과도 바꿀

수 없는 기쁨과 환희를 느낄 수 있다. 별빛이 건네주는 기쁨과 환희는 상처받은 마음을 위로해 주는데, 그 위로의 깊이는 신의 영역이기에 가늠할 수 없다. 단지 이 순간을 영원히 기억하고 새기며, 또 그다음을 기약하며 살아간다.

별빛이 주는 위로와 힘, 하늘의 별들과 매일 마음을 나누며 대화를 한다. 별들은 제 자리에 멈춰 있는 것이 아니라 매일매일 나를 깨어나게 하고, 시작과 끝을 함께 한다. 이렇듯 밤하늘 별빛 풍경을 관찰하는 일은 언제나 영혼을 위로하고 힘을 준다.

별빛이 그림 같은 풍경이 되는 밤, 고요함이 내려앉은 깊은 밤, 별빛이 쏟아지듯 내리는 날이 있다. 그 빛은 제각각이라서 별빛을 통해 별의 언어를 말하는 듯하다. 언젠가 고개 아픈지도 모르고 밤하늘의 별을 바라보는데, 별이 보내는 빛은 모스부호를 닮았다는 생각이 들었다. 외딴섬에 있는 누군가가 모스부호를 보내듯, 또 외딴섬에 있는 내가 별빛에 보내는 모스부호이듯 가슴이 뭉클해졌다. 나는 외딴 섬, 미지의 세계에서 보내오는 모스부호를 받아 '모닝스타'에 관련된 그림을 그릴 수 있었다.

'모닝스타' 그림을 그릴 때는, 한 번 칠하고 물감이 마르면 그 위에 또 덧칠하는 식으로 겹겹이 색을 올리는 방법을 이용하여 생명력을 부여했다. 그것이 반복되면 생명의 별꽃도 활짝 피어났다. 반복적인 붓질을 통해 오묘하고 은은한 색이 탄생하였다. 이제 그 영역이 점점 확대되어 생명의 별꽃에서 별꽃을 품은 우주, 그리고 우주를 품은 대우주까지 내가 짐작할 수도, 상상할 수 없을 정도로 그 영역이 무한히 확장되고 있다.

"우리는 각자의 영혼의 색을 품고 있다.
각자 다른 모습, 각자 다른 마음이지만,
각자의 자리에서 지금처럼 빛나고 있음을 전하고 싶다."

무한히 확장되는 우주 안에는 수많은 영혼들이 담겨 있다. 그 모습은 각각의 별을 품고 있는 별꽃이 되어 서로가 서로에게 모스부호를 보내며 삶을 지탱해 나가는 것이다. 모두 다른 모습과 마음을 품고 있지만, 서로를 위로하고 치유하는 회복의 힘을 얻고, 더욱 빛나는 별꽃, 모닝스타가 된다.

이제 나는 별꽃 모닝스타를 그려오며, 모닝스타의 영광이 피어나는 모닝글로리를 표현하고 싶은 생각에 이르렀다. 언제나 그렇듯 스스로 마음먹었던 것이라기보다는 나를 이끄는 무한한 어떤 힘에 의한 것이다. 곧 내 힘으로 할 수 없는 작업이다.

나는 이를 깨달은 순간부터 작품을 시작할 때 무엇을 해야지, 어떤 색을 써야지 정하지 않는다. 규정지을 수 있는 것은

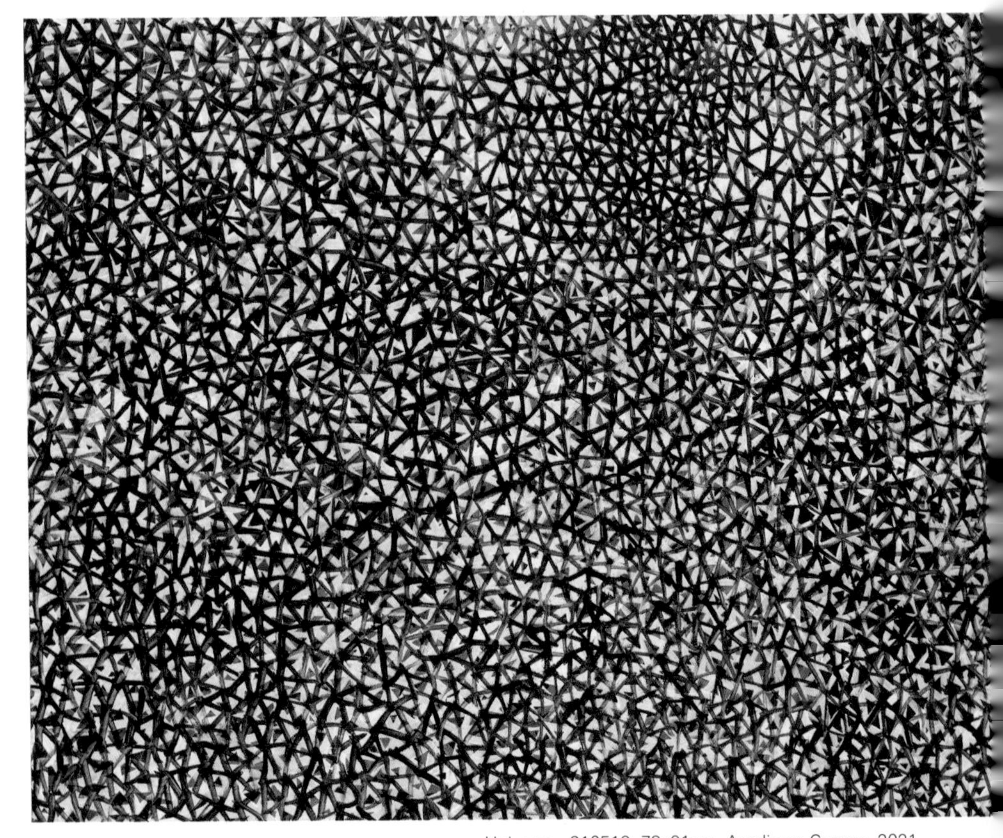

Universe_ 210519, 73x91cm, Acrylic on Canvas, 2021

내가 결정하지 않는다는 것을 결정하는 일뿐이다. 붓칠할 때 움직이는 힘은 내가 아니라 나를 이끄는 별빛의 근원, 골든 씨드이다. 이것을 인정하기까지 시간이 걸렸지만, 어느 순간 그것은 나의 힘만으로는 되는 일이 아니라는 것을 깨닫게 되었다.

내 작품을 언뜻 보면 비슷해 보일지 모르지만, 모두 다른 작품임이 더욱 선명해진다. 나의 별꽃 모닝스타는 이제 아침을 여는 모닝글로리를 노래하며, 치유와 회복의 힘을 주며, 소생할 수 있는 에너지를 담는다. 그리고 죽음과, 너무나 슬픈 일이 죽음으로 끝이 나는 것이 아니라, 또 다른 빛의 신호를 보냄을 이야기하고 있다.

최근 엄마의 언니들이자 나에게도 힘이 되어주셨던 이모 두 분의 죽음을 연달아 겪으며, 죽음이 내게 무엇인가를 말하고 있는 듯 전해지면서 이러한 치유와 회복의 힘을 바라는 마음이 커지기도 한다. 이 또한 내가 원하는 대로 할 수 있는 작업이 아니다. 이것은 별빛의 인도가 있어야 가능한 것임을 더욱 절실히 깨닫는다.

"나의 소중한 이들,
그들이 마지막으로 남긴 빛의 신호이다."

지금 내게 가장 절실하게 전해지는 것은 죽음이 전하는

빛의 신호이다. 이 신호는, 우리는 아주 작은 이들이지만, 우리의 마음속에 생과 사를 넘어 영원히 살아있음을 알려준다. 이러한 빛의 신호를 캔버스에 담는다는 것은 작가로서 얼마나 큰 행운이며 은총일까, 하는 생각을 하며, 누군가의 마음 안에서 살아 움직이는 그림을 그렸으면 좋겠다는 꿈을 놓지 않는다.

나의 별꽃, 모닝스타가 이렇게 우리가 되어 그들의 마음을 읽고 표현될 때, 그들의 별꽃을 피어나게 하여 그들의 별꽃이 수놓아지는 모닝글로리가 되는 그 순간을 맞이할 수 있을 것이다. 그때 나는 이런 이였으면 좋겠다.

> "너와 나, 우리가 얼마나 소중하며,
> 존중받아야 하는 이들임을
> 그림을 통해 영원히 각인시키고 싶다."

이것을 손글씨로 써서 책갈피에 끼워 넣는다. 언젠가 그걸 발견하고, 다시 한번 그 꿈을 이루었을 때를 상상한다. 책갈피에서 메모를 발견하는 것, 내가 좋아하는 일이다. 어린 시절 보물찾기에서 보물을 찾은 기쁨처럼 행복한 에너지를 주기 때문이다. 그래서 메모를 따로 챙기기도 하지만, 일부러 그대로 두곤 한다. 다시 그 책에서 꺼냈을 때의 행복을 위한 '메모 마일리지'라고 해도 될듯하다. 이번에도 메모 마일리지를 발견했다.

"나는 마음을 가지런하게 하는 그림을 그리는 듯하다."

이 메모에서 '가지런하다'는 낱말이 가슴에 스며들어 온다. 점과 선, 면을 무한하게 반복 작업하면 의식하지 않아도 정갈하게 가지런해짐을 느낀다. 이 작업은 자유롭지만 흐트러지지 않고, 내면의 에너지를 담고 표현하면서 그 작업에 담긴 메시지가 선명해진다.

작업의 메시지는 하나의 언어가 된다. 별의 꽃이 하나의 언어가 되어 전해지는 것이다. 나는 이를 별의 언어라 부를 것이다. 이렇게 탄생한 별의 언어는 세상의 언어와 달리, 모든 표현이 가능하고 누구에게든 전할 수 있는 그림 언어이다.

별의 언어로 그려진 그림 언어에 치유와 회복의 힘이 입혀져서 에너지 넘치는 그림, 어두운 밤을 지나 모닝스타를 만나고, 다시 모닝글로리의 영광을 맞이하는 그런 그림을 전하고 싶다.

작가의 선 :
세묘화

쿵짝짝, 쿵짝짝. 4분의 3박자 음이 계속 소리를 만들어 낸다. 요즘은 악기 없이도 음악을 만드는 게 가능하다. 핸드폰으로도 작곡하는 세상이 되었다. 더욱 놀라운 것은 딸이 창작곡을 만들었다는 사실이다. 아이폰에 있는 애플리케이션으로 만든 곡인데, 기회가 되면 전시회 오픈 날 함께 플레이해도 좋겠다는 생각이 든다.

아직 곡 제목은 정하지 못했지만, 아마도 '숲 우주'가 되지 않을까? 숲속에서 들리는 소리 같기도 하고, 먼 우주에서 보내는 신호 같기도 하다. 딸이 만든 음악을 반복해서 듣는데, 언젠가 제주도에서 보았던 돌고래, 그리고 샌프란시스코 체인아일랜드에서 본 돌고래가 생각났다.

나는 그때의 돌고래만큼 깊은 눈을 본 적이 없다. 그만큼 돌고래는 깊은 눈을 하고 있었고, 마음을 전하는 눈을 갖고 있었다. 바다를 담은 듯, 한없이 깊은 눈동자와 마주쳤기 때문일지도 모른다. 나 혼자만의 착각이었다 할지라도 그날 나는 돌고래의 깊고도 깊은 눈망울을 분명 보았고, 마음에 담아냈다.

최근에 돌고래를 모티브로 하는 드라마 한 편이 시작되었는데, 주인공이 종종 등장하는 돌고래의 눈빛의 그런 따스함을 전해주었기에 그 드라마를 볼 수밖에 없었다.

드라마 〈이상한 변호사 우영우〉의 주인공 우영우는 '자폐 스펙트럼 장애'를 지닌 변호사이다. 그리고 '앞으로 읽어도 토마토, 거꾸로 읽어도 토마토'와 같은 단어를 나열하며 자신을 소개한다.

"제 이름은 똑바로 읽어도, 거꾸로 읽어도 우영우입니다.
기러기, 토마토, 스위스, 인도인, 별똥별, 우영우."

자신을 소개하는 이 대사에서 주인공의 순수함이 전해진다. 나는 우영우 변호사 식 자기소개 방법을 듣고, 그 대사를 쓴 작가가 어떻게 그렇게 구성했지, 하는 생각이 들었다. 그렇게 앞뒤가 똑같은 사람, 순수한 사람이 좋다. 그런 말을 하면 어리숙해 보인다고 생각한다. 계산하지 않고 있는 그대로를 말할 수 있는 순수한 사람만 할 수 있는 말이다.

한편 엄마와 딸이 함께 보는 드라마가 있다는 것은 재밌는 일이다. 우리는 요즘 〈이상한 변호사 우영우〉에 빠져 있다. 드라마 속의 우영우와 친구 동그라미의 재미있는 인사 퍼포먼스를 따라 하고 나면, 기분이 좋아진다.

한동안 '우영우'에 빠질 수밖에 없었는데, 빠지게 된 또 다른 이유는 드라마에 자주 등장하는 고래 이미지 때문이다. 순간순간 우영우가 고래를 떠올리는 장면에서, 고래가 갈망하는 자유로움을 느끼고, 그때를 만나고 싶어 한다. 하지만 그 순간은 아주 짧은 찰나여서 지나가고서야 깨달을 때가 많다.

딸과 나는 좋은 생각이나 번뜩이는 생각이 들면 우리만의 방법으로 나눈다. 남들이 보기에 그 마법은 유치해 보일지 모르지만, 극도로 주의를 기울이고, 상대가 선택한 단어 하나하나에 집중하는 우리 모녀의 모습은 특별하다. 그러한 일은 일상에서 자주 공유된다. 이날도 그런 날이었다.

우리는 뉴저지의 한인 사우나에 가곤 했는데, 가끔은 찜질방에서 땀을 내고 싶을 때가 있어서이다. '뼛속까지 한국 사람이구나!' 사우나에 가면 각자의 방식대로 시간을 보낸다. 여러 방 중에서 온도가 낮아 아이에게 적당했던 피라미드 방에 딸과 같이 들어갔다. 대화를 나누면서 멋진 생각을 꼭 찾아내고 만다. 그리고 이 멋진 발견을 해낸 서로를 마주 보며 흐뭇

하게 미소 짓는다.

아이의 목소리는 봄날 햇살에 춤을 추는 나비처럼 경쾌한 설렘이 담겨 있다. 이럴 때는 나도 덩달아 톤이 올라간다. 딸에게 응답하는 나만의 신호를 보내는 것이다. 아이의 별빛이 스민 듯 반짝이는 눈빛이 평소보다 더 초롱초롱하다. 아이가 스스로 대단하다고 생각할 때, 혹은 엄마가 정말 좋아할 것이라 확신할 때의 목소리이다. 에너지가 가득 담겨 흘러넘치는 것 같다. 우리는 이렇게 서로 에너지를 주고받으며 생각을 나누고 마음을 전한다.

"엄마, 엄마, 엄마, 천장 봤어요?
천장이 삼각형으로 가득한데, 숲 같아요. 우주 숲!"
"우와! 우와! 우와! 정말 숲 우주네, 우주 숲이네."

아이가 나를 세 번 부르듯, 나 역시 세 번의 감탄사로 답한다. 약속한 것은 아니지만, 기분이 좋을 때면 서로를 세 번 부르고 있었다. 기분 좋은 일이 일어나기 전, 우리만의 암호와 같은 것이다. 들어올 때부터 피라미드 모양이라며 엄마의 별을 닮았다고 기쁘게 알려주었는데, 이번에는 '우주 숲'이라는 거대한 담론을 내게 던져 준다. 아이의 눈이 별처럼 빛나고 있다. 보물을 찾은 듯 신나 있었고, 엄마의 반응이 무척 궁금하다는 신호이기도 하다.

"엄마는 요즘 우주를 생각하고 있었는데,
우리 딸이 우주 숲을 알려주네!"
"엄마, 우리 누워서 우주 숲에 들어가 보자."

뭉클했다. 천장을 바라보며 우주 숲을 산책하듯 손을 꼭 잡았다. 순간 엄마와 딸의 관계에서 '작가'와 '뮤즈'처럼, 또한 서로를 지켜주는 '수호천사'처럼 손을 꼭 잡았다. 요즘 다음 작품의 주제를 생각하며 별을 품은 우주에 대해 생각하다가 쉽게 정리가 되지 않아 마음도 머리도 무거웠는데, 이날 아이를 통해 크나큰 선물을 받은 것이다. 가벼운 발걸음으로 집으로 돌아와 아이를 재우고, 깊은 밤 고요함 속에서 묵상을 했다. 머릿속에서 복잡하게 떠돌아다녔던 개념어들이 정리정돈되어 정확하게 각인된다.

"숲, 우주 숲
Forest, Space Forest."

나의 작업은 이제 우주, 별, 별빛, 별무리를 떠나서는 설명할 수 없다. 그만큼 내 작업에서 중요한 요소이다. 숲에 들어

가면 나무들이 물결처럼 보일 때가 있다. 밤하늘도 그렇다. 숲의 물결처럼, 별빛의 물결도 인다. 초록의 물결, 꽃의 물결, 땅의 물결, 숲은 우리를 품고, 자연을 품고, 별빛을 품는다.

"나는 이제 나의 별을 찾아 우주 숲에 들어간다.
별을 좋아하는 이들과 별빛을 함께 바라보며,
그곳을 나올 때는 각자의 별을 품고 나올 것이다."

우주 숲에 들어가는 상상을 하며 이런 생각을 하니 마음이 울컥했다. 얼마 후에 제주도의 오름에서 띄운 편지에 답장을 받은 듯, 기쁜 소식이 전해졌다. 다음 전시회에 관한 것이었는데, 제주도에 있는 솔트스톤 갤러리에서 초대 개인전을 하게 된 것이다. 나는 그 반가운 소식에 주저 없이 답하였고, 전시회 타이틀은 '우주 숲'이라고 정했다.

피라미드를 닮은 우주 숲, 나는 점과 선, 그리고 그것들이 이어져서 만드는 면을 무한히 확장하는 작업을 하면서 우주 숲으로 들어간다. 점과 선, 면, 이 세 가지 요소는 절대적으로 중요하다. 점에 담긴 의미를 생각하면, 잔잔한 마음에 파동이 일며 설렘을 준다. 점은 크기는 없지만, 위치를 알려주고, 도형으로 분류된다. 크기가 없는 점에서는 '무한성'을 뜻하고, 위치를 알려주는 점에서 '존재'를 나타내는 것으로 다가온다.

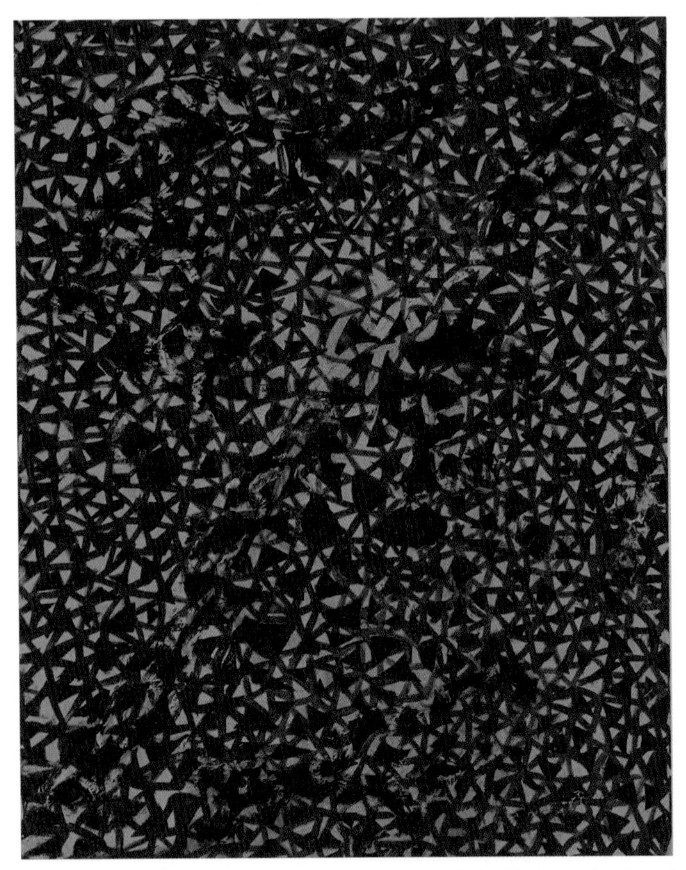

Universe_ 210203, 73x61cm, Acrylic and Korean Paper on Canvas, 2021

캔버스에 점을 찍는 순간 '존재의 가치'를 표현하는 것이다.

캔버스에 점을 찍는 일은 존재의 가치를 담는 작업이다. 작고 소소한 점을 하나하나 그리는 일은 '존재의 가치'에 관한 글을 쓰는 것과 같다. 글을 쓰듯 점과 점을, 그리고 점과 점을 이어 선을 그린다. 여기에 점을 하나 더 그리고, 이 세 점을 이으면 면이 되는데, 이것이 삼각의 공간이다.

점과 선, 면을 이야기하면 몬드리안을 떠올리는 이들이 많다. 몬드리안은 점, 선, 면을 이용하여 수직선과 수평선을 만들어 단순한 사각의 공간을 표현하였다. 그리고 빨강, 노랑, 파랑의 기본 색을 이용하여 사물의 본질을 표현하였다. 몬드리안의 점, 선, 면이 사각의 면을 만들었다면, 내게 점, 선, 면은 서로 만나 세 개의 선과 삼각의 공간이 만들어진다. 삼각의 면은 삼각의 공간이다. 이는 완전한 공간이며, 이 완전한 공간이 계속 이어져 우리를 품고 있는 우주처럼 무한한 공간으로 팽창한다. 이때 삼각의 공간 안에 내가 있고, 네가 있고, 또 우리가 함께하며, 우리를 이끌어가는 본질적 에너지가 담긴다.

내 작업에서는, 붓끝에서 번지는 점과 점이 이어져 하나의 선이 되고, 또 하나의 점과 선이 반복되어 그려진다. 그렇게 세 점이 찍히고, 세 선이 모이면 하나의 면을 만든다. 바쁘게 움직이는 붓을 따라 이들이 모여 하나의 세계를 만들어 또 하나의 마음을 나타내기도 한다. 어떤 날은 하나의 생명을 탄생시킨다. 그렇게 점이 선이 되고, 선이 면이 되는 것이 무한 반복되면서 캔버스의 한 면을 가득 채운다.

점과 선, 면을 이용하는 작업을 계속 반복하는 일은 단순해 보일지 모르지만, 그 과정은 단순하지 않다. 수많은 점과 점, 선과 선, 면과 면이 만나 무한한 우주 공간을 만들어 내는 작업이므로 작가의 모든 에너지를 담을 수밖에 없다.

작가의 한결같은 시선으로 이 작업이 무한 반복되면서 '존재의 가치'를 담아낸 '세묘화'가 탄생하게 되었고 '하이퍼-추상'을 창시하게 되었다. 하나의 예술적 표현이 나오기까지 예술가의 경험, 과정, 꾸준함, 독창성, 작업하는 자세에서 나오는 예술의 무게가 작품을 의미 있는 일로 만들어준다. 준비와 단련, 경이로운 마음과 전달, 바로 이 예술의 과정은 할만한 일이다.

점, 선, 그리고 삼각의 면, 또는 공간이 그렇게 무한 확장하면서 하나의 우주가 되는 것은 3차원을 넘어 4차원의 세계일지도 모른다. 그림에 담겨 있는 4차원의 순간들은 우리의 일상과 상상을 아우르며 마음속에 있는 별 헤는 밤, 빛나는 별을 저 하늘에 그리고, 저 우주에 띄우는 작업이다.

이렇게 보면 그림을 그린다는 표현보다 그림을 쓰고 읽는다는 게 더 어울릴지 모른다. 내 그림을 보는 사람들은 내가 안내한 빛의 세계 너머에 있는 각자의 세계를 향해 나아갈 것이다. 이 과정에서 지친 마음이 회복되고, 아픈 마음에 따뜻한 위로가 전해질 것이다.

누구의 말도 위로가 되지 않는 상처받은 이들에게 치유의 그림이 되기를 기도한 적이 있다. 점 하나, 선 하나, 그리고 다시 이어져 삼각형을 이루는 것 하나로는 빛으로 전해지기 쉽지 않지만, 수없이 반복되는 정성과 에너지로 탄생한 수많은 별은 무리를 이루어 큰 빛을 내고 물결을 만든다. 다른 곳에서 볼 수 없는 빛이 이어지면서 점과 선, 그리고 면이 만나 세묘화가 탄생하는 것이다. 이 세묘화는 문자를 뛰어넘어, 몸으로 표현하는 특별한 언어 수어手語를 닮았다.

"나는 무엇을 전하고 싶은 걸까?
눈으로 보고 듣고 읽는 수어처럼
그렇게 마음으로 보고, 듣고, 읽어나가는 삶을 살아가고 싶다."

골든 씨드
중에서

나는 커피를 좋아하지만, 가끔 홍차를 마시며 기분을 낸다. 그리고 홍차를 우려내며 생각을 정리한다. 호텔에서 마시던 홍차를 소담한 뉴욕의 집에서 우려내니 그 맛이 더해진다. 뜨거운 물을 붓고 나면 점점 짙어져 가면서 물감이 그라데이션 되듯 번져나가는 걸 보는 게 좋다. 홍차가 우러나는 순간 일몰의 바다가 빚어낸 풍경을 보는 느낌이 든다. 매력적인 트위기 뉴욕 커피잔이 멋과 맛을 더해준다. 물론 내가 구워내는 도자기 머그잔을 사용할 때도 많다.

호텔에 머물렀을 때 거기에서 할 수 있는 가장 간단한 것이 홍차를 우려내는 것이었다. 지인에게 선물 받은 영국의 '포트넘 앤 메이슨Fortnum and Mason'이다. 여러 가지 홍차 중에서도 얼그레이가 가장 맛있다.

호텔의 밤은 특별히 더 고요함이 깔려 있고, 호텔 밖의 자동차 소리만 들릴 때가 많다. 시계의 초침 소리가 증폭되면서 마지막 한 방울 남은 홍차를 마실 때 가장 큰 위로가 된다. 친구와 담소를 나누며 마지막 한 모금을 마시는 그런 느낌이 들어서일 것이다.

영국에서는 함께 차 마시자는 말이 "우리 친구 할래?"로 해석한다고 한다. 나에게 '차 한잔할까?'는 어떤 의미일까? 이는 시작의 신호보다는 고백의 의미에 가깝다. 곧 '너는 이미 내 좋은 친구야'라는 고백을 전하는 말이다. 그래서 '차 한잔할까?'라고 하는 말은 쉬우면서도 어렵다. 그 말을 입 밖으로 꺼낼 때는 엄청난 신뢰를 보낸다는 것을 간접적으로 고백하는 것이다.

차를 우려내는 것은 느긋한 습관이다. 그저 홍차 티백 하나만 있어도 어디에서든 평온한 시간을 보낼 수 있기 때문이다. 밖에서 홍차를 선택할 때는 여러 가지 향 앞에서 고민하다가도 매번 얼그레이를 선택한다. 뉴욕의 집에서도 얼그레이를 우려낸다. 이 시간이 느긋함을 베푼다. 아주 짧은 시간임에도 큰 위로가 된다.

홍차에는 분명 어떤 치유의 힘이 있는 듯하다. 커피가 약간의 각성이 필요할 때 마시는 음료라면, 차는 생각을 정리할 때 주로 마신다. 내게 홍차 타임은 영혼의 갈증을 해소하는 시간이다. 일상의 여유로움을 회복하고 싶을 때, 약간의 불안을 해소할 때, 홍차를 우려내며 마음을 정리하고 위로받기 때문이다.

차를 마실 때 함께 자동차 소리가 들린다. 뉴욕이 대도시이기 때문에 어쩔 수 없다. 그러나 그 상황이 그리 싫지 않다. 깨어있음을 느끼기 때문이다. 도시의 자동차 소리는 차를 마시는 동안 음악이 되기도 한다.

티 블랜더라는 직업이 있다. 찻잎의 여러 가지 맛을 블랜딩하여 최고의 맛을 찾아내는 직업이다. 자연의 수많은 꽃잎과 찻잎 속에 숨겨진 향과 빛깔을 찾아내 향과 맛을 어우러지게 하는 것이다. 화가도 비슷하다는 생각이 든다. 물감을 블랜딩하고, 내적으로 마음을 블랜딩한다.

그렇다고 그럴싸한 법칙이 있는 것은 아니다. 법칙이 있다면 영혼의 소리에 귀를 기울이는 것이다. 내면의 소리, 영혼의 소리에 집중하다 보면 온몸과 마음속으로 빛무리가 퍼지게 된다. 이러한 느낌을 이미지로 표현한다면 민들레 홀씨가 사방으로 퍼지는 모습과 비슷하다.

뉴욕에서도 봄이 되면 민들레를 종종 만날 수 있다. 민들레는 아주 작은 키부터 큰 키까지 다양한 높이로 자란다. 하지만 키가 크든 작든, 길고 푸른 잎에서 노란 꽃이 피고, 홀씨가 되어 바람에 흩어져 날리기까지 한 생애를 보여준다. 우리네 인생 같다. 또 세상을 캔버스 삼아 그려내는 생명력 넘치는 수채화의 모습이 눈앞에서 펼쳐지는 것같다. 자연에서 이루어지는 '그림 퍼포먼스'를 다시 보는 느낌이다.

삭막한 도시의 아스팔트 틈새에 피어있는 민들레를 보면, 도시에 숨어 있는 소우주 행성이라는 생각이 든다. 민들레는 연약해 보이지만, 도시에서 겪었을 온갖 비환경을 이겨내고 꿋꿋이 피어나 우리에게 노란 꽃을 보여주고 만다. 나는 어렸을 때부터 민들레를 좋아했다. 민들레꽃 홀씨들이 아슬아슬하게 매달려 있을 때 '후' 하고 입김을 불어 넣어주면, 세상 속으로 퍼져나가는 모습이 무척 재미있기도 하고 신비롭다.

민들레가 피고 지고, 그때마다 홀씨가 날아가는 모습을 보면서 생명의 경이로움과 자연의 순환을 느낀다. 민들레가 소우주를 담고 있는 것처럼 보이는 것은 피고 지고 다시 싹틔워지는 과정을 연속으로 보여주기 때문이다.

작은 꽃봉오리가 홀씨가 되어 날아가기까지 민들레의 오롯한 생애를 보면 소우주가 느껴진다. 민들레는 작은 꽃을 피우지만, 단조로운 듯 보이는 그 삶 안에는 우리가 짐작하지 못하는 신비한 여정이 숨어 있다. 작디작은 씨앗도 얼마든지 큰 꿈을 꿀 수 있다고. 상상이 더해진 꿈은 정말 아름답다.

씨앗은 엄청난 힘을 가지고 있다. 아주 작은 씨앗이지만, 자연의 시간을 품고 있다. 씨앗은 다음 씨앗에게 전해지고,

Stardust, 143x111cm, Ash from Mountain Fire on Canvas, 2023

또 다음 씨앗에게 전승된다. 이렇게 씨앗은 세대와 세대를 거듭해서 희망을 전하고 자연을 이어주는 것이다. 씨앗이 열매로 맺기까지의 과정은 신비로움 그 자체이다.

모든 생명체는 아주 작은 씨앗에서 시작된다. 그러고 보면 자연의 시간 안에 인류의 역사가 담겨 있는 듯하다. 인간도 예외가 아니다. 우리도 자연의 순환 속에서 움직이며, 자연 안에서 숨 쉬고 움직일 때 가장 아름답다. 식물들은 모두 종자에서 출발해 수많은 생명을 전하고, 또 씨앗을 만들어 낸다. 귀중한 씨앗을 황금 종자 또는 골든 씨드라고 부른다. 이런 씨앗이 없었다면 지금의 우리도 없다. 씨앗은 지구를 존재할 수 있게 하는 큰 힘 중 하나이다.

민들레가 전하는 따뜻한 위로와 희망이 저 우주, 위로가 필요한 이들에게 넘어가길 기도하는 마음으로 그림을 그리고 캔버스에 담아낸다. 나도 역시 민들레 홀씨처럼 생명과 자연의 순환을 담고 있다. 내게 이러한 골든 씨드가 있기 때문이다.

"나의 골든 씨드,
나의 골든 씨드는 별에서 왔다.
또 별에서 온 씨앗을 닮기도 했다."

나의 골든 씨드는 민들레 홀씨를 닮은 꽃으로, 그것은

바로 별꽃이다. 별꽃은 고요하고 잔잔하게 피어오르고, 또 지고 흘러간다. 무심한 듯 왔다가 가지만, 오래된 친구처럼 오롯이 내 곁을 지키고, 또 다른 이에게 전해진다. 나의 골든 씨드는 아주 작은 점으로 시작해서 점과 점을 이어 만든 선, 그리고 그 선을 이은 면이 만들어 내는 공간에서 탄생했다. 누군가는 무한한 반복 작업을 통해서 만난 행운으로 여길지도 모른다.

그러나 모든 일이 그렇듯 갑자기 만난 것이 아니다. 갑자기 또는 우연인 것 같지만, 그 순간에는 운명의 시간이 한 켜 한 켜 쌓여 있다. 나 역시 수많은 순간을 가늠하지도 못한 채 흘려보냈을 것이다. 아주 작은 점과도 같은 찰나, 그 순간을 놓치고 싶지 않았다. 그래서 그 찰나의 순간을 보고, 듣고, 느끼고, 또 담고 싶은 마음에 무작정 붓을 들 때가 많다.

무작정 기다린 순간도 많았지만, 뜻대로 되지 않았다. 그때도 그러했다. 가을이 짙게 내려앉은 어느 날, 한 수도원을 방문할 일이 있었다. 문 앞에 수도자를 위한 문구가 씌어 있었다. 수도원에 적혀진 수도자의 수련을 위한 그 과정이 나의 그림 작업과 같다는 생각이 들었다.

"Intrate Toti (온전한 마음으로 들어오라)
Manete Soli (홀로 머물러라)
Exite Alii (다른 사람이 되어 나가라)"

다시 읽고 또다시 읽는데, 계속 빠져들 수밖에 없었다. 그래서 나는 집으로 돌아오는 길에 카메라에 그 문구를 담아와 일기장에 옮겨 적었다. 그리고 이 말을 전한 이를 찾아보니 가톨릭의 '알폰소'라는 성인이 수도자들을 위한 수련 과정으로 만든 지침이라고 한다.

이 구절은 수도원에 들어갈 때는 주님을 생각하며 온전한 마음으로 들어오라는 의미와, 홀로 머물면서 주님을 만날 수 있음을 알려준다. 또 주님을 뵈었을 때 다른 사람이 되어 나갈 수 있음을, 즉 새로 태어날 수 있음을 말하는 듯하다. 수도자가 수도원에서 육신과 정신, 그리고 영혼의 정화를 이루며 새로 태어날 수 있는 가르침이다.

나는 왜 수도원의 지침에 한참을 서 있었을까. 어쩌면 내게 작업실은 수도원과 비슷한 곳일지도 모른다. 그림을 그리기 전 나는 많은 나날을 고민하고 방황한다. 때로는 생각으로, 때로는 방랑객처럼 돌아다니며 방황하는 날이 많았다. 기나긴 시간, 어두움으로 가득 찼던 순간들도 있었다. 그 순간 나는 영혼의 목마름을 느끼며 갈증을 해갈할 영원한 물을 찾아 헤맨 것 같다.

Intrate Toti (온전한 마음으로 [작업실로] 들어오라)

Manete Soli ([작업실에] 홀로 머물러라)

Exite Alii (다른 사람이 되어 나가라)

잠깐 목을 축이는 한시적 해결이 아니라, 어두운 터널을 지나 밝은 면을 향해 나아가고 싶은 목마름에 대한 갈증이었다. 그러한 고민과 아픔을 겪으면서 나는 온전히 혼자였다. 온전한 마음으로 온전히 홀로 머물러야 했다. 그렇게 수많은 밤이 흘렀고, 셀 수 없는 밤을 헤맨 후 나는 비로소 나의 골든 씨드를 만났고, 그를 통하여 다른 사람이 되어 생명의 빛을 전하는 작가가 되었다.

화가의 일상도 수도자의 삶처럼 작업실에서 온전한 마음일 때 자신이 만나고자 하는 뮤즈 또는 정신을 만나고, 홀로 머물 때 비로소 그 만남의 결실을 맺는다.

그때그때 맺히는 골든 씨드를 들고 작업실을 박차고 나갈 때 새로이 태어날 수 있다. 그렇게 해서 민들레 홀씨가 세상에 번져 우주를 만들어 내듯, 나의 골든 씨드가 전하고자 하는 소우주를 탄생시키는 것이다. 나는 작업을 할 때마다 이 과정을 겪는다. 곧 새로운 작업을 시작할 때다. 수도자와 같은 마음으로 힘을 얻으며, 그때마다 수도원에서 본 글귀를 다시 되삭인다.

뉴욕에는 아직 나만의 작업실이 없다. 맨해튼 25번

가의 내 작은 집을 작업실로 이용하고 있다. 작은 공간을 효율적으로 활용하기 위해 퀸사이즈 머피 베드Murphy bed를 놓았는데, 머피 베드를 벽에 세우면 이젤이 되면서 바닥이 드러나 넓은 공간이 덤으로 생긴 기분이 든다. 나는 이곳에서 작업을 한다.

2층 침대로 올라가면 완전 다른 공간에 들어가는 느낌이다. 어린 시절의 다락방이 떠올라서 좋다. 딸아이에게 "와우! 여기와 아래는 하늘과 땅 차이네?"라고 하자, 아이는 "그치, 그치? 그래서 내가 2층 침대를 좋아하는 거야!"라 한다. 아이는 요즘 학교에서 봄 학기 내내 토론 중인 '남녀평등'에 대해 할 말이 생각났는지, 서양과 동양을 비교해가면서 끊임없이 조잘거린다.

그다음 주제는 '기술의 발전'으로 넘어가더니 또 한 보따리 이야기를 푼다. 아이의 이야기는 언제나 재미있다. 2층 침대에서 이야기를 나누며 1층의 상황은 까맣게 잊는다. 이렇게 나는 작업을 하기도 하고, 아이와 시간을 보내기도 한다.

주위 사람들은 내게 작업을 계속 이어온 비결을 묻곤 한다. 대답은 간단하다. 계속하면 된다. 의지와 열정이 있다면 어떤 상황에서도 지속할 수 있다. 환경적 제약은 큰 문제가 되지 않는다. 오히려 열악한 환경에서 더 좋은 작품이 나오기도 한다. 어느 궤도에 올랐을 때 부족한 환경들을 지혜롭게 개선

할 수 있다면 참 행복할 것이다. 돈과 관련된 환경이 아닌, 문화·예술 분야의 제도적 환경의 미흡함 말이다.

20, 30대였을 때의 아티스트 레지던시 시절이 떠오른다. 브루클린 덤보DUMBO : Down Under Manhattan Bridge Overpass에서 작가들과 함께했던 시간, 캐나다 국경 가까이 있는 버몬트Vermont 스튜디오에서 레지던시 하며 문인들과 교류했던 시간, 예술가들이 모여 매체를 넘나들며 창작물을 서로 보여주고 이야기를 나누었던 레지던시 생활은 최고의 시간이었다. 작업공간은 물론이고, 약간의 작업비와 생활 지원을 받으며 세계의 아티스트와 교류하던 때였다.

40대가 되어 다시 뉴욕으로 돌아와 작업실을 찾고자 여러 곳을 헤맸다. 집 근처 유니온스퀘어의 업무빌딩에 다양한 크기의 스튜디오들이 있었다. 작업실로 딱 좋아 보였다. 무엇보다 딸아이가 학교를 마치고 자주 가는 유니온스퀘어 공원의 놀이터를 비롯해 솔라와 함께 도그 런Dog Run에서 놀기에 편한 위치였다.

맨해튼에서 남동쪽으로 조금 나아가 풍경이 예쁜 롱아일랜드Long Island의 어디쯤은 어떨까, 업스테이트 뉴욕Upstate NY 허드슨 밸리로 조금 올라가 조금 넓은 곳에 살까 생각하다가, 교통체증을 떠올리면서 내가 사는 맨해튼에 작업실을 마련해야겠다고 마음을 정하고, 내 작은 집에 창작물들을 쌓아가고 있다.

자기 집에서 작업한다는 것은 굉장한 집중력과 결단이 아니고는 쉽지 않은 일이다. 하지만 나는 집에서 효율적으로 작업하는 방법과 습관을 터득했다. 임신과 자녀 양육, 그때마다 내가 선택한 작업실은 언제나 내 집이었고, 아이의 건강을 위해 미술 재료를 유화에서 수성 물감으로 바꾼 적은 있었지만, 작업을 멈추지는 않았다. 뉴욕에 내 작업실을 마련한다면, 꼭 필요한 조건이 있다. 바람이 잘 통하고 햇볕이 잘 드는 로프트였으면 좋겠다.

하나의 생명으로 다가오기까지 별꽃 또한 메마른 하늘 속에서 혹독한 겨울을 견디다가 봄이 오면 파릇파릇하게 새순을 피운다. 한 떨기 매화가 매서운 추위 속에서도 끝끝내 다가올 봄을 기다리는 것처럼, 나 또한 그 무언가를 꽃피우기 위해 내 보기에 만족스러운 작업실에서 지냈으면 좋겠다.

피, 땀, 눈물 :

예술의 무게

사마리아 여인

인코그니토

시월의 눈물

침묵의 기도

저항과 연대의 힘

예술의 무게

맨해튼 브리지와 브루클린 브리지 사이에 있는 덤보DUMBO, 젊은 시절 나의 에너지를 모아 작업했던 덤보를 다시 찾았다. 거기는 지금도 예술가들이 모여 작업하는 작업실이 많다. 덤보를 거닐며 빌딩 사이로 보이는 맨해튼 브리지는 여전히 영화 포스터의 한 장면이었다. 곳곳에 공장을 개조해서 만든 개성 넘치는 미술관도 덤보의 생명력을 더하고 있었다. 오랜만에 미술관들을 둘러보며 새로운 에너지를 얻는 시간이 참 평화롭다.

뉴욕에는 메트로폴리탄, 모마, 구겐하임 같은 대형 미술관, 그리고 덤보의 미술관들처럼 작은 미술관이 많이 있다. 그래서 항시 대규모, 소규모 전시가 끊이질 않고 계속 이어진다. 뉴욕은 신진 예술가들에게 기회의 도시이기도 하고, 기성 예술가들에게는 더욱더 열정적인 작업을 할 수 있는 꿈의 공간이기도 하다.

뉴욕은 시민들에게 생기를 불어 넣어준다. 특히 뉴욕을 걸어 다니면 많은 에너지를 얻을 수 있다. 나는 매일 뉴욕 거리를 걷고 있다. 그리고 전시회, 거리를 오가는 사람들, 건축물들을 둘러보며 하루하루 스케치하듯 지낸다.

맨해튼 한복판에서 우리나라의 민중미술을 소개하는 전시회와 심포지엄이 열린다는 소식을 기획자 탈리야로부터 들었다. 그리스계 미국인인 탈리아는 20년 전 나의 첫 뉴욕 전시와 퍼포먼스를 기획했고, 내가 파슨즈 대학에서 '아시아의 현대미술' 과목을 강의하도록 기회를 만들어주었던 분이다.

탈리야 교수에게 당분간 뉴욕에 머물 것이라고 하자, 그녀는 "Welcome to New York, Hee-seung!" 하며 두 팔로 힘차게 안아 반겨주었다. 탈리야는 20년 전처럼 열정적인 모습으로 대학에서 미술사를 강의하고 있었고, 이번 심포지엄도 그의 주도로 진행하고 있었다. 그녀는 주체적이고 사회의식이 강한 진취적인 여성으로 배울 것이 많은 선배이기도 하다.

그녀와 나눈 미술사 이야기는 나에게 큰 자극이 되었고, 예술가로서 내 삶을 되돌아보게 했다. 심포지엄 당일, 갤러리에 전시된 우리나라 화가들의 작품을 보았다. 우리 작가를 뉴욕에서 만난 느낌이 남달랐다. 1980년 5·18 광주민주화운동의 시대정신을 담은 작품들이 뉴욕 한가운데서 민주주의를 외치고 있는 듯했다.

나라의 민주화를 이끈 그 운동들을 생각하는 것만으로도 가슴이 뜨거워졌다. 1979년의 부마항쟁도 부모님에게서 생생하게 들어 그 장면 모두를 본 것 같은 느낌이 들었다. 광주교육대학 영재교육원으로 강의를 나가던 시절, 나는 망월동의 5·18 국립민주묘지를 찾아가 이 땅의 민주주의를 위해 생명을 바쳐 별이 된 그들의 넋을 기렸다.

헬기에서 기관총을 쏘아대고, 장갑차로 시위대를 몰아붙이고, 시민에게 무차별로 총을 겨누던 전두환 군부는 지울 수 없는 우리 역사의 비극이다. 박정희, 전두환 독재정권이 통치하던 1970~80년대 우리나라는 암흑치하였다. 그러한 시기에 숨죽여 남몰래 제작하였던 민중미술은 민중 주체의 저력을 보여주었다.

1979년 10·26사태로 독재정권이 끝나는가 싶더니, 전두환 등 신군부가 권력을 찬탈한 12·12사태로 또다시 군사정권이 들어섰다. 그리고 1980년 5월 18일, 신군부는 민주화를 외치는 광주시민들을 무자비하게 학살하였다.

광주는 철도와 버스, 시외전화마저 끊긴 채 고립무원의

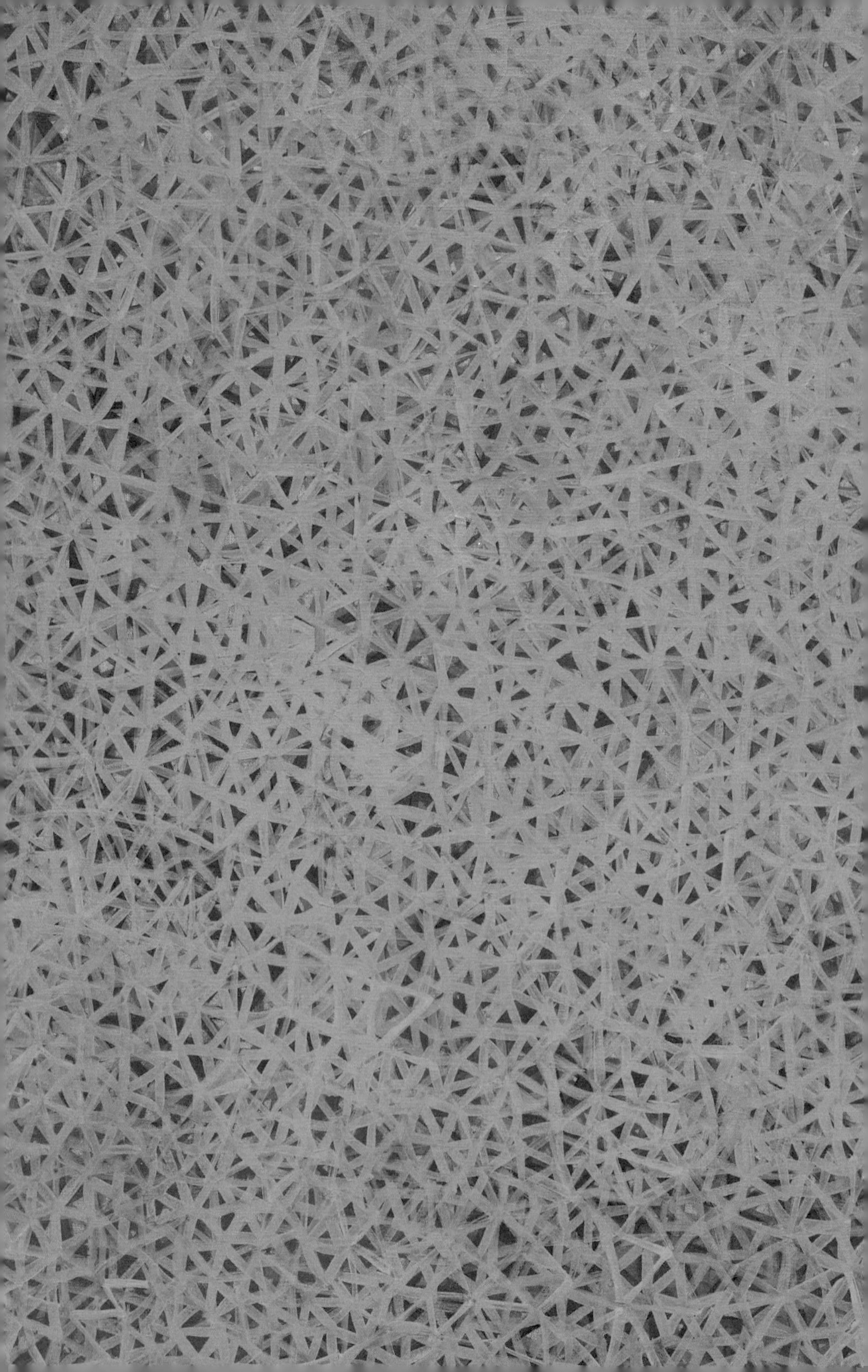

상황에서 외롭게 저항했다. 당연히 여기에는 광주지역의 문화예술인들도 함께했다. 플래카드를 만들고, 대자보를 쓰는 등 항쟁의 참상과 진실을 알리는 홍보 선전대 역할을 문화예술인들이 맡아 한 것이다. 그 시절 그토록 무거운 역사를 감당하고자 했던 그들을 생각하면 지금도 마음이 아프다.

역사의 짐을 졌던 그들의 그 힘은 어디서 왔을까? 그 극한의 공포 속에서 두렵지는 않았을까? 그 시절에 열렬히 활동했던 미술인들을 뉴욕에서 만나면서, 그 힘은 불의에 저항하고자 하는 인간 본연의 양심, 간절한 마음에서 온 것이었음을 느꼈다. 5·18민주화운동을 직접 경험하지는 못했지만, 그 미술인들이 민주주의를 위해 총구 앞에서도 당당했던 의기를 느꼈다.

5·18 이후 6월항쟁으로 민주화의 열기가 폭발하기까지 민중미술 작가들은 군부정권의 잔학상을 조형의 형식으로 증언했다. 또한, 독재정권의 폭거에 저항하는 민중들의 모습을 화폭에 담아냈다. 언론이 군사독재정권에 의해 재갈 물린 상황에서 민중미술은 대안적 시민언론의 역할까지 수행했다.

1980년대 내내 탄압 속에서도 활동을 멈추지 않았던 민중미술은 그 '시대정신'을 화폭으로 구현했다. 그리고 1987년 6월 시민항쟁에 적극 동참함으로써 한국 민주주의를 지켜낼 수 있었다. 1980년대 내내 민중예술은 독재 치하 대한민국 국민의 수난과 아픔을 화폭에 담아 전 세계에 알림으로써 우리 민주화 운동의 역사적 현장이 세계만방에 소개되었다.

우리의 민중미술은 제3세계에도 전해져, 예술가의 사회적 참여와 발언에 대한 반향을 불러일으켰다. 그리고 이제 그 성과가 한국 근현대사의 역사적 증거가 되어 뉴욕에서 전시회가 열린 것이다. 자유와 민주에 대한 성찰은 세계 예술의 중심지인 뉴욕에도 큰 울림으로 다가왔다. 우리 예술가들에 대한 존경심으로 작품을 관람하는 시간이었다.

이날의 심포지엄에 참석한 이들은 1980년대 엄혹한 군사독재 시절을 견뎌온 예술가들과 그 작품에 대해 진심 어린 박수를 보냈다. 그러나 심포지엄이 끝나고 탈리야 교수와 간단한 티 타임을 하며 나눈 대화가 나를 서글프게 했다.

"희승, 지금 한국의 정치는 왜 뒤로 가고 있는 거야?"
"저도 다시 제자리로 돌아오길 바라고 있어요."

무심코 툭 던졌을지 모르지만, 나는 자조 섞인 웃음으로 얼버무린 대답을 할 수밖에 없었다. 뉴욕에 온 후 이런 질문은 내가 속해 있는 대학의 교수들을 포함해 여기저기서 심심치 않게 듣는다. 아직도 외국인으로부터까지 그런 말들을 듣고 있는 현실이 믿기지 않는다. K-팝, K-드라마, K-무비 등이 세계화되었고, 이제는 K-Art가 기대되는 시기에, 표현의 자유를 억압하고 민주주의 역사를 후퇴시키는 현 정부의 처사에 나도 모르게 한숨이 나왔다.

80년대처럼 지금 '표현의 자유'가 억압받는 시대가 되었다. 미래를 향해 전진하는 것이 아니라, 수십 년 전의 상황으로, 검열의 시대로 후퇴하고 있는 것에 참담한 마음을 감출 수 없다. 대통령을 풍자한 고등학생의 캐리커처가 우리 현실을 경고할 정도가 되었다. 그때도 지금도 예술은 당해 시대의 가장 아팠던 순간들을 기억해야 하며, 엄혹한 현실을 용기 있게 이야기해야 한다.

탈리야 교수가 질문했듯이 우리의 민주주의가 퇴행하고 있는가 따져보려 할 즈음, 교과서에서 5·18민주화운동 기술을 삭제한다는 소식, 그리고 바로 여론에 밀려 그 결정이 번복되었다는 소식이 연이어 들려왔다. 역사를 권력으로 가리려고 하지만, 역사는 결코 가려질 수 없음을 알아야 한다.

군부독재에 끝까지 저항하며 죽은 이들의 희생과 살아남은 자들의 아픔이 밑거름되어 한국은 민주주의의 꽃을 피워냈다. 이후 온 국민이 민주주의가 이 땅에 굳건히 뿌리내릴 수 있다는 믿음을 갖고 있었는데, 그 모든 것이 뒤로 가고 있는 게 현실이다. '검찰 독재'로 불리는 현 정부의 퇴행적 행태를 보면 우리 정치가 과거로 회귀하고 있는 것은 사실 아닌가.

인류 역사를 보면, 권력과 폭력 앞에서 끝까지 저항했던 많은 예술가가 있었다. 그들의 예술적 표현은 민중의 언어가 되고, 역사의 언어까지 될 수 있었다. 그래서 무기보다 더 강렬한 힘을 발휘하는 것이 예술작품이다. 예술가는 어둠 속에서 빛(별)을 캐내는 존재이다. 또한, 예술가는 생득적으로 인권을 지키는 파수꾼이다. 작품을 통해 독재에 항거했으며, 존재 이유를 알리고자 했다.

작품은 작가가 품어내는 시대정신이자, 사회 공동체를 향해 외치는 목소리다. 작품 속에는 예술가의 용기와 철학이 얼마나 올곧게 담겨 있는지 느낄 수 있다. 절망의 시대를 살아갔던 굴곡진 작가의 삶과 사유과정을 따라가다 보면 지금의 우리에게 보내는 메시지가 담겨 있다. 그 시절 민주화에 대한 열망과 염원을 지금에도 이어가라는.

우리 민중미술을 세계의 중심 뉴욕에서 만나면서, 민주주의라는 외피를 걸쳤지만, 민주주의의 몸체가 뿌리부터 흔들리고 있는 2023년, 이 현실이 믿어지지 않는다.

민중미술이 태동한 지 40여 년, 그 미학과 양식이 우리 사회에 어떻게 녹아있는가, 생각하게 된다. 지금 이 시대의 예술은 어떠한가? 역사와 같이 가는 예술이 바로 오늘의 예술이지 않을까? 지금은 치유가 필요하다. 치유의 예술이 사회의 중심에 있어야 한다. 우리는 다시 상실의 시대에 직면했고, 과거의 아픈 시대로 되돌아가지 않기 위해 노력해야 한다. 그러기 위해서는 예술은 민중의 삶과 당해 시대의 아픔을 기억하고 용기 있게 발언해야 한다.

예술은 역사 속에서 민중과 함께해야 한다. 예술작품은 시공간을 초월한 역사적 증인이 되어 시대와 시대를 잇고, 과거의 인간과 현재의 사람을 잇는다. 또한, 어둠 속에서 고통의 시간을 겪었던 작품들이 저마다 작가의 시선으로 전해진다. 그러한 작품에서 시대의 고뇌에 함께 했던 예술의 무게감을 느낄 수 있다.

예술은 인간과 교감할 때 살아 숨 쉬며, 그로써 작품의 가치가 평가된다. 예술가의 내면에는 공동체를 향한 연대의 마음이 항상 꿈틀대고 있다. 모든 작품은 작가의 존재적 사유와 경험 등 철학적 사고가 응축된 결정체이다. 그리고 이 결정체가 예술의 무게가 되어 우리 한가운데에서 호흡하며 때로는 희망으로, 때로는 위로로 다가온다. 이것이 예술가가 감당할 운명일지 모른다.

"예술의 무게는 위로이며 치유의 무게이지 않을까?
누군가를 위로하는 선물이 되어,
또 다른 언어가 되어 희망을 전한다."

사마리아
여인

시간이 정지된 듯, 시계가 멈추었다. 아주 오래된 오토매틱 시계였다. 용두를 돌려 태엽을 감아야 작동되는 시계다. 그런데 태엽을 감아도 시계가 작동되지 않았다. 오랫동안 함께 했던 시계였기에 시간을 내 고치러 갔는데, 태엽이 고장이 나서 작동하지 않는단다. 실망이 컸다. 톱니바퀴가 어긋나면, 시계는 작동하지 않는다.

그동안의 생활이 마무리된 것처럼. 그때 나 역시 오래된 시계처럼 그렇게 멈춰 있었다. 시계를 새로 샀다. 너무 애지중지하는 시계는 차지 않겠다고 생각하여 평범한 것을 택했다. 그렇게 시계가 다시 작동했다. 새로운 인생이 시작되는 느낌이었다. 멈춘 듯한 시간이 다시 흐르는 느낌이다.

힘들었던 시간을 마무리하기까지 하루하루 고통의 시간이었다면, 싱글 맘이자 아티스트로 살아가는 것은 또 다른 현실이었다. 영육적으로 건강한 가정을 꿈꾸고 싶었지만, 서로 간의 신뢰가 무너지면 가정을 건강하게 지탱할 수 없다. 둘이 함께 아닌 따로였던 마음, 저 마음 깊은 곳이 외딴 섬이었다면, 고뇌의 시간도, 부딪침의 시간도 없이 평온해진 숨을 쉬는 듯했다.

새로운 선택을 한 후 책임을 져야 하는 일들이 참 많았다. 정신적으로나 생활상으로나 '가장'이 된 셈이니 말이다. 현실적인 문제로 생각지 못한 일들을 겪을 테지만, 정서적인 안정과 평화로움이 우선이었다. 무엇보다 밤에 잠을 잘 수 있게 된 것만으로도 행복했다.

그 순간을 잘 지나올 수 있었던 것은 주님의 말씀이었다. 나는 주님께 아이에게 따뜻함과 사랑, 지혜와 평온을 주시라고 기도하며, 주님의 말씀으로 채워 나갔다. 우리를 인도해주시는 주님의 빛을 느꼈다. 나는 온전히 주님의 빛을 향해 나아가려고 애썼고, 주님의 말씀은 우리 삶의 등불이 되어주었다.

주님이 밝혀주시는 등불과 함께 우리 셋은 새로운 가정을 꾸렸다. 예전과 다른 점은, 우리 중심에 주님이 계신다는 것이다. 새로운 걸음을 내딛는 순간마다 우리 힘으로 사는 것이 아니라 주님의 사랑 안에서 머무르고 있음을 느꼈다.

당황스럽고 힘든 순간들을 만날 때마다 더 올곧은 길을 갈 수 있도록 동행해 주셨다. 우리는 자연스럽게 주님이 했던 그 말씀의 길로 인도되었다. 이렇게 그 시절 나와 아이는 '믿음의 힘'으로 '우리'가 되어 따뜻한 시간을 보냈다.

새로운 삶을 연 곤지암은 그림 작업을 할 수 있는 최적의 장소였다. 곤지암은 계절이 지나가고 해가 저무는 걸 볼 수 있는 곳이었다. 처음부터 기나긴 여행을 마치고 포근한 집으로 다시 돌아온 듯한 느낌을 주었다. 얼마 지나지 않아서는 우리 모두를 위한 익숙한 공간이 되었다. 전부터 머물렀던 곳처럼 편안하고 자연스러웠다.

곤지암은 잠시 머무르기에는 아까운 공간이었다. 자연과 함께할 수 있는 거기에 자리를 잡은 것이 운명 같았다. 지금도 곤지암에 머물렀던 시간에 여전히 감사한다. 작가로 자리 잡을 수 있는 곳이었고, 그곳에서 별빛을 만났기 때문이다. 지쳐있던 삶에 새로운 에너지를 불어 넣어준 곳이다. 곤지암은.

바티칸의 시에나 성당에서 미켈란젤로의 〈천지창조〉를 만나 한참을 서 있었을 때처럼, 이곳의 밤은 새로운 숨결이 스며들어오는 시공간이었다. 새 삶을 위한 기회가 다시 주어졌고, 곤지암에서 그 삶이 시작되었다.

밤이 깊어질 때마다 나는 순례를 떠나는 느낌이었다.

밤하늘의 별이 친근하고 따스하게 다가왔다. 친구와 일상적인 수다부터 심각한 고민까지 모두를 주고받는 것처럼, 우리를 비춰주는 별빛과 함께 있으니 우리만 있는 것이 아니었다.

이곳에서 항시 자연과 함께 있으며, 자연 안에서 내가 얼마나 작은 존재인가를 느꼈다. 아이가 잠들면 캄캄한 밤하늘을 올려다보며 우리를 보호해주는 절대자의 강력한 힘을 느꼈다. 별과 함께했기에 나는 캄캄한 곤지암의 밤을 무서워하지 않았다.

곤지암 작업실에 머물렀을 때도, 지금 용인 집에서도 큰 공간에 홀로 있다. 무섭지 않냐는 질문을 가끔 받는다. "전혀요!" 어두운 밤은 모닝스타를 보여주기 직전의 주님과 함께하는 시간이다. 무서운 시간이 될 수 없는, 나만의 귀한 시간이다.

살아가면서 상처를 받기도 주기도 하겠지만, 더 이상 외부의 상처 없이 살아간다는 생각만으로도 평안했고, 성숙한 삶을 살고 싶었다. 아이는 유치원도 즐겁게 가고, 친구들과도 잘 어울려주었다. 엄마를 안심시켜주기라도 하듯, 씩씩하게 지내는 모습이 고마웠다. 내가 할 수 있는 일을 열심히 하는 것, 그리고 밝은 에너지를 나누는 것이 필요하다는 생각뿐이었다.

나는 사람을 있는 그대로 받아들이고, 크게 의심하지 않는 편이다. 상대의 마음도 그럴 것이라는 선한 마음으로 사람들을 대했고, 공동체에서 봉사할 수 있는 시간도 주어졌다. 주님 안에서 묵상을 하면서 내가 받은 달란트를 나눌 수 있음이 감사한 시간이었다. 내가 받는 감사한 시간을 십일조를 한다는 생각으로 봉사했다. 주일학교 교사부터 미술 봉사까지, 나눌 수 있는 그 시간이 참으로 복되었다.

그렇게 나는 주님의 사랑 안에 살아갔고, 또 그 사랑을 전하는 이들의 마음도 주님의 사랑을 닮았으리라는 것을 의심하지 않았다. 나는 삶의 길잡이가 되어줄 수 있는 엄마가 되기 위해 말씀에 더 가까이 갔다. 아이와 함께 웃고 울고, 삶을 살아가며 아이들의 길잡이가 되어줄 수 있는 분은 오직 주님이기 때문이다. 당당하게 살아가는 가장이자 엄마가 되었고, 내적인 힘을 청하며 말씀 속에서 힘을 얻었다.

> 사마리아 여자는 예수님께
> "선생님, 저에게 그런 물을 주셔서
> 제가 다시는 목이 마르지 않을 뿐더러
> 물을 길으러 여기에
> 오지 않게 해 주십시오"라고 말했습니다.
>
> — 요한복음 4장 15절

성경 공부를 하면서 요한복음에 나오는 사마리아 여인을 보고, 이 시대를 살아가는 우리 모두 갈급을 느끼며 살아간다는 묵상을 하게 되었다. 말씀을 통해 치유를 받는 느낌이었다. 이렇게 성경 말씀을 통해 위로를 받았고, 말씀을 공부했다.

그러면서 말씀을 전하고 선포하는 이들을 더욱 존경하게 되었고, 나는 서서히 교회 공동체를 통하여 회복하고 있었다. 내 삶을 이끄는 것은 그때도 지금도 말씀이다. 내가 하는 것이 아니라 그분이 하는 것임을 느끼며, 내가 나아가는 길도, 붓질도 모두 나의 의지를 넘어 주님의 이끄심으로 이루어진다는 것을 체험했다. 내가 받은 위로와 치유의 은총에 감사하며 주님이 주신 이 사랑을 공동체에 다시 환원하여 나누고 싶었다.

주일학교 교사를 하면서, 아이들에게 미술 봉사도 하며 나는 주님의 말씀을 깊이 새길수록 함께 나눌 수 있는 달란트를 주신 주님께 감사했다. 그러한 나눔을 통해 나는 더욱 건강한 삶을 살아갈 힘을 얻었고, 또 그렇게 살아가고 있다.

Universe_ 210808, 100x81cm, Acrylic on Canvas, 2021

인코그니토
(Incognito)

어느 날 해 질 무렵 손님이 찾아왔다. 보통 저녁 시간에는 손님을 집으로 초대하지 않는다. 그래서 곤지암의 저녁 시간은 항상 고요했다. 그런데 그 시간에 목사님이 찾아온 것이다. 내가 다니던 교회에서 '심방'이라고 하는 '가정 방문'을 한 것이었다.

사실 무서운 순간은 따로 있었다. 그것은 칠흑 속 캄캄한 밤이 아니라, 청년 예수의 모습과 같은 선한 얼굴로 접근하는 악한 사람이 정말 두려운 것이었고, 그런 사람의 이중적인 거짓말이 무서웠다. 어두움을 선한 마음으로 가장한 채 접근하는 이가 어떤 생각을 가졌는지, 어떤 거짓을 담고 있는지 구별하지 못할 때 사고는 일어났다. 구별하지 못한 것이 아니라, 목회자가 그럴 수 있다고 생각하지 못한 나의 아둔함 때문이었다.

검은 밤하늘, 그때 압박에 짓눌린 마음의 색이고, 그 손님의 색이었다. 그로 인해 나는 모든 것이 정지된 상태에서 살아야 했다. 그렇게 내 영혼까지 힘들게 한 검은 손님.

"새로운 삶의 빛을 향해 나아가는 나에게 빛을 가장한 검은 손님이 찾아왔다.
그리고 검은 손님을 품고 있던 교회 역시 검은색을 띠고 있었다.
왜 거룩한 가면을 쓰고 와서 주님의 빛에서 멀어지게 하려 했을까?
하지만, 그 어떤 것도 주님의 빛에서 우리를 멀어지게 할 수는 없었다."

그때 곤지암을 찾아온 손님은 그날의 까만 밤하늘을 닮은 손님이었다. 빛을 머금고 온 손님이 아니라 어둠을 몰고 온 손님이었다. 그는 내가 주일교사로 섬기는 공동체의 담당 목사였는데, 곤지암의 집과 작업실에 축복기도를 드리기 위해 방문했노라고 말했다.

먼저 거실의 아이와 형식적인 인사를 나누고, 나머지는

내 작업실에서 이야기를 하자고 하였다. 이날 주로 나눈 이야기는 성경 말씀에 관한 것이었다. 말씀 공부의 연장선이라는 생각이 들 정도로 그는 말씀을 이어나갔고, 나는 감탄하면서 집중할 정도였다. 성경 말씀을 풀어서 이야기하는 실력이 탁월했기 때문이다.

그런데 그가 갑작스럽게 신체 접촉을 해왔다. 나는 너무나 놀란 나머지 벌떡 일어나 돌아가 달라고 요구했다. 어둠을 몰고 온 검은 손님은 칠흑 같은 어둠을 뿌려놓고 돌아갔다.

그는 성경 말씀을 인용하여 말씀을 선포하는 선한 목회자로 보였다. 또 그렇게 접근해 왔다. 그러면서 자신의 삶에서 겹겹으로 오는 고통과 아픔을 이야기하면서 진솔한 모습을 보이기도 했다. 하지만 그는 겉으로만 거룩한 말씀을 선포하는 목회자였을 뿐, 거룩한 말씀 속에 자신의 육욕을 채우는 이였고, 자신을 스스로 높이는 이였다.

그는 말씀을 이용해 자신의 욕망을 채우려 했고, 한 영혼의 믿음과 자존감을 짓밟았다.

한동안 좁고 어두운 방에 갇힌 듯한 상태에서 헤어 나오지 못했다. 항상 어려운 일에 처한 이를 보면 용기를 갖고 최선을 다해 목소리를 내야 한다고 해왔지만, 내가 막상 그런 상황을 겪고 나니 당장 무엇을 해야 할지 몰라 매우 혼란스러웠고, 두려웠다. 내가 할 수 있는 일은 무엇일까?

말씀을 전하는 공동체, 곧 내가 속해 있는 교회에 알려야 한다고 마음먹었다. 이런 일들이 교회에서 빈번하게 일어나고 있는가? 교회가 그런 구조를 가진 공동체라는 생각이 들어 두려움이 앞섰다. 나와 같은 경험을 한 다른 이가 있는 것은 아닐까, 앞으로도 그런 일이 또 일어날 수 있지 않을까, 하는 불길한 생각들이 떠올랐다.

이 일로 인해 교회와 소통하면 할수록 살갗 곳곳을 베인 통증처럼 목구멍까지 수치심이 차올랐다. 그리고 이 일은 나의 내면 깊숙한 곳으로 내려앉아 불쑥불쑥 아픔으로 올라오면서 나를 고통으로 내몰았다.

공동체에 알리기로 했고, 내 가슴에 깊이 자리 잡은 상처를 공동체를 통해 치유 받을 수 있을 것이라는 작은 믿음을 기대했다. 하지만 실상은 정반대로 펼쳐졌다. 그것이 더욱 마음 아팠다. 공동체에 알리는 것, 실행에 옮기는 일은 쉬운 일이 아니었다. 여성으로서, 또 공동체의 일원이자 리더 그룹에 속한 사람으로 용기를 내야 하기 때문이다.

행동으로 옮기기까지는 한참을 웅크리고 있어야 했고, 이 일을 정면으로 대하기까지 힘든 시간을 보내야 했고, 잊고 싶은 마음, 기억에서 지우고 싶은 마음에 사로잡히기도 했다. 그렇게 나는 외면하고 싶었다. 하지만 외면할수록 더 생각나는 것이 있다. 살다 보면 오래전 기억을 꺼내는 일이 무척 불편할 때가 있다. 무의식의 기억일 때, 마음 아픈 기억, 고통이 큰 기억일 때가 있다. 고통을 애써 부정하며 지나가려고 하지만, 살면서 느끼는 것은 그냥 지나칠 수 없다는 것이다.

그 고통에 대해 나 자신을 충분히 위로하고 보듬어 줄 수 있어야 했다. 하지만 그때는 그렇게 하는 것이 나를 더 힘들게 할 것이라는 생각을 했다. 주위 사람들 조언대로 그냥 흘러가게 두는 것이 낫지 않을까, 하는 막연한 생각으로 내 안에 있는 고통을 돌아보고 치유해야 한다는 생각을 하지 못했다. 그런 나 자신을 위로하고 싶다.

주님의 말씀은 나를 어루만져주었고, 나의 힘이 아니라 나의 내면에서 나오는 빛이 나를 이끌어가고 있었다. 마음이 혼란할 때도 있었다. 그럴 때면 성경을 펼치고 기도하듯 한 장 한 장 읽어가며 말씀에 귀 기울였다. 이렇게 말씀을 통해 힘을 얻고, 또다시 일어섰던 나에게 그 시간은 삶의 에너지를 충전시켰다. 삶을 되돌아보고, 앞으로의 삶을 향해 나아가는 힘을 얻는 소중한 시간이었다. 성경을 펼치던 어느 날, 우연히 바벨탑 이야기에 머물렀다.

> "자, 우리의 성읍을 세우자. 그리고 꼭대기가 하늘까지 닿는 탑을 쌓자.
>
> 그래서 우리 이름을 널리 알리고, 온 땅에 흩어지지 않

도록 하자."

—창세기 11장 4절

우리가 알고 있는 바벨탑의 '바벨'은 히브리어로 '혼란'이라는 뜻이다. 고대 메소포타미아 지역에서 사용했던 아카드어로는 '바빌루'Babilu라고 하는데, 신의 문이라는 뜻이다. 고대 전승에 의하면 신의 문을 열 수 있는 것은 오직 신의 영역인데, 인간이 신의 문을 열기 위해 바벨탑을 쌓았다.

믿음faith보다 명성fame을 우선하는 내가 접한 이 대형교회의 모습은 마치 바벨탑을 쌓아 올리는 인간의 욕망과 같아 보였다. 시대가 변해도 그 본질은 변하지 않았다. 바벨탑을 쌓아 올리던 이야기는 지금의 우리 교회 모습과 다르지 않다. '한 영혼이 천하보다 귀하다'라고 교회 곳곳에 써놓았던, 내가 경험했던 이 교회는 성도의 영혼보다 교회의 명성을 우선시했다.

외관은 고고하고 숭고한 아름다움과 멋을 풍기고 있지만, 내면은 권력을 채우기 위해 지저분한 담론에 휩싸여 있을 때가 많다. 곧 영화 속 뒷골목 풍경처럼 정의롭지 못할 때가 많다. 폭력과 정의롭지 못한 일들이 일어나는 곳. 나는 이 뒷골목처럼 말씀을 이용하는 이들, 말씀으로 권력과 위력을 사용하여 사람의 정신을 짓누르는 이들을 만났다. 명성을 잘 지킬 수 있는 사람에게는 삶의 풍요를 줄 수 있지만, 명성을 감당하지 못하는 사람에게는 죽음을 가져오지 않을까.

인간의 오만과 탐욕으로 지어진 바벨탑은 결국 무너졌고, 인간의 공통 언어는 수십, 수백 가지의 방언으로 쪼개졌다. 신의 영역을 두드리며 권력을 탐하던 인간들은 흩어졌고, 바벨탑도 무너졌다. 그들은 흩어졌지만, 신이 내린 것 이상의 것을 더 탐하기 위해 욕심과 오만으로 가득 찼고, 그들의 후손의 모습도 비슷하다.

거짓 교회와 거짓 목회자들의 교만을 겪은 이후 나는 신앙을 이용한 자들, 거짓 선지자들, 그들이 모여있는 거짓된 교회에 절망했다. 그들은 거짓된 마음으로 말씀을 말하고, 선포하고 있다. 말씀을 전하면서 그의 자리가 주는 권력을 이용하여 오염된 접촉을 했고, 거룩한 모습인 척 가면을 쓰고 있었다.

주님과 성도를 섬기고 말씀을 전하는 거룩한 이로 위장한 채 다가왔다. 실제는 오염된 모습 그 자체였는데 말이다. 갑작스러운 신체 접촉과 교회의 틀어막기식 해결 과정에서 나는 씻을 수 없는 상처를 받아야 했고, 고통에도 침묵을 강요당하며 마음의 부침을 겪어야 했다. 강요된 침묵 속에서 한동안 나는 아무 일도 없었던 것처럼 지내야 했다. 불쑥불쑥 떠오르는 그때의 공포와 상처, 두려움에서 벗어날 수가 없었다.

Universe_ 210424, 53x44cm, Acrylic on Canvas, 2021

나는 그 상황을 자신에게 이해시키기 위해 지나치게 애쓰고 있었다. 또한, 그 고통은 나에게 무명, 무심, 무감의 삶을 원하게 하였다. 그러나 막다른 삶 가운데서도 나에게 힘을 준 것은 믿음이었다. 믿음을 통하여 나는 빛을 만났기에 그분 안에서 풀어가고 싶었다. 그러면서 내가 겪은 일을 어떻게 해결하면 좋을지를 계속 기도하며 주님께 여쭈었다.

"내 삶의 중심에는 사람에 대한 의존보다
나를 살게 하는 힘, 말씀이 중심에 있다.
나는 항상 나에게 빛을 주시고,
별을 보내주신 주님께
가장 중요한 것이 무엇이어야 하는지
늘 묻고 또 묻는다."

결심했다. 이 결심은 나를 위해서이기도 하지만, 공동체의 정의와 정화를 위해서였다. 나와 같은 일을 겪었을 이들을 위해 조금 더 용기를 내야 한다는 생각이 들어 힘들게 공동체에 이 사실을 알렸다. 나를 어둠으로 내몰려고 했던 검은 손님과 그가 속해 있는 이 대형교회, 그를 이 교회로 불러 함께 사역한 담임목사의 사과를 받아야 했다. 나만이 아니라 모두를 위해서.

그러나 더 큰 거짓과 교회 권력의 힘이 손길을 뻗어 왔다. 담임목사는 '불륜'이라는 한 단어로 일축하고, 없었던 일로 만들려고 하였다. 그것은 공동체도 마찬가지였다.

"용서해요."

"시간이 해결할 문제예요."

나의 호소에 교회가 돌려준 답이다. 피해자의 고통과 상처를 어루만지거나 함께 하는 마음이 아니라 교회의 그런 모습이 드러날까 전전긍긍하는 가식으로 들려왔다. 영화나 드라마에서 보았던 그런 경험인 것이다. 넷플릭스 드라마 〈더 글로리〉에 나온 장면들이 현실에서도 가능할 수 있다는 생각이 들었다. 끔찍한 학교폭력에 대한 복수극인데, 이야기 중심에 '교회'의 모순이 등장 한다. "난 너한테 한 짓 다 회개하고 구원받았어"라고 말하는 담임목사의 딸인 학교폭력 가해자의 캐릭터는 '남이야 어찌 되든 나 혼자 용서받으면 그만'이라는 폭력적 믿음을 드러낸다.

사과도 없이 '무조건 용서하라'는 말, '잊어버려라'는 말은 폭력적이다. 피해자가 가해자로부터 사과를 받고 용서해 줄 때 진정한 용서가 이루어지는 것은 상식이다. 하지만 권력을 쥔 이들은 상식을 무시하고, 그들이 곧 법인 것처럼 마음대로 하려고 한다. 그리고 주님에게 용서를 받았다면서 피해자의 용서에 대해서는 신경 쓰지 않는다.

용서하는 마음과 이웃을 사랑하는 것은 내 삶에서 항상 추구하는 믿음이었다. 이런 마음은 공동체도 마찬가지라고 생각했다. 착각이었다. 힘든 이야기를 꺼내자 교회의 치부를 덮기 위해 '용서'라는 말을 먼저 꺼낸 그들이다. 그들은 위로와 도움이 필요한 한 인간의 영혼을 돌보지 않았다. 단지 공동체에 그저 말이 새나가지 않길 바라는 의도만 전해져왔다. 이것이 교회의 모습이었다.

교회와 담임목사는 모든 것을 대수롭지 않게 치부하였고, 나는 철저히 혼자 남겨졌으며, 그들은 그들의 귀를 막고 나의 입을 막고자 하였다. 내가 생각하던 공동체의 사랑보다 나를 향한 교회의 경계심을 느껴야 했다. 힘과 권력으로 세상의 수많은 힘없는 이들을 누르는 시대에 살고 있다. 나 역시 그 한가운데에서 그 힘에 눌려 살고 있다는 것을 극명하게 경험하였다.

나는 베풀기를 좋아하고, 공감하려고 노력하는 사람이다. 부족할 때도 있지만. 타인의 고통을 알고서 그냥 지나갈 수는 없다. 그것이 공동체의 힘이라고 생각했다. 누군가 고민하고 문제가 있으면 함께 해결하려고 애를 쓴다. 나는 공동체에서 그런 힘을 얻을 수 있을 것이란 기대를 했고, 조용히 한 사람에게 알렸다.

문제를 제기하자 담임목사는 내가 겪은 일을 '사적인 일'로 치부하여 그 목사를 해임하는 것으로 마무리하였다. 내게 돌아온 것은 교회 공동체의 믿음에 대한 크나큰 실망이었다. 나는 이 문제로써 공동체와의 연대나 정의 실현을 위한 어떤 도움도 기대할 수 없었다. 오로지 혼자 해결해야 한다는 생각을 확고히 하게 되었다.

교회의 입장은 성도를 보호하기보다 교회를 보호하기에 급급했다. 교회는, “그 목사는 이제 우리 교회 사람이 아니다”라며 책임이 없음을 통보해왔다. 교회 공동체가 교회 입장과 함께하는 느낌이 들었다. 나는 피해자였지만, 그 문제를 발설한 ‘죄’로 오히려 돌팔매를 맞아야 했다. 담임목사가 가장 아끼던 그 목사를 해임하면서 내뱉은 ‘불륜’이라는 단어는 감당할 수 없을 정도로 충격적이었다.

교회를 신뢰했으나, 주님과 함께하는 기도하는 집인 교회를 통해 쓰라린 고통을 겪어야 했고, 그 상처는 아물지 않았다. 그렇게 나는 교회의 두 얼굴을 경험했다. 교회에 대한 믿음이 사라졌고, 신뢰가 바닥났다. 늘 낮은 곳을 향해 고통을 겪는 이들을 품고 있다고 생각했던 교회의 모습이 더 이상 아니었다. 교회에도 보이지 않는 성역이 존재하며, 그 성역은 거대한 권력이자 그들이 그토록 비판하던 세상의 권력과 쌍둥이처럼 닮아있음을 느낄 수밖에 없었다.

나에게 말씀을 이용해 접근하고, 또 교회 권력으로 나를 움직이려고 했던 그 검은 손님은 한국 개신교 교회 중 가장 크다고 꼽히는 교회의 중요 직책을 맡고 있던 목사였다. 검은 손님으로 찾아온 그는 목회자에 대한 존경과 신뢰를 이용하여 여신도이자 같은 공동체의 주일교사를 심리적으로 조종하여 성적 접촉과 성 착취를 시도하였다. '어떻게 그런 말도 안 되는 일이 일어날까?' 했던 일이 내게 일어났다, 그리고 이 일은 과거에도 지금도 누군가 겪고 있는 아픔일 수 있다는 생각에 더욱 고통스러웠다.

교회는 성추행이나 성폭력을 방지하기 위한 어떤 조치도 취하지 않았고, 그 진상을 왜곡하여 피해자에게 '불륜'이란 딱지를 붙였다. 대형교회가 가해자 목사의 시선으로 '피해자'를 '불륜녀'로 왜곡시켜 발표한 것은, 사회적 이슈에 편승해 자극적인 규정으로 사건의 본질을 흐리려는 비열한 행동이었다. 내게는 엄청난 고통이자 끔찍한 2차 가해였다.

더욱 끔찍한 사실은 우리나라에서 목사의 성폭력에 대한 은폐와 왜곡이 넘쳐난다는 것이다. 이런 사실을 알게 된 후 내가 할 수 있는 일이 무엇인가? 성도를 보호해야 할 교회의 책임은 사라졌고, 교회는 책임회피를 위해 더 큰 폭력을 휘두른 것이다. 나는 교회의 책임 있는 행동과 보호를 받지 못했고, 지저분한 2차 가해를 당했다. 주님의 집에서 십자가의 길을 걷듯, 쓰라린 고통과 아픔을 홀로 감내해야 했다.

"내 집은 기도하는 집이라 일컬음을 받으리라 하였거늘, 너희는 강도의 소굴을 만드는 도다" 하신 성경 말씀보다 더한 곳이 내가 다녔던 교회의 민낯이었다.

그렇다. 말씀을 전하고 사역하는 이, 그리고 그가 몸담은 교회 공동체가 골리앗이라면, 나는 다윗이 던진 아주 작은 돌멩이에 불과한 존재임을 그제야 깨달았다. 진상규명과 사과를 요구했지만, 담임목사는 이를 '불륜' 문제로 공표해 오히려 교회가 피해를 받은 것 같은 구조가 되고 말았다. 끝내 사과를 받지 못했고, 그 상처를 모른 척 지나가길 강요받았으며, 스캔들로 포장되어 침묵을 요구받았다.

교회 리더들은 '쉬쉬'하며 자기들 잘못을 가리고 책임을 전가하는 모습이 아팠고 충격적이었다. 너무나 혼란스러웠고, 믿음이 깨졌다. 모든 신앙적 가치관이 산산조각이 났다. 주님의 말씀을 전하는 이들의 이중성을 목격하면서, 말씀을 쥔 이들, 권력을 가진 이들은 자신의 자리를 이용한 '위력'을 마음껏 활용하여, 그저 아무것도 아닌 사소한 이슈로 덮으려 했다. 그곳에 주님은 없었다.

나는 스스로 상처와 아픔을 지우려 노력했고, 기억하지 않으면 사라질 거라는 생각도 해보았다. 하지만, 고통은 더욱 선명해진다. 말씀을 이용하여 권력을 휘두르고, 그것을 위력으로 이용한 검은 손님과 담임목사의 처신에서 받은 상처는 사회적 낙인을 가져와 아물지 않는다는 것을 알았다.

처음에는 시간이 지나면 잊히리라 생각했다. 그렇게 나는 몇 년 동안 내 아픔과 상처를 꼭꼭 숨긴 채 앞만 보고 살아갔다. 그리고 침묵의 기억은 마음 깊은 곳, 의식에서 지우고 싶은 부분이 되어 있었다. 내 마음속 상처는 비밀이 되어 감추어져 있었고, 그것은 무의식 상태에서 불쑥불쑥 고통으로 나 자신을 몰고 가고 있었다. 내게 남아있는 상처는 두려움이 아니라 정의롭지 못한 것에 침묵하고 자신을 보호하지 못했다는 자책이다. 나는 침묵을 선택했고, 그로 인해 휘몰아치는 마음속 바람은 고스란히 내가 껴안고 있어야 했다.

당시 나는 젊은 예술가로서 아이와 함께 올곧게 세상을 살아가느라 자신보다는 주위 사람들의 의견을 배려하는 데 집중한 것 같다. 여성으로서 수치스러운 사건을 말하는 것이 쉬운 일은 아니어서 어쩌면 회피했을지도 모른다.

내가 잊고 살았던 가치를 말씀을 통해 알았고, 지나간 것들 안에서 나를 소중히 여기는 마음을 배웠다. 내게는 말씀의 가치가 그만큼 컸기에, 말씀을 전하는 이가 그것을 하나의 수단으로 이용할 것이라는 생각을 하지 못했던 나를 책망하기도 했다.

그러나 나의 침묵에 돌아온 것은 거짓 소문이었다. 시작은 위력에 의한 범죄를 저지를 수 있도록 방조하고 기회를 제공해준 대형교회였다. 거짓 소문, 거짓 뉴스는 비단 나에게만 일어난 일이 아니다. 지금은 거짓된 이들이 퍼뜨린 소문으로 언어적 폭력, 권력에 의한 폭력을 경험하는 이들이 급증하는 시대이다.

또 권력의 힘으로 진실을 숨기고 가짜가 진짜인 양 행세하는 일이 자주 일어난다. 그 어느 때보다 정보의 홍수 속에서 살고 있어 그 속에서 진짜와 가짜를 구별해야 한다. 가짜가 진짜가 되어 보호받아야 할 사람이 권력의 폭력에 노출되거나, 언어폭력으로 고통을 겪는다. 그리고 자신이 가짜뉴스의 피해자가 되면 그 공포감은 말로써 설명할 수 없다.

가짜가 진짜가 되는 사회, 나는 그것을 경험했고, 그래서 거짓 소문, 가짜뉴스로 고통받는 이들의 마음을 누구보다 잘 알게 되었다. 그 '거짓 소문' 속에서 나는 더 똑똑해져야 했다. 진짜와 가짜, 진실과 거짓 속에서 우리는 진실을 가려내야 한다. 별다른 생각 없이 떠들고 말한다. 그러나 그것이 누군가에게는 고통이 될 수 있음을 간과해서는 안 된다.

인코그니토 Incognito :
모르다, 인식하지 못하다 → 익명의, 신분을 숨긴

기나긴 밤을 보냈다. 주님께서는 내 상처를 어루만져주셨고, 치유의 힘을 주셨다. 그 상처가 아물어 '별'이 될 수 있도록 해 주셨다. 그리고 그 별은 스텔라 인코그니토처럼, 비밀의 별, 익명의 별, 감추어진 별, 보이지 않는 별이 되어 어디로 향해야 하는지를 일러주고 있다. 어둠에서 우리를 이끄는 별, 스텔라. 수많은 별무리가 나를 이끌고 빛을 향해 나아갈 수 있도록 해주었다. 그리고 빛의 근원을 향해 나아갈 힘을 주었다.

나를 이끌어 준 주님이 내려주신 별빛, 그 별빛은 언제나 나의 마음을 어루만져주었고, 기다림을 주었다. 그 사건에 대해서도 내가 감당할 수 있을 정도로 마음속 크기가 될 때까지 기다려주었다.

나는 내 잘못이 아닌 것에 대해 바르게 말할 권리가 있다. 가짜가 진짜가 되는 부조리하고 모순적인 상황을 올바르게 돌려놓기를 결심하기까지 수많은 밤을 보내야 했지만. 영혼이 찢기는 듯한 고통의 순간이었지만, 내게는 늘 그러하듯 주님이 계셨다. 상처가 아물어 별이 되고, 별무리가 되어 쏟아지듯 내려왔다. 그렇게 주님께서는 스타리아 인코그니토가 되어 내게 다가오셨다.

Starya
별, 별무리

'별, 별무리'를 뜻하기도 하고, 나의 예명이기도 한 스타리아와 '익명의, 비밀의, 감추어진'이라는 뜻의 인코그니토가 만나 비밀의 별무리, 익명의 별무리, 감추어진 별무리, 보이지

Universe_ 210227, 30x27cm, Acrylic on Canvas, 2021

않는 별무리가 되어 내게로 왔다. 그리고는 내 삶의 방향을 일러 주었고, 힘이 되었다. 밤하늘을 이끄는 별무리, 스타리아가 나를 이끌었고, 어둠을 뚫고 빛을 향해 나아갈 수 있도록 해주었다. 그렇게 생명을 이끄는 빛의 근원을 향해 나아갈 힘을 주었다. 이제 내면의 상처를 꺼낼 것이다. 비밀처럼 숨겨두길 강요받은 공동체를 향해 내 목소리를 다시 낼 것이다. 내 권리를 주장할 것이며, 그들의 잘못을 사과받고 책임지게 할 것이다.

"나는 무엇을 두려워하고 있었던 것일까?
마음의 문이 어둠과 빛, 두 길로 향하고 있었다.
그리고 우리는 그 문 앞에서 선택해야 한다.

나는, 우리는, 지금 어떤 문을 열고 있는가.?

내가 어떠한 길을 걸어왔는지, 선택했는지
나의 삶의 흔적들을 보면 알 수 있다.
나는 빛으로 향하는 길을 선택해왔고
앞으로도 그럴 것이다."

시월의 눈물

아이의 학교 단짝 친구인 섈리 가족의 초대를 받아 업스테이트 뉴욕의 리빙스턴 매너Livingston Manor로 주말 2박3일 여행을 다녀왔다. 선선한 가을바람이 무언가 속삭이는 듯한, 유난히도 별이 반짝이던, 밤하늘의 별이 금방이라도 쏟아질 듯한 그런 밤이었다. 밤하늘이 점점 진해지면서 별들과 가까운 곳에 있었다. 섈리 가족의 별장은 가을 나무들이 우거진 숲속에 있었다. 가을이 끝나갈 무렵이라 울긋불긋한 색으로 물든 숲이 참 아름다웠다. 우리나라의 가을 단풍과 용인 집이 떠올라 잠시 향수병을 느낄 정도였다.

산속 별장은 동화책에서 봤던 집처럼 아늑하고 따뜻한 곳이었고, 좋은 사람들과 함께 지내는 시간이 무척 유쾌했지만, 한편으론 왠지 모르게 불편했다. 깊은 산속이라 휴대전화가 먹통이 되어 통신이 되지 않았지만, 아이와 함께 있으니 현재의 시간에 집중했다.

고요한 밤에도 불안은 쉽게 가시지 않았다. 그렇게 주말을 보내고 뉴욕으로 들어왔다. 서울에서 지인들의 연락이 쏟아져 들어와 있었다. 무슨 일이 일어난 걸까. 불안한 마음이 더 커졌다. 휴대전화를 여는 순간 '아, 이게 정말인가?' 내 눈을 의심했다. '제발 오보이길' 바라는 마음만 들었다. 기사를 찾아보고 나서 나는 오래도록 아무 말도 할 수 없는 큰충격에 빠졌다.

"시간이 정지된 듯 믿어지지 않았다."

영화에서도 일어나지 않았던 장면이다. 좀비 영화라면 가능할지도 모를 그런 일이 지금 대한민국 현실 속에서 일어난 것이다. 영화에서조차 볼 수 없었던, 일, 상상할 수도 없는 일이 일어났다. 뉴욕의 지인들이 정말 한국에서 일어난 일이 맞냐고 물어왔다. 나 역시도 믿어지지 않는다는 말 외에는 아무 말도 할 수 없었다.

선진국에 진입한 나라에서 일어난 사건이 맞나, 하는 생각뿐이었다. 내 자녀, 내 형제가 길을 걷다가 압사하여 죽을 수 있음을 그 누가 상상하겠는가. 그런 일은 상상할 수조차 없는 일이었다.

2022년 10월 29일, 이태원에서 참사가 일어난 것이다. 이태원, 어린 시절 내가 자란 곳이다. 홍대 거리와 함께 이태원은 젊은 에너지를 느낄 수 있는 곳이다. 이곳의 핼러윈은 외국에서도 유명할 정도도 많은 관심을 끌었고, 핼러윈 당일에는 수십만의 방문객이 오가는 곳이다. 그래서 이전 정부까지는 철저히 대비를 했던 곳이다. 그런데 이번에는 무슨 일이 있었기에 속수무책으로 이런 참사가 일어나야 했던 것일까?

뉴욕의 치안은 아주 엄중하다. 그중에서도 안전은 특히 중요한 것으로 여겨진다. 뉴욕의 다양한 문화만큼이나 충돌할 수 있는 경우의 수가 많기 때문이다. 이렇게 되기까지 시 정부와 시민들의 노력이 있었고, 핼러윈과 같은 행사가 1년에 수십 개 열릴 정도로 축제의 연속이지만, 큰 사고가 발생하는 경우는 거의 없다.

올해 딸과 나는 뉴욕의 핼러윈 행진에 참가하리라는 목표를 세우고, 어떤 분장을 할지 고민했다. 그러나 우리는 이제 아무것도 할 수 없다. 뉴욕 거리는 축제를 알리는 음악과 온갖 핼러윈 분장을 한 이들이 축제를 즐기는데, 믿을 수 없는 슬픈 소식에 우린 아무것도 할 수 없었다. 그 누가 핼러윈을 즐길 수 있겠는가? 우리는 멀리 뉴욕에서 조용히 애도하며, 유가족들을 위해 기도했다.

> "우리는 이렇게 또 우리 젊은 청춘들을 보내고 말았다.
> 우리는 아직 지난 2016년 4월의 눈물이 마르지 않았다.
> 그리고 다시 이어진 시월의 눈물.
> 우리는 꽃 같은 생명을 떠나보내야 했다."

'위험'하다는 징후가 있었음에도 어떤 조치도 취하지 않은 탓에 빛나는 청춘들 159명이 별이 되었고, 수많은 부상자가 나왔다. 그렇게 우리는 젊은 청춘들, 있는 그대로 아름다운 젊은이들을 또다시 보내고 말았다.

인간의 본성은 아픔에 대해 함께 연민을 느끼는게 상식이다. 하지만 우리 사회에서는 그 연민마저도 권력의 도구로 사용하는 일이 일어나고 있다. 재난에 책임이 있는 자들이 자신들의 잘못을 인정하지 않고, 회피하는 상황이 진행 중이다. 참사가 일어나기 몇 시간 전부터 '위험 신고'가 있었음에도 아무 조치도 취하지 않은 책임자들이 오히려 10·29 참사의 유가족과 피해자들을 몰아세울 태세이다. 언론 또한 여기에 맞장구를 치며 가짜뉴스를 양산하고 있다. 그리하여 젊은이들의 생명을 왜곡된 시선으로 보는 인면수심의 행동들도 서슴지 않는다.

사회 일각에서는 10·29 참사와 인권 문제를 별개라고 생각하는 듯하다. 누군가는 자신과 관계가 없는 일로 여길지 모르지만, 누구에게나 닥칠 일일지도 모른다. 인권은 개인이나 특정 집단의 문제가 아니라 우리 모두의 기본권이자 생존권과 밀접한 관계가 있다. 국가는 국민을 지키기 위해 존재하는 것인데, 그 순간 이태원 거리에는 국가가 없었다. 그렇게 10·29 희생자들은 좁은 길에서 죽음의 길로 내몰려야 했다.

윤석열 정부는 공정과 정의를 내세우며 시작했다. 하지만 10·29 참사로 보여주는 것은 이 정부가 입으로만 공정과 정의를 외칠 뿐, 실상은 생명에 대해, 아픔에 대해 함께 하지 않는 정부다. 책임 있는 자들과 집권 여당은 자신의 자리를 지키기 위해 피해자들에게 상처를 주는 말과 행동을 서슴지 않는다. 심지어 고인이 된 이들에게 '마약 복용' 운운하였다고 한다. 인간의 탈을 쓰고 이럴 수는 없는 것이다.

그날 이후로 모든 시간이 멈추었다는 유가족들의 호소에 가슴이 먹먹하다. 함께 슬퍼하고 연대하는 마음. 작은 힘이라도 보탤 기회가 있다면 함께 하길 바라며, 차라리 내가 그 자리에… 이런 생각마저 든다. 부모의 마음은 다 같기에 나는 눈물을 흘릴 수밖에 없었다.

"별의 이름이 있는 것처럼,

별처럼 빛났던 그들,

별처럼 희망을 품은 이들,

젊은이들 영원히 잠들었다."

별들을 보며 희망의 빛을 느끼지만, 지금 누군가에게 이 별은 아픔이며, 슬픔이라는 것을 떠올린다. 다시는 일어나서는 안 될 일을 겪은 가족들의 눈물은 그치지 않는다. 내 마음이 이런데, 아이들을 보내야 하는 부모라면 어떨까? 그들이 하늘의 별을 바라보며 아이들을 생각할 수 있도록 애도의 시간을 갖게 하는 것, 바로 우리 사회의 몫이다.

이렇게 많은 생명을 잃게 하고서도 생명에 대한 존중, 국민을 보호하는 국가의 의무를 뒤로하고, 아무도 책임지지 않으며 서로에게 책임을 전가하느라 바쁘다. 인재로 야기된 '참사'를 '사고'로, '희생자'를 '사상자'로 규정하여 유족들에게 더 큰 상처를 준다. 국가 부재를 보여주는 이 자체가 국가 참사이다. 진상이 규명되어야 한다. 선거 때만 지키지 못할 약속을 남발하고, 정권을 잡으면 책임을 회피하는 우리 사회의 민낯이다.

꽃 같은 젊은이들, 그들은 빛나는 젊음을 살았고, 아름다운 이름이 있다. 그러나 먼 길 가는 길, 이름도 부르지 못하게 하는 것, 마지막 인사를 나눌 영정조차 두지 못하게 하는 추도식이 열렸다. 온갖 추측과 잡다한 말들, 이 모든 것이 어디서 온 것인가? 바로 비틀린 권력의 민낯이다. 권력의 폭력이다.

유족에게 '물질적 보상' 프레임을 씌우고는 국가에 부담이 된다고 뒤통수를 친다. 모든 책임의 경로를 차단하며, 유가족들을 비난한다. 그들을 사회로부터 소외시키려는 전략이다. 자신들의 권력 유지에 방해된다면 인간의 존엄과 생명조차 내친다. 다시 유신 정권으로 돌아간 듯한 그런 세상이다.

세월호 참사가 생각난다. 그때도 그랬다. 정확한 조사는 이루어지지 않고 책임 떠넘기기에 바빴다. 정치적 계산만 하는 정부는 어떻게 해서든 빨리 마무리 지으려고 하였다. 그렇게 꾸려진 세월호 특조위는 유명무실해 해산되었고, 그 침몰 원인은 아직도 명확하게 밝혀내지 못했다. 정부의 의도대로 책임자 처벌도 흐지부지되었다.

세월호 참사 때 천주교 정의구현사제단 신부님께서 "어둠이 빛을 이길 수 없다"라는 말을 했다. 많은 이에게 큰 위로가 되었다. 그 말을 다시 하고 싶다. 세상의 어둠이 꽃 같은 아이들을 하늘로 보냈고, 아이들은 짙은 어둠을 밝히는 별이 되었다.

"진실을 가리려고 하는 이들에게,

진실은 결코 가려지는 것이 아니라고 말하고 싶다."

또다시 '국가 부재'의 '인재'가 일어나고 말았다. 왜? 어떻게? 이 한마디밖에는 말이 나오질 않는다. 그때처럼 권력은 또 반성하지 않는다. 위정자들은 참회와 반성의 눈물 한 방울도 떨구지 않았다. 자신들의 잘못을 가리느라 바쁘다.

조금만 빨리 대처했더라면, 많은 생명을 구할 수 있었을 것이다. 세월호 때처럼 골든타임을 놓쳐 그들을 죽음의 강으로 내몰았다. 쓰러져 다시 일어서지 못한 생명, 그 젊은 생명이 대한민국이라는 국가의 잘못으로 죽음으로 내몰려졌다.

유가족들은 고통의 걸음으로 슬픔의 산을 넘는다. 슬픔을 가슴속에 담아놓고도 슬퍼하지 못하는 부모의 마음을 왜 헤아리지 않을까? 진상규명을 외치는 한 어머니의 모습을 보며 슬픔이 차올랐다. 그러나 한 가정의 행복을 앗아간 이들은 아무렇지 않게 살아가고 있다. 진실규명은 행동을 통해서만 밝혀질 수 있다. 돌아올 수 없는 이들을 위해 산 자가 해줄 수 있는 것은 진상을 밝혀주는 일이다. 이게 제대로 이루어질 때, 유가족들의 애도가 시작될 것이다.

세상에 잊힐 수 없는 것이 있다. 부모의 자식 사랑, 자식이 죽으면 부모의 가슴속에 묻는다는 말이 있다. 꼭 기억해야 할 것은 '책임' 없는 애도다. 이제 국가는 책임을 져야 하고, 우리 사회는 유가족들에게 슬픔의 공간을 마련해줘야 한다.

시간을 거꾸로 돌린다고 그때로 돌아갈 수 있을까?

Universe_ 210725, 60x160cm, Acrylic on Canvas, 2021
Prelude of Water, 60x160cm, Acrylic on Canvas, 2002

그날로 돌아가 아이들을 꼭 붙잡을 수 있을까? 이 물음이 엄마의 마음으로 전해져온다. 이 마음을 누가 헤아릴 수 있을까? 그 마음을 누가 다독일 수 있을까? 공허한 위로가 아니라 진짜 위로를 전하고 싶었다. 진짜 위로는 죄지은 자를 단죄하는 것이다. 이태원 참사 책임자들을 처벌하라는 목소리가 천지에 진동하건만, 이 사건으로 구속된 자들이 하나둘 감옥 문을 나오고 있으니, 유가족들의 슬픔을 그 무엇으로 위로한단 말인가.

"시공간을 초월하여 모든 것을 탄생시키는 바로 시작점,
그곳에 가면 아이들을 만날 수 있을까?"

간절한 마음에 손을 놓지 못하고 작업을 이어나갔다. 하늘에 있지만 하늘에 없는 별, 마음에는 있지만 눈에 보이지 않는 별, 형체가 없어 더 슬픈 별의 무리가 나타난다. 모든 별이 시작된 빛의 근원지인 '한 점'에 모이는 순간 우리 아이들을 만날 수 있을 것만 같았다.

"그들의 아픔을 품어주는 이가 되어야 하지 않을까?
그 무엇으로 그들의 마음을 어루만질 수 있을까?
이렇게 그날의 일을 이야기하며,
별이 되어 꽃이 되길 바라는 마음,
다시 한 번 말하게 된다.
잊지 않고 기억할게.
약속해. 꼭."

침묵의
기도

엔도 슈사쿠의 소설 『침묵』을 읽고 한동안 가슴 먹먹한 시간을 지내야 했다. 일본은 에도 막부시대 서구 제국주의 세력의 침탈을 받고 기독교 포교 금지령을 내렸다. 이 시기에 기독교도와 선교사들에 대한 대대적인 박해가 있었다.

예수나 십자가, 성모마리아의 성화를 밟고 지나가게 하는 방식으로 기독교 신자들을 색출했다. 이 과정에서 수많은 기독교 신자들이 잔인하게 살해당하였다. 기독교 신자들이 죽어갈 때, 우리 주님은 어디서 무얼 하고 있었단 말인가. 그 같은 고민은 우리 세상살이에서 끊임없이 일어난다. 그리고 나의 삶 속에서는 더 처절하게 그러한 듯했다.

"저의 주님, 저의 주님, 저의 주님 당신은 어디에 계십니까?"

가장 절실히 찾고 간절히 부르짖는 그 순간, 주님은 어디에 계셨을까? 나는 계속 '주님, 우리 주님을 믿습니다.' '왜 내게 이러한 시련을 주십니까?'를 계속해서 외치고 있었다. 하지만 주님은 이런 시련을 주고도 침묵할 뿐 아무 해답도 주시지 않는 듯했다. 『침묵』에서 주님을 믿는다는 죄로 박해로 받고 죽음을 택할 수밖에 없었던 고난에 대해 주님은 예전이나 지금이나 침묵으로 일관하고 계신 듯했다.

내게도 주님은 어떤 대답도 하지 않으셨고, 나는 침묵의 무게를 견뎌야 했다. 그렇게 숱한 나날들을 침묵으로 기도하고 있어야 했다. 그러던 어느 날, 주님이 내게 말씀을 주시는 것 같았다. 『침묵』의 의인들 사이에서 고통을 견디며 처절하게 주님을 찾고 또 찾았던 사제에게 하신 말씀이었다.

성화를 밟아야 했던 고통의 현장에서, "주님, 당신의 침묵을 원망하고 있습니다"라고 울부짖는 사제에게 주님은 말씀하셨다.

"밟아라, 성화를 밟아라!

나는 너희에게 밟히기 위해 존재한다.

밟는 너의 발이 아플 것이니, 그 아픔만으로 충분하다.

나는 침묵하고 있었던 것이 아니다.
너와 함께 고통을 나누고 있었다."

『침묵』의 사제에게 해주신 말씀처럼, 내게도 주님께서는 '너와 고통을 나누고 있었다'라고 해주신 듯했다. 주님께서 내 고통을 함께 짊어주셨기에 나는 존재할 수 있었다. 세상 사람들에게 말 못 할 어려움이었다. 내가 겪은 고통도 그랬다. 오로지 주님만 아시는 것이었고, 주님을 믿고 따르는 공동체에서도 외면받았던 그때, 주님이 계시기에 견뎌낼 수 있는 일이었다.

'별일 아니야.'
'그냥 넘어가요.'
'시간이 지나면 다, 잊힐 일들이야.'

내가 위로받고자 했던 교회 공동체에서 가장 많이 들었던 말이다. 사람들은 별일 아니라며 타인의 고통을 대수롭지 않게 생각하고 그냥 넘어가라고 한다. 부당한 폭력에 고통을 겪어야 하지만 혼자 덩그러니 남아있을 때 어떻게 해야 할지 그 방법을 모른다. 서로 위로가 되어주고, 스스로 자신과의 관계를 회복해가는 계기가 되고, 나아가 사회 안에서 회복해야 한다.

우리는 개인주의, 혹은 집단 이기주의 시대를 살아가고

있다. 우리는 함께 하는 데 서툴다. 토론문화에 약하다. 그것은 교육과 관련이 있다. 나도 혼자 해결하는 것에 익숙하고, 혼자 아픈 것을 당연하게 받아들일 때가 많다. 우리는 자기의 삶을 위협하는 것들에 노출되어 있고, 그것을 인지하는 힘이 필요하다.

홀로일 때 당당하게 목소리를 내야 함에도, 용기를 내지 못할 때가 많다. 현실의 절벽에 부딪힐 때는 더더욱 그럴 수밖에 없다. 현재와 미래에 불확실성에 놓여 있을 때, 세상의 이치 안에서 명쾌한 답을 찾지 못할 때마다 기도를 드리며 용기를 청한다. 용기를 낼 힘마저도 내가 할 수 있는 것이 아니다.

우리 사회는 아직도 승자독식이다. 유전무죄 무전유죄의 현상이 빈번하다. 정치, 행정, 사법, 경제 등 사회 곳곳에 얽히고설킨 기득권 권력의 부정부패가 만연하다. 이 난맥상을 혼자 해결하기는 힘들다. 그러나 힘은 작지만 정의로운 이들이 함께한다면 어떤 난관을 극복할 수 있다.

공정과 정의를 자본과 권력에 아부하여 헌납하고, 무릎 꿇는 지금의 우리 사회. 교회라고 다르지 않은 현실이 슬프다. 부익부 빈익빈 현상이 가속화되고, 부의 대물림도 심해져 상대적 박탈감이 커지고 있다. 그러면서 보이지 않게 계급이 형성되고, 권력의 힘에 짓눌리는 일들이 잦아지고 있다.

권력 앞에서는 작은 이, 작은 점에 불과하다. 험악한

Universe_ 210803, 39x39cm, Acrylic on Canvas, 2021

풍파 속에서 어떻게 해야 할지 갈팡질팡하고, 그 안에서 왜곡된 나를 만나기도 한다. 이제 거대한 힘에 억눌렸던 기억을 지우고, 고귀하고 순수한 힘, 작은 이들의 힘을 모아 연대할 것이다. 선량함이 자칫 피해를 주고, 악함이 이익을 준다는 것은 참으로 기이한 일이지만, 우리는 여전히 선에 목말라 하고, 매달려야 한다.

세상의 작은 이들은 함께 움직이고 함께 힘내야 한다. 홀로 내는 목소리는 미약하지만, 함께 한다면 사회를 변화시킬 수 있다. 이도 저도 아무것도 할 수 없는 상태, 무력한 삶이었던 적이 있다. 내가 경험한 교회의 폭력은 '정의와 공의'에 대한 연대의식을 일깨워주었다. 그것이 나를 세상의 수많은 아픔에 더 깊게, 더 섬세하게 눈을 뜨게 만들었다.

살아가면서 절실하게 도움이 필요한 순간, 철저히 혼자일 때가 있다. 아주 작인 점에 불과할지라도, 함께 할 때 그 힘은 강해진다. 진실한 마음, 간절한 마음을 누가 이길 수 있을까. 진리란 인간 안에 있는 하나님의 의지와 목적이라는 말이 있다. 그러기에 나는 진리를 따라 나의 길을 걷고자 한다. 세상에 존재하는 것들은 언제나 존재하는 다른 모두와 의지하면서 살아간다. '연대'란 서로의 가슴속 믿음의 희망을 발견하는 것이다.

"이제 침묵하지 말고 연대할 때이다."

저항과 연대의 힘

커비 굿킨과 제리 프라이어. NYU 시절 나의 스승이자 존경하는 선배이고 친구다. 내가 미국에서 사귄 소중한 분들이다. 이제 일흔이 넘어 그들도 어느덧 깊게 주름진 얼굴이지만, 그만큼 연륜이 쌓여 있다. 그들의 소식을 듣고 공감하며 기도할 수 있는 사이가 되었다. 그들은 유색인종인 나를 존중해주었고, 그 마음은 20년이 지난 지금도 똑같다.

나는 그들을 존경한다. 한때 제자였으며, 함께 예술가의 길을 걷고 있다는 이유로 나는 깊은 존중을 받는다. 그리고 삶도 가끔 나누고, 예술가 정신을 공유한다. 나는 이들에게서 국적과 세대를 뛰어넘는 '관용'을 배웠고, 힘들 때 도울 수 있는, '연대'하는 마음도 얻었다. 뉴욕에서 작은 집을 얻을 때 나를 보증해주어 도움을 준 이들이다. 내가 어떤 상황에 있을지라도, 그들은 한결같이 나를 반겨 주고 삶을 공유한다.

나를 진실로 대해주니 나 또한 내 진심을 보인다. 나는 그들을 나의 동지라로 여기고 싶다. 예술가의 삶을 공유하며, 서로의 길을 잘 갈 수 있도록 응원하고 기원하는 진정한 동지애를 느낀다. 그런 동지 제리 프라이어는 2023년 여름에 생을 마감하였다.

뉴욕의 나의 선생님들, 나의 동지들은 늘 변함이 없다. 나는 그들로부터 포용하고, 배려하고, 연대하는 정신을 배웠다. 나도 누군가에게 그런 사람이었으면 좋겠다. 그런 정신을 그림에 담고 싶고, 그런 삶을 살아가고 싶다. 예술은 우리를 제정신으로 살아갈 수 있도록 해준다. 예술이 추구하는 아름다움은 궁극적으로 이 세상의 진실함을 밝히는 데 있다.

> "내가 그림 속에 오롯이 담을 수 있었던 것은 진실이다.
> 그 속에서는 거짓이 침범할 수 있는 공간은 허락되지 않는다."

이것은 그림을 대하는 나의 신념이었고, 삶에서도 그러하다. 오랜 세월이 흘러도 변치 않는 것, 불가역의 존재인 예술에 거짓이 숨어들어 올 수는 없는 것이다. 그림을 그리며,

또 내가 겪은 경험 속에서 나는 이 신념을 더 굳게 믿고 지켜 올 수 있었다. 세상에서 일어나는 수많은 일들, 그리고 그로써 터져 나오는 온갖 거짓들이 있다.

그것들이 진실의 가면을 쓰고 돌아다닐 때, 그 힘에 압도되어 용기를 내지 못하기도 한다. 나 역시 그랬다. 침묵하며 웅크리고 있어야 했다. 진실 앞에서 용기를 내기까지 큰 용기가 필요했다. 그 용기로 아픔을 털어내고, 미래를 향해 나아갈 것이다.

나는 힘 없는 작은 존재에 불과하지만, 역사는 작은 이들에 의해 변화되고 발전해 왔다. 나는 작은 이들의 연대, 작은 이들의 혁명을 믿는다. 어떤 도움도 받을 수 없고, 아무것도 기대할 수 없는 상황에 놓일 때가 있다. 우리는 알게 모르게 일상에서 수많은 폭력에 노출되어 있다. 그래서 두려움에 사로잡힐 때도 많다.

'폭력'이라 하면 전쟁이나 테러, 물리적 피해가 발생하는 상황만을 떠올린다. 하지만 우리는 일상의 순간순간 곳곳에서 여러 형태의 폭력에 노출되어 있다. 눈에 보이지 않는 폭력, 그리고 그것을 이용하는 비틀린 권력 사이에서 살아가고 있다. 불안한 사회에서는 작은 이들에게 가해지는 폭력이 곳곳에 놓여 있다.

"너의 상처는 나의 상처
깨달았을 때 나 다짐했던 걸 (yeah)
네가 준 이카루스의 날개로
태양이 아닌 너에게로"

―BTS, 〈작은 것들을 위한 시〉에서

BTS의 노래 〈작은 것들을 위한 시〉를 듣고 깜짝 놀랐다. 그 노래에서 내가 생각하는 작은 이를 위하는 마음, 작은 이들을 위한 연대, 곧 서로의 상처를 보듬어주는 작은 이들의 연대가 느껴졌다. 작은 것, 작은 이, 그리고 작은 점…. 나는 나와 같은 작은 이들을 바라보며, 우리의 삶에서 잔잔하게 펼쳐지는 연대의 정신을 나누고 싶다.

작은 이들이 거대권력에 맞서 자신의 목소리를 낼 수 있는 사회가 되어야 한다. 지금 우리 사회는 작은 이가 살아가기 쉽지 않다. 진정성을 갖고 살아가는 것이 녹록하지 않다. 나만이 그런 경험을 겪은 것이 아닐 것이다.

하지만 나는 이제 부당한 일에는 꼭 저항하고 외칠 것이다. 나는 내 세묘화의 점보다도 더 작은 사람이라는 생각이 들 때가 있다. 억울한 일을 겪고도 분노보다는 아픔 속에 숨어 있었다. 자부심을 느끼면서도 폭력적인 상황을 맞고도 분노하지 못했고 저항하지 못했다. 하지만 이제 달라질 것이다.

부당한 일에 관하여, 권력에 대해 저항하려는 나의 외침이 다윗과 골리앗의 싸움처럼 비칠지도 모른다. 하지만 내가 받은 고통과 상처는 내 문제만이 아니다. 그냥 지나치면, 다른 작은 이를 향해 권력을 휘두르거나, 책임을 전가하는 행태를 볼 것이다.

작은 이들이 힘을 모을 때 '권력'을 함부로 휘두르는 자들과 맞설 수 있다. 그래서 우리는 '연대'해야 한다. 서로 어깨를 겯고, 손에 손을 맞잡고, 서로를 위로해야 힘을 얻을 수 있다. 제각각의 삶이지만 위로의 언어로, 희망의 언어로 연대할 수 있어야 한다. 이렇게 시공간을 넘어 서로를 이해하고 공감할 때 사회적 반향이 일어날 것이다.

우리는 누군가 넘어졌을 때 일어날 수 있도록 손을 잡아주는 버팀목이 되어야 한다고 배워왔다. 내가 지금 할 수 있는 것은, 작품으로 생명의 힘을 전하고 위로하여 공동체적 선으로 나아가는 일이다. 그 길은 용기 내어 세상의 많은 이들과 연대하는 일이다.

우리 사회는 계급이 존재하고, 그 계급을 바탕으로 권력의 카르텔이 사회 곳곳에 기생해 있다. 우리 사회는 권력의 카르텔에 눈감아 주는 공동체다. 보수언론은 정의를 외면하고 권력에 아부하고, 부정한 대가를 받으며 무릎 꿇려 끌려가고 있다.

국가는 국민을 보호하고, 공동체를 평화롭게 이끌어

가야 한다. 이는 시민의 기본적 권리이며, 생존의 권리이기도 하다. 그러나 지금 우리 현실은 기득권자들의 카르텔만이 작동하는 상황이다. 스스로 자신을 지키고 보호해야 하는 시대에 살고 있다. 각자도생各自圖生의 시대다. 이제 침묵해서는 안 된다. 권력을 제자리로 돌려야 한다. 권력이 벽을 쳐놓고 부당한 상황을 만들 때, 함께 연대하고 투쟁의 깃발을 들어야 한다.

침묵은 치유가 아니다. 오히려 상처를 크게 만든다. 침묵은 상처를 참고 살아가야 하는 이들에게 좌절감을 준다. 권력의 횡포에서 벗어나고, 권력을 제자리에 있게 하려면 침묵을 끝내고 연대해야 한다.

작은 이들이 힘을 모을 때 '권력'으로부터 나를 지키고, 우리 공동체에 공정과 정의가 제대로 흐를 수 있다. 깊숙이 난 상처는 가슴속에 새겨져 아픔이 된다. 나도 함께한다는 마음, 상처받은 서로의 마음을 토닥여주며, 서로가 치유되는 그 별의 순간을 함께 하고 싶다.

"다시 우리에게 저항과 연대의 시대가 돌아왔다.
아니 우리는 항상 연대하고 살아야 했다.
새로운 공동체로 향하는 길에 서 있다.
우리는 아주 작은 존재, 서로에게 위로가 되기를 소망한다."

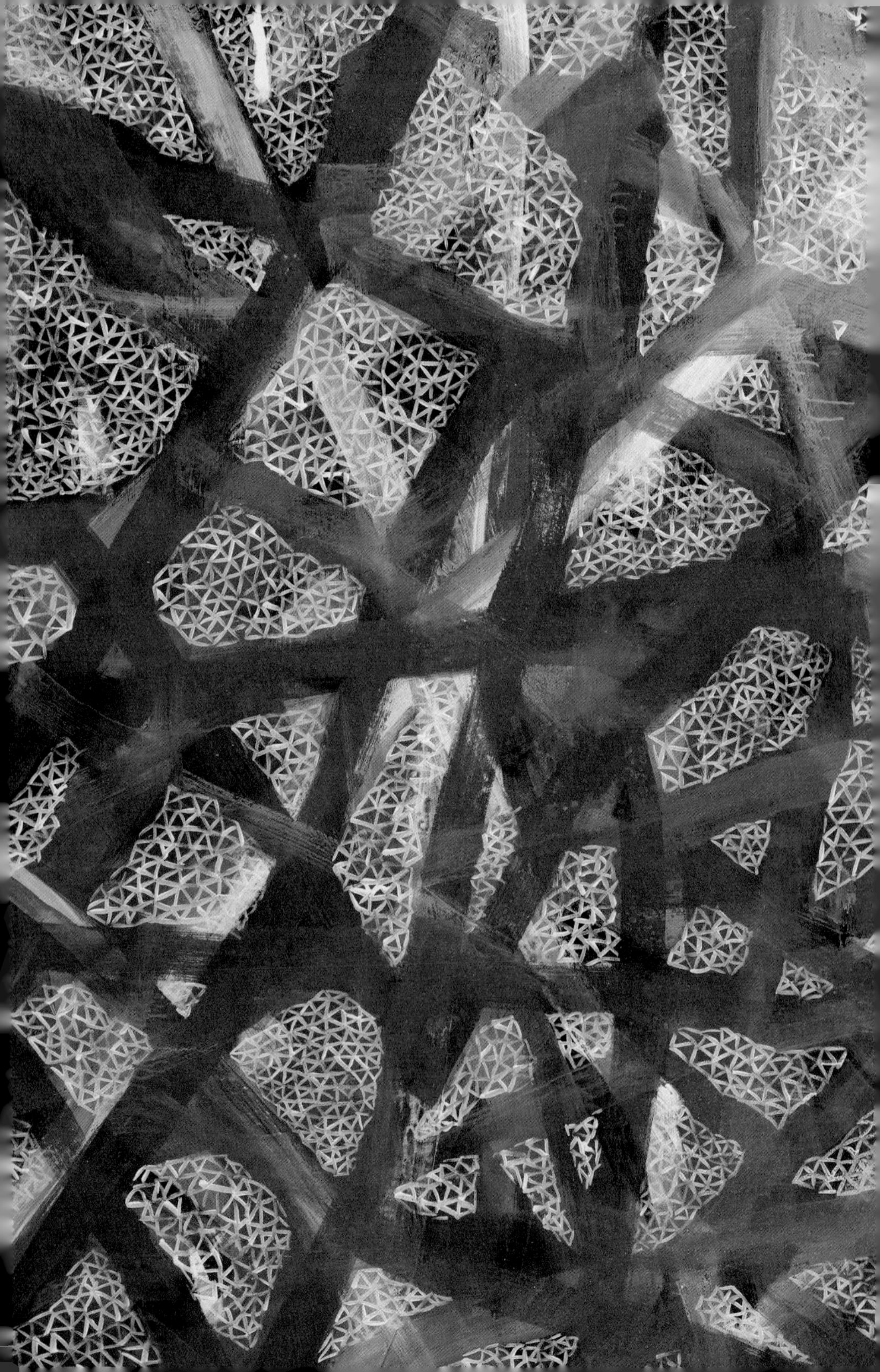

크리스마스 :

가족과의 프리허그

소박하지만 빛나는

그림 그리는 도시

글을 그리며

숨, 쉼 그리고 함께

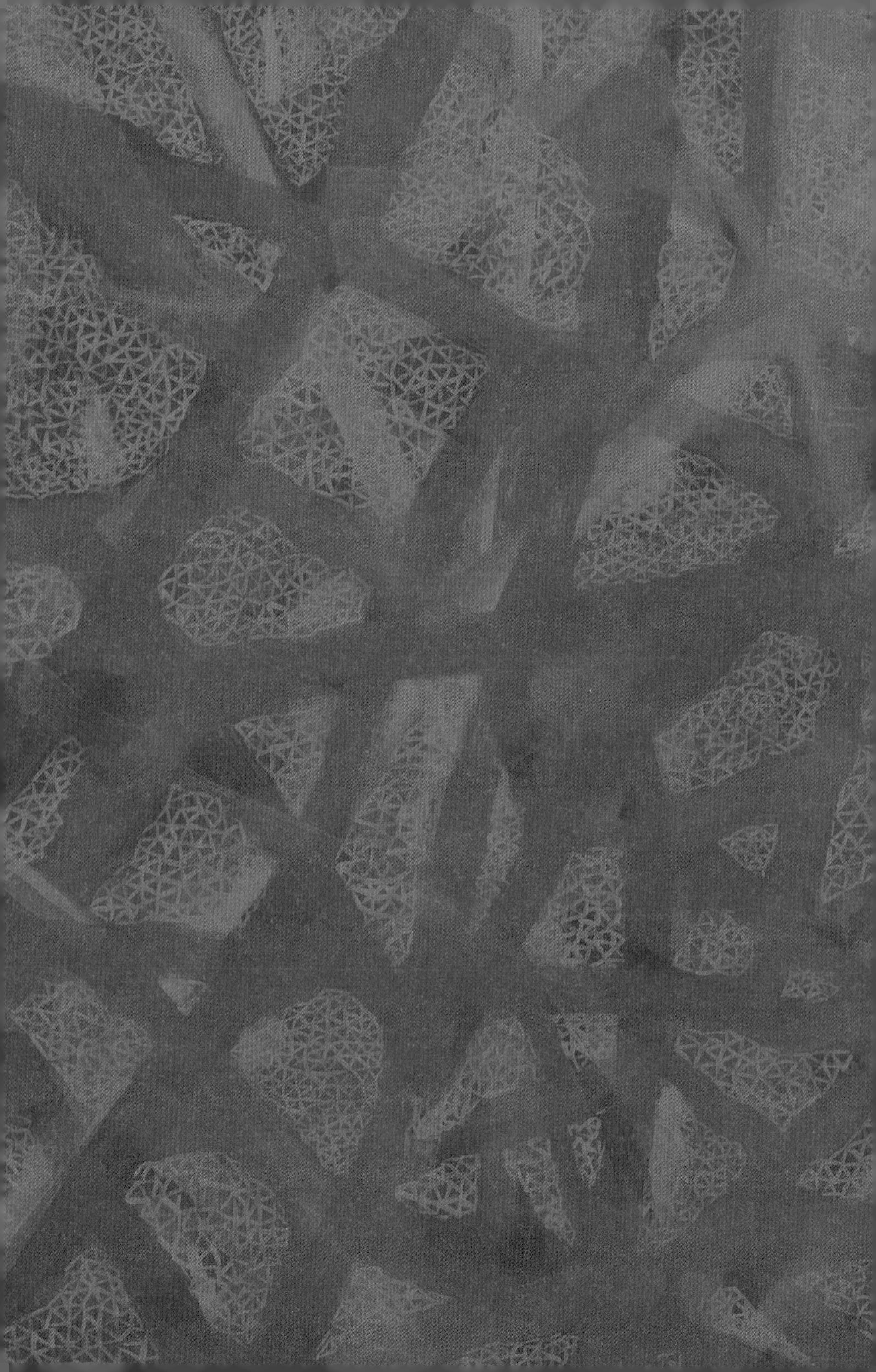

가족과
프리허그를!

집밥. 가장 따뜻한 단어의 하나이다. 집에서 먹는 밥, 집밥은 생각만 해도 몸과 마음이 따뜻해진다. 지친 마음을 위로받을 수 있는 곳이 바로 집이고, 그런 집에서 먹는 밥은 그만큼 지친 영혼에 위로를 주기 때문이다. 그래서 뉴욕, 런던 등에서 지낼 때 항상 집밥이 그리웠다.

집밥은 가족과의 따뜻한 추억을 떠올리게 하며 마음에 온기를 불어 넣어준다. 제일 생각나는 것은 김이 모락모락 올라오는 엄마의 건강 잡곡밥과 제철 음식이다. 쌀과 잡곡이 어우러져 윤기가 나는 갓 지은 밥이 생각난다.

윤기가 흐르는 갓 지은 밥은 생명의 기를 넣어주는 듯, 그 한 입이 주는 힘이 막강하다. 뜨거운 밥알의 윤기가 몸으로 들어와 빛을 넣어주는 듯하다. 집밥을 준비하는 동안의 느긋한 기다림이 참 좋다. 집밥에는 사랑을 가득 담을 수 있다.

나는 온 가족이 둘러앉아 나누는 집밥을 좋아한다. 엄마는 항상 제철 음식을 해주셨다. 어렸을 때는 제철 음식에 대한 개념이 없었는데, 이제 건강을 생각하는 나이가 되니 제철 음식이 큰 행복이며 사랑과 정성이 담긴 것임을 느끼게 된다. 나 어릴 때 제철 음식을 해주시던 엄마는, 지금도 자식들과 손주에게 최고의 음식을 만들어주려고 하신다.

"얘들아, 근사한 반찬은 아니지만, 많이 먹어라."

엄마는 늘 이렇게 말씀하지만, 이보다 더 근사한 밥이 어디에 있을까? 엄마가 해주시는 근사하면서도 특별한 밥이 있다. 솥밥이다. 솥밥은 생각만으로도 힘이 솟는다. 솥에 지은 밥이라고 얼마나 맛있겠냐고 하는 이도 있을지 모른다. 하지만 밥이 타지 않게 절묘한 타이밍에 불 조절을 잘하는 정성을 들이면 그 어떤 밥도 따를 수 없는 밥이 된다.

"희승아, 밥은 잘 먹고 다니지?"

외국에 있을 때, 부모님이 자주 하시던 말씀이다. 이

따뜻한 말씀은 지금도 마음을 뭉클하게 한다. '사랑해'보다도 더 큰 사랑이 담긴 말이기 때문이다. 특별한 반찬을 먹지 않아도 함께 먹는 것만으로도 집밥을 통해서 힘을 얻고 사랑을 전할 수 있다. 집밥을 먹으면 모든 근심과 걱정을 잊는다. 집밥과 함께 '밥심'이라는 말이 생각난다.

'밥심'-사전적 의미는 밥을 먹고 나서 생기는 힘이다. 한글의 묘미를 느끼게 하는 말이다. 밥심은 물리적인 힘만을 의미하지 않는다. 영혼의 허기를 채우는 것이다. 그래서 '밥심'으로 산다는 말이 나온 것이 아닐까? 엄마는 채소만 몇 가지 있어도 뚝딱 한 상을 차린다. 그런 엄마의 모습을 어깨너머로 보고 자라서인지 나도 요리를 좋아한다. 요즈음 그림 작업을 하다 보니 요리하는 건 항상 뒷전으로 밀리지만.

요리하는 것보다 더 좋아하는 것은 음식을 나누는 일이다. 나는 뉴욕에 머물든, 한국에 있든 간에 특별한 일이 아니면 집에서 밥을 먹는다. 집이 아니어도 부엌이 있는 공간이면, 집밥을 먹으려고 한다. 그러나 세월이 흘러 내가 엄마의 자리에 서 있지만, 엄마표 '집밥'을 만들어 낼 실력은 아직 못 된다.

얼마가 흘러야 가능할까? 불가능할지도 모른다. 엄마가 살아오신 그 세월만큼의 사랑과 정성이 담긴 집밥이기에 그럴 수밖에 없을 것이다. 어머니의 손맛과 사랑이 들어가면 특별한 반찬이 없어도 충분하다. 둘러앉아 식사하며 하루하루를

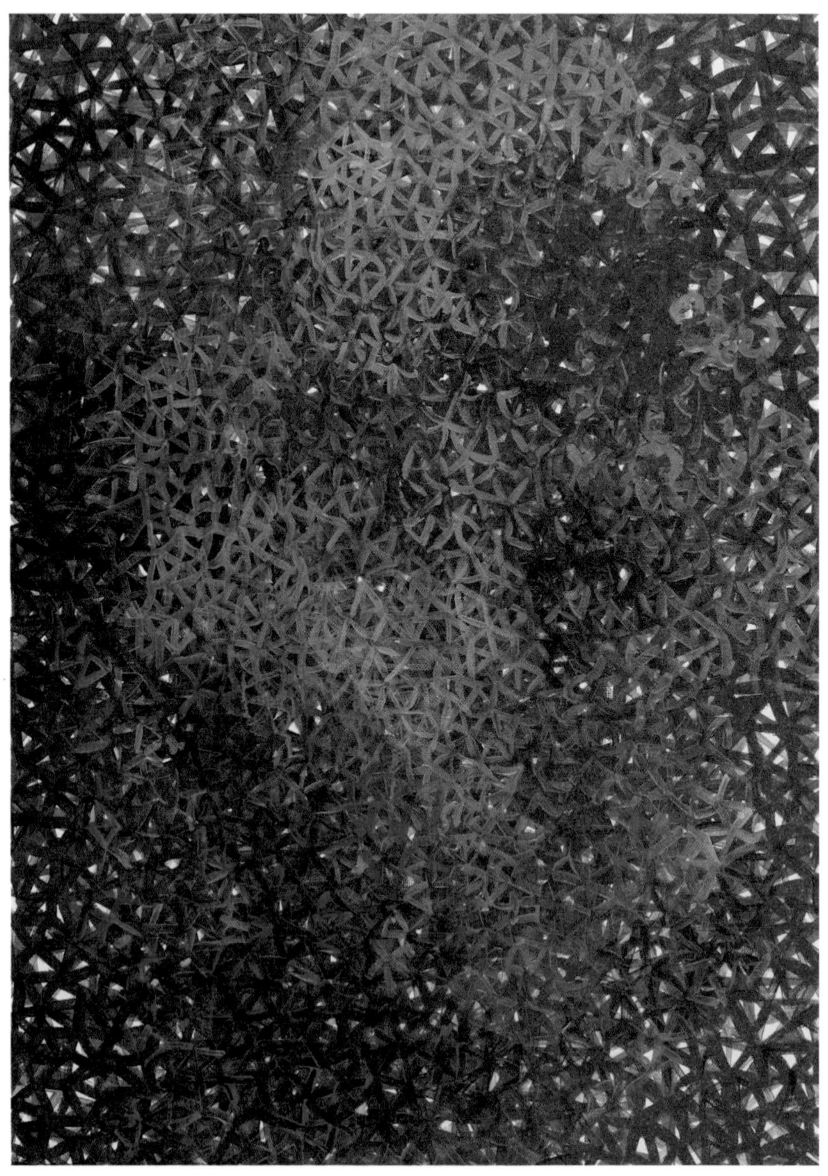

Universe_ 210626, 91x65cm, Acrylic on Canvas, 2021

나누었던 우리는 이제 흩어져 살아가고 있다.

집밥은 일상이 가진 소중한 가치와 행복을 깨닫게 하고, 그 일상에 작지만 큰 힘을 불어 넣어준다. 이처럼 어머니의 사랑은 일상적이면서도 강력하다.

어머니를 생각하면 루이스 부르조아Louise Bourgeois의 떠오르는 작품이 있다. 루이스 부르조아라는 작가는 낯설 수도 있지만, 조각상 '거미'을 이야기하면 다들 '아, 리움의 거미 조각상!' 할 것이다. 그녀의 작품은 세계적으로 유명하다. 그녀의 거미 조각상의 제목은 〈마망Maman〉으로 여러 나라에서 볼 수 있다. 자기가 친구처럼 지내는 어머니를 거미에 빗대어 만든 것이다.

처음에는 왜 어머니를 거미로 표현할까 궁금했는데, 그녀의 인터뷰를 보고 그 이유를 알 수 있었다. 루이스 부르조아의 어머니는 여러 가지 색실로 그림을 짜 넣어 직물을 만드는 '테피스트리(tapestry)' 작가였다고 한다. 태피스트리 작가이면서 가정을 꾸려나가는 강인한 어머니를, 모기를 잡아먹는 거미, 실을 짜듯 거미줄을 치는 거미의 모습으로 어머니에 대한 강한 그리움을 담아낸 것이다.

루이스 부르조아는 "어머니는 가장 친한 친구였다. 그리고 거미처럼 쓸모가 있었다"고 회고한 바 있다. 세상 모든 어머니의 모습처럼 우리 엄마도 그렇다. 우리 가족을 위해 많은 것을 헌신하셨다. 그렇기에 엄마를 생각하면 언제나 마음이 애틋해진다.

아빠는 "무탈하면 행복한 것이이지"라는 말씀을 자주 하셨다. '우리 아빠가 나이가 드셨구나' 생각했는데, 한 해 한 해 저물수록 우리의 삶이 무탈하기가 쉽지 않은 것을 깨닫기에 아빠의 말씀 안에 깊은 사랑이 스며있음을, 인생의 깊이가 담겨 있음을 느낀다.

우리 3남매가 여기까지 커올 수 있었던 것은 자식들을 향한 부모님의 사랑과 배려의 언어 덕분이었다. 정작 두 분의 관계는 조금 먼 거리에서 서로를 배려하고 있지 않았을까, 하는 생각이 들 정도로 서로에겐 무심하였다. 그러나 엄마와 아빠는 언제나 우리 이야기를 끝까지 들어주셨고, 대답해 주셨다. 아이를 존중하는 것이 얼마나 어려운 것인지 새삼 깨닫는다.

내가 부모가 되어서야 알 수 있는 아빠의 마음. 얼마나 힘드셨을까? 비행기를 타고 수없이 오가던 아버지의 발걸음이 가볍지만은 않았을 것이다. 그렇게 아버지는 자식을 위해 머나먼 길을 오가셨다.

두 분의 삶은 희생의 연속이었다. 중국으로 사업을 하러 가신 아버지, 아버지의 빈자리를 채우셨던 어머니, 어머니 홀로 우리 3남매를 키우느라 얼마나 애쓰셨을까. 이제 엄마의 늘어나는 주름과 한숨 섞인 푸념의 의미를 알아채 간다.

남동생들과 누나, 이제 우리 3남매는 예전처럼 자주 전화하거나 문자를 나누지 않지만, 단 한 마디로 서로를 위한다.

"힘내!"

이 한 마디면, 어떤 상황에서도 위로가 되고 힘을 낼 수 있다. 이것이 가족의 힘이다. 가족은 내게 힘을 주는 이들, 또 삶의 의미를 일깨워주는 이들이다. 따뜻한 말을 들을 수 있는 것, 마음으로 푹신하게 스며 들을 수 있는 것, 모두 가족의 힘이 전해지기 때문이다.

가족은 서로 숨김없이 나누고 공감할 수 있으며, 서로 의견을 내고 조언도 할 수 있다. 부모님께는 딸의 시선이며 동생들에게는 누나의 마음이기도 하지만, 한편으로는 자식이 있는 엄마의 시선으로 가족에게 미소 짓고, 마음의 온기를 전하기도 한다. 우리 3남매도 의견이 다를 때가 있고, 그로 인해 불편하고 서로에게 섭섭함을 느낄 때도 분명 있다. 하지만 그 역시 좋은 결과를 얻기 위한 과정이었다. 그런 과정을 거쳐 더욱 끈끈한 가족으로 업그레드 되는 듯하다.

밖에서 힘들었어도 나를 응원해주고, 믿어주는 이들의 사랑. 그것은 가족이 주는 힘이다. 힘들어 아무도 만나고 싶지 않을 때, 유일하게 편하게 만날 수 있는 이들이 가족이다. 그래서 가족은 내게 편히 쉴 수 있는 보호처와 같다. 20세기 미국의 작가 펄벅은 "가족(가정)은 나의 대지이다. 나는 그곳에서 나의 정신적 영양분을 섭취하고 있다"고 말한 바 있다.

가족이란 '목걸이'와 같은 것이라는 비유도 있다. 한 알만 없어져도 제대로 빛을 발할 수 없는 진주 목걸이, 아니 흠이 조금만 있어도 가족이라는 목걸이는 그 아름다움과 품위를 잃는다는 말을 떠올려 본다.

가족이라는 말처럼 듣기만 해도 이토록 애틋하면서 따스한 언어가 또 있을까. 나는 뉴욕, 런던에 머물 때 부모님과 동생을 떠올리는 것만으로도 가슴이 뭉클해지고, 당장이라도 보고 싶은 마음에 비행기를 타고 싶을 때가 있었다. 그만큼 가족은 애틋하다.

이렇게 나는 '가족'이라는 단어를 떠올리는 것만으로도 뭉클하다. 그런데 정작 가족을 마주하고 마음에 담아두고 전하지 못하는 말, 표현하지 못한 말이 남아 있을 때가 있다. 따뜻한 마음을 직접 전하는 것이 더욱 필요한 나이가 되었지만, 가족이라는 이유로 미룰 때도 있다. 왜일까? 어렸을 때 얼굴을 맞대고 거리낌 없이 이야기하던 우리가 이제 어른이 되어 각자의 가정이 있는 가장이어서일까? 여러 이유가 있겠지만, 가족이라는 관계로 그냥 지나쳐 온 일이 그 이유일 것이다. 그러면서 가족에게 전하고 싶은 고마움과 사랑을 마음속으로만 간직해 오는 것이다.

그런데 요즘은 가족에게 더 그 마음을 표현해야겠다는 생각이 든다. 나의 든든한 버팀목이 되어준 가족을 위해 내가 해줄 수 있는 것이 무엇일까, 생각하다가 문득 길 한복판에서 프리허그를 하며 활짝 웃는 사람들의 모습이 떠올랐다. 가족과의 프리허그에 도전해 보고 싶다. 꼭 안아주며 나의 삶 순간순간에 함께 해준 그들에게 사랑과 고마움을 전하고 싶다.

"멀리 떨어져 있을 때가 많아 자주 보지는 못해도 같은 길을 가는 '동지'이며,
서로를 향해 진심 어린 응원을 보내는 최고의 친구라는 마음과 함께…."

나의 든든한 지원군이자 친구, 삶에 뜨거운 에너지를 주는 이들, 바로 나의 가족이다. 나는 부모님과 동생들 안에서 새로운 꿈을 꿀 수 있었고, 그 꿈을 이루었다. 각기 가족을 이루어 살아가고 있는 동생들의 모습이 보기 좋았고, 나 또한 가족 안에서 치유되고 회복됨을 느꼈다. 그리고 새로운 가족을 이루는 데 힘이 되었다. 가족이 있기에 가능한 일이었다. 다시 생각해도 '가족'으로 만날 수밖에 없는 운명이다. 그래서 나는

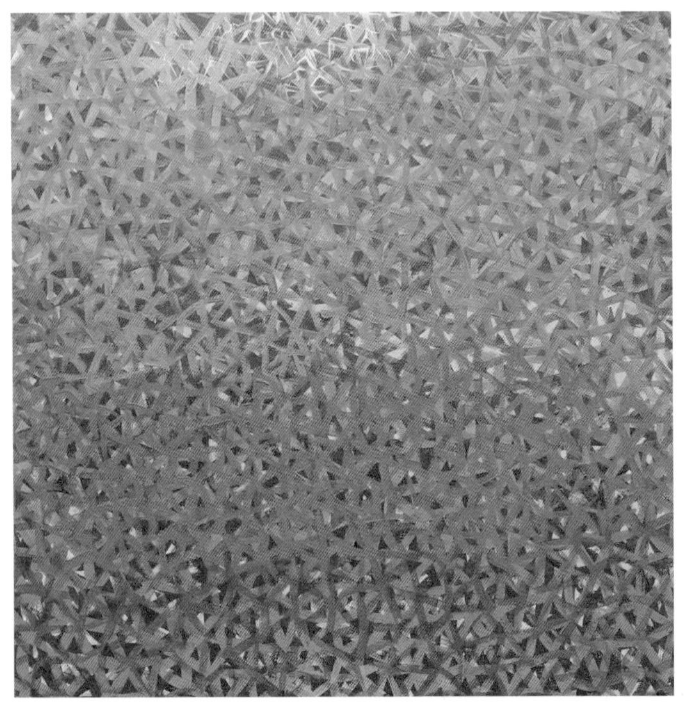

Universe_ 210622, 65x65cm, Acrylic on Canvas, 2021

가족들에게 이렇게 편지를 띄우고 싶다.

"또다시 태어난다 해도

나는 우리 가족의 일원이 되고 싶다."

소박하지만 빛나는

"소박하지만, 빛나는,

수수하지만, 빛나는 것들이 있다.

눈에 띄지 않지만. 빛나는 것들이 있다.

반짝이지 않지만, 빛나는 것들이 있다.

꾸미지 않지만, 꾸미는 것보다 더 빛을 발하는 것들이 있다.

화려하지 않지만, 그 자체로 아름다운 것들이 있다.

바로 소박한 사람들,

세상의 작은 이들의 삶,

보통의 삶이 바로 그렇다."

나는 한겨울의 차가운 아침을 좋아한다. 아침 공기를

마시면 정신이 번쩍한다. 눈이 쌓여 발걸음을 옮기기 쉽지 않지만, 겨울이기에 느낄 수 있는 그 차가움이 좋다. 겨울 색을 생각하면 하얀색과 함께 잿빛이 떠오른다. 무채색 같지만, 수많은 색깔을 품어 아주 세련되다. 뉴욕에서 돌아와 용인 집에서 다시 하루하루를 시작했다. 요즘은 지구를, 기후를 자주 생각하게 된다. 여러 매체에서 경고하듯, 기후위기는 편의를 위해 자연을 파괴한 인류가 이제는 그 자연을 돌봐줘야 할 때이다. 작업실 창을 열고 신선한 공기를 마셨다. 신선한 공기로 가득 찬 나의 작업실은 생각보다 소박하다.

예술가의 작업실을 참 궁금해한다. 그러나 실제로 보고는 실망하는 이들도 있다. 뭔가 특별함이 있을 것이라고 과대하게 기대한 것이다. 내가 보기에 예술가의 작업실은 특별하지 않다. 나에게는 익숙한 공간이기에 그럴 것이다. 예술가의 삶은 비예술가의 그것과 다르지 않다. 수많은 시행착오를 겪기도 하면서, 어려움에도 휩쓸리면서 삶에 대한 근본적 사유를 하게 된다. 끊임없는 붓질이 작품으로 태어나고, 그것이 누군가에게 힘이 되고 위로가 되며, 어둠을 뚫고 전해지는 생명의 빛이 된다. 예술가의 작업실은 생명력을 갖고 있다. 예술의 정신이 스며들어 활발한 창작활동이 일어나는 곳이기 때문이다.

예술가의 작업실을 궁금해하는 것은 작가의 성향과 에너지, 그리고 작품의 메시지를 짐작할 수 있기 때문이다. 그런 것이 뭉뚱그려져 예술 정신은 영원성을 갖게 되고, 자기만의 미학을 구현하여 예술의 길을 열어가는 것이다. 나는 항상 깨끗하게 정리정돈 되어있는 것을 좋아한다. 나에게는 그 상태가 근사한 순간이다. 나는 '소박한'이라는 표현을 좋아한다.

"소박한 :
꾸밈이나 거짓이 없고, 수수하다."

'소박한'이라는 단어에는 마음이 들어있다. 나는 화려하기보다는 수수하고 소박한, 그러나 빛나는 모습을 좋아한다. 자연 그대로를 유지하되, 자연 안에서 나의 모습을 만나고, 삶의 의미를 깨닫는다. 한 해 한 해가 갈수록 진정 근사한 삶은 '소박한 삶'이라는 생각이 든다. '소박하다'는 한편으로 거짓이 없고, 진실하다는 의미로 다가온다. 김광석의 노래를 들으며 가을 정취에 빠져드는 삶, 소박한 삶은 일상의 소소한 낭만이 깃든 삶이자, 나아가 그것을 놓지 않고 살아갈 때 더 빛나는 삶이지 않을까 생각한다.

곤지암 작업실에는 가마터가 있었다. 그래서 가끔 흙을 빚어 도자기를 굽곤 했다. 도자 만드는 과정은 그림 그리는 것과 비슷하다. 그만큼 정성이 들어간다는 이야기다. 정성을 가득 담을 수 있는 작업실, 진솔한 마음을 담을 수 있는 작업실이 있다는 것은 정말 행복하다. 겨울 숲이 보이는 유리창 너머의 앙상한 나뭇잎을 보면서 곧 다가올 봄을 상상한다.

아직 오지 않은 봄날의 초록색 나뭇잎들과 함께 이룰 일들이 유리창 너머로 그려진다. 그렇게 다가올 봄날을 생각하면 마음이 설렌다. 화가에게 설렘은 생명과 같다. 자연 안에서 설렘을 느끼며 다시 붓을 들 수 있었고, 붓의 방향을 따라 다시 인생의 순례를 할 수 있기 때문이다.

누구나 자신만의 인생 길을 걷는다. 그 길을 발견하고 걷는 것 역시 자신의 선택이다. 내 앞에 놓였던 수많은 길 중 쉬운 길은 없었다. 내가 선택한 길이기에 후회 없이 살아가자는 것이 나의 목표였다. 가끔은 지나간 시절이 아쉬움도 있지만, 지금 나는 삶의 여백이 얼마나 아름다운지 깨달은 나이가 되었다. 그래서 지금의 나이가 좋다.

나를 처음 보면 화려해 보인다고들 하지만, 나는 무엇을 소유하기보다는 가치가 있는 삶을 더 좋아한다. 개성 있고 특별한 것이 더 눈에 들어왔던 젊은 작가가 이제는 소박하고 소소한 것들에 눈을 돌리게 한다. 소박함 안에서 빛나는 별빛을 전하는 중견작가의 자리를 자연스럽게 받아들이고 있다.

무척이나 낯설었던 40대, 계절이 바뀌고, 해가 지고 시간이 흘러 어느덧 나는 40대 내 나이와도 친숙해졌다. 너무

뜨거웠거나 아주 차가웠던 시간도 흘러, 이제 꽃이 피고 지는 흐름에 머물며 하늘이 품어주는 '우리'를 자연스럽게 표현할 수 있는 나이가 되었다. 여전히 불확실성에 놓일 때가 많은 예술가이지만, 지금이 미래의 나에게 에너지가 되어 다시 돌아오리라는 것을 깨달았고, 그림 그리고 글 쓰는 힘을 얻게 되었다. 내가 존재해왔던 시공간의 단상들을 글로 담아 볼 용기가 생긴 것이다.

나는 소박하지만 빛나는, 존재하는 모든 것들을 사랑한다. 꾸밈없는 자연 그대로의 모습을 간직하고, 소박하지만 빛나는 그림을 그리고 싶다. 단색화의 거장이라 할 수 있는 박서보 선생과 이우환 선생의 작품을 보며 큰 에너지를 받은 적이 있다. 비움을 통해 채워 나가야 할 것이 무엇인지 느끼게 했고, 화가로서 어떻게 작품을 대해야 하는지 돌아보게 했다. 선배 화가들을 생각하며, 내가 나아갈 길을 새삼 다짐한다. 다시 일어나 내게 주어진 순수한 생명의 빛을 멈추지 않고 전할 것이다.

순수미술을 할 수 있는 내 힘은 어디에서 왔을까? 나의 행위 미술의 씻김을 통해 그것이 탄생한 것은 아닐까? 세례로 다시 생명이 태어났듯, 나는 행위 미술을 하면서 내면에 깃든 모든 감정에서 해방되어 자유로운 영혼이 될 수 있었다. 이로써 나를 붙잡았던 것들이 모두 씻겨져 나갔고, 나는 자유로움으로 다시 태어날 수 있었다. 스무 살이 갓 넘은 나이에 세계 여러 나라에서 행위 미술을 하며 에너지를 분출시켰다. 그 용기는 어디에서 왔을까? 그 힘의 근원은 어디일까?

그 시작은 고등학교 때 미술 담당이셨던 성능경 선생님과의 만남이었을 것이다. 얼마 전, 기적처럼 성능경 선생님을 만났다. 선생님께 존경의 마음을 전할 수 있어 참 감사한 순간이었다. 선생님은 나도 몰랐던 내 영혼의 자유로움을 일깨워주고, 이를 표출하도록 도와준 분이다. 선생님은 자신의 이름을 걸고 끊임없이 역사를 만들고 계시다. 그 모습에 감동하지 않을 수 없다.

나에게 울림을 주는 또 한 분이 계시다. 얼마 전 타계하신 김태호 선생님이다. 파주 작업실에서 꼭 만나자고 약속했는데, 선생님의 선종 소식을 뉴욕에서 들어야 했다. 그날 밤 고요히 기도를 드리며, 선생님의 미술사적 궤적을 함께 밟듯 생각했다. 예술가로서 보여주신 그분의 자세에 존경의 마음을 담는다. 부디 저승에서라도 평안하시길 기도드리며, 어디선가 별처럼 반짝이고 계실 선생님께 안부를 전한다.

"멀리 계시지만 모습 그대로
당당하게 빛나고 계실 선생님
당신이 걸었던 길로 후배 예술가들이
당당하고 힘차게 걸어가고 있습니다."

그림 그리는
도시

"그림 그리는 사람은
보이는 곳과 보이지 않는 곳을
자유로이 오가는 여행자이다

손가락 사이의 붓끝을 보면
보이는 곳과 보이지 않는 곳을 수없이 연결하며
끝이 없는 궤도를 오가는 순례자이다."

— 저자의 『별 : 오름에서 편지를 띄우며』 중 〈그림 그리는 사람〉에서

'그림을 그리다.' 나는 이 구절만 생각해도 심장이 뛴다. 심장이 뛰는 것처럼, 순간의 시간이 모여 그림처럼 흘러

Universe_ 211230, 130x97cm, Acrylic on Canvas, 2021

간다. 일상에서 그림을 제외한 삶은 상상하기 힘들 정도로 나는 순간들을 모아 그림속으로 들어간다. 그래서인지, 어느 도시를 가더라도 그곳의 거리가 품고 있는 그림이 그려진다.

낭만 가득한 풍경, 반복되는 일상, 때로는 처연한 슬픔 속에서 시간이 그림처럼 흐른다. 밑그림을 채색하면서 삶이라는 그림을 그려나간다. 이렇듯 도시는 캔버스의 역할을 한다.

세계의 유명 도시에 가면 그림 한 편을 감상하는 것처럼 한눈에 느낄 수 있는 그 도시만의 고유한 색감과 감수성이 있다. 도시라는 캔버스에 각각의 특징을 담고 있는 것이다. 그것들은 도시의 미학으로 자리를 잡고, 도시가 품고 있는 다양한 영역대로 확산이 되어 예술적 감성이 도시 전체로 뻗어 나가도록 돕는다.

예술 이야기는 결국 삶의 이야기다. 삶의 순간순간이 예술작품에 담겨 있으며, 수많은 예술가가 도시의 이야기를 이어달리기하듯 역사로 만들어 가고 문화로 만드는 것이다. 이렇게 우리는 역사를 만들고, 문화를 일구는 일상 속 예술작품을 만나면서 도시의 사회적 가치를 높이고, 예술작품이 주는 위로와 평화를 만끽할 수 있다.

작품 전시를 하기 위해 세계 여러 도시를 방문할 기회가 있는데, 그런 곳에서 바로 이런 마음을 느낄 수 있다. 특별히 마음이 가는 도시는 뉴욕, 로마, 파리, 런던, 피렌체, 베니

스다. 세계인들이 사랑하는 도시이다. 이 도시들이 품고 있는 예술적 감성을 보면, 예술이 도시의 생명력을 더하고, 사람들로 하여금 상상과 낭만을 체험하게 하고 사색의 원천을 준다. 그리고 그 감성은 바로 도시 고유의 색깔이 되는 것이다.

예술이 사회, 경제, 정치와 함께 성장할 때 도시는 하나의 커뮤니티처럼 움직이는 듯하다. 곧 도시 전체가 하나의 예술품처럼 다가오고, 그림 속 도시보다 더 그림 같으면서 활발한 생명력까지 느껴진다. 나는 뉴욕과 유럽의 여러 도시를 방문하면서 우리나라도 그런 문화를 가진 도시가 탄생하기를 꿈꾼다.

예술작품이 있다고 해서 그냥 '예술 도시'가 만들어지는 것이 아니다. 그에 걸맞는 도시 인프라가 형성되어야 가능하며, 문화예술에 대한 자연스러운 의식이 도시에 깃들어 있어야 한다. 도시 구석구석을 걸어 다니지만 예술과는 무관한 삶을 산다고 생각하는 도시인들에게 예술과 함께 숨 쉴 수 있게 해야 한다.

그림 그리는 사람들을 품은 유럽의 예술 도시들처럼, 예술의 품격과 낭만이 그대로 느껴지는 도시를 구축하려면 어떻게 해야 할까? 먼저 예술과 문화, 행정의 3박자가 잘 조율되어야 한다. 그러하니 예술가와 행정가, 대중의 조율된 호흡이 중요하다. 도시는 한 분야의 콘텐츠로만 이루어지지 않기 때문이다.

시민은 관람객의 수준을 넘어 도시의 그림을 함께 그리는 적극적 참여자가 되어야 한다. 시민의 참여와 관심 없이는 예술 도시가 될 수 없다. "아무리 뛰어난 예술작품이라 할지라도 작가는 그 작품에 절반밖에 혼을 불어넣을 수 없다"고 일찍이 법정 스님께서 말씀하신 바 있다.

도시 공간에 노출된 작품이 사랑받으려면 어떻게 해야 할까? 어떤 예술작품은 들러리처럼 서 있는가 하면, 예술작품이 도시와 함께 살아 숨 쉬는 곳도 있다. 의례적인 조형물을 설치했느냐, 않느냐에 따라 차이가 나는 것이다. 건물과의 조화만으로 도시에 어울리는 예술작품이 되는 것은 아니다. 예술을 수용하고 감상하는 대중이 그 중심에 있을 때, 도시 공공작품은 예술로서 의미를 지닐 수 있다. 이는 나아가 도시의 역사가 되기 때문에 시민에게 깊이 각인될 수 있다.

2021년에 시민과 함께하는 경험을 해본 적이 있다. 경기아트센터에서 진행하는 미술콘서트 '성희승의 별별 이야기'를 열어 관람객과 호흡하며 이야기를 나누었다. 내가 두 번째로 낸 책 『별: 오름에서 띄우는 편지』를 관람객과 나누어 그 편지를 직접 전하는 시간을 가졌다. 그런 콘서트는 처음이어서 떨리기도 했지만, 함께 나누는 그 시간이 무척 소중했다.

가끔 그림 그리는 도시를 상상한다. 미술콘서트에서의 호흡처럼 서로가 호응할 때 도시의 문화가 형성되고, 도시인들과 함께하는 삶이 어우러져 예술에 한 걸음 더 가까워지고, 예술적 가치와 철학이 자연스레 도시에 스며드는 것이 아닐까. 예술은 역사와 더불어 움직이고, 시대와 친숙하게 교감하기 때문이다.

예술은 기억과 역사를 품고 있다. 나의 기억과 당신의 기억, 그것이 우리의 기억으로 만나 그 시간을 함께하며 그 시대를 증언한다. 예술과 도시가 함께 호흡하면 강한 위로를 받는다. 도시 예술을 찾아 떠나는 여정처럼 느껴진다.

우리를 둘러싸고 있는 삶 자체의 아름다움, 그리고 생활 속 그림을 곳곳에서 발견할 수 있는 곳이었으면 좋겠다. 가끔 도시가 하나의 캔버스로 보일 때가 있다. 길에서 만나는 사람은 모두가 도시를 만들어 가는 생명이니, 그들의 삶이 빛나야 도시가 빛날 수 있다.

나는 도시 안에서 무엇을 할 수 있을까? 우선 붓의 언어로 만난 별을 별의 언어를 풀어 쓰고 싶다. 마음을 열고, 그 마음 안에 담긴 별빛을 따라가는 여정을 함께 하고 싶다. 그림을 그리는 동안 빛을 품고 떠나는 순례자가 되었던 것처럼, 빛이 필요한 세상 곳곳에 빛을 전하는 순례자를 꿈꾼다. 바로 나처럼 작은 이들과 함께 도시를 그려갈 그 날을 꿈꿔본다. 내 그림이 인간의 본성을 굳건히 지키는 바위와 같은 존재가 되기를 꿈꾸고 있는지 모른다.

"우리 각각의 삶이 모이고,

우리 각각의 마음이 모여 도시의 그림을 그리듯,

도시의 예술이라는 옷을 입힐 수 있다.

어쩌면 우리 모두 자신의 삶을 살아가는 예술가이지 않을까?"

글을
그리며

추위가 이어지면서 겨울이 길게 느껴진다. 함박눈이 쉴새 없이 내리더니 온 세상이 하얗게 되었다. 지인이 SNS로 보내온 겨울 노래 〈Let It Snow〉에 맞춰 흥얼거리면서 하루를 시작한 기분 좋은 날이다. 집 앞은 눈이 쌓여 당장 그곳을 내려갈 일이 조심스럽고 걱정되지만, 눈이 오면 반가운 손님이 오려는가, 하는 옛말처럼 기분이 좋다.

하늘에서 선사하는 눈송이를 볼 수 있다니! 이 얼마나 감사한 일인가. 더구나 이 순간 생각을 하고, 글을 그려 표현할 수 있다는 것은 축복받은 일이다. 아름다움의 섬세함을 극대화할 수 있는 것이 바로 '글' 이다. '글' 작업도 그림 그리는 것처럼 섬세함이 필요하기 때문이다. 나는 이런 작업을 통해, 마음의 비움을 통해 새로운 심미안을 얻는다. 예술가로서 심미안은 절대적으로 필요하다. 아름다움을 가늠하는 객관적 원칙과 잣대가 없지만, 아름다움은 우리를 저 높은 곳으로 이끈다. 독일의 대문호 괴테가 언급했듯이, 아름다움은 예술의 최고 목표이며, 최고 원리이다.

아름다움을 추구한다면 외적 아름다움보다 내면의 심미를 볼 줄 알아야 하고, 이를 섬세하게 표현해야 한다. 그래서 나는 글을 '쓴다'기보다 글을 '그린다'고 하고 싶다. 그 마음을 담은 게 2년 전 내가 그렸던 『별: 오름에서 편지를 띄우며』에 담은 시다.

"시는 소리를 내어 들려주고
그림은 침묵을 풀어 담아주고

시인은 소리 나는 그림을 그리고
화가는 소리 없는 시를 쓰네

나는 고요함을 담아 그림을 그리고
소리를 담아 시를 쓰네."

—『별 : 오름에서 편지를 띄우며』 중에서 〈시화〉

이렇게 나는 그림은 쓰듯, 글은 그리듯 즐긴다. 글과 그림, 나에게는 큰 차이가 없다. 글이 그림보다 미숙하다는 것은 잘 알고 있다. 글로 표현할 수 없는 깊이를 담는 것이 그림이고, 그림으로 세세하게 설명할 수 없는 것을 글로 풀어내는 것이 나는 좋다. 나에게 글은 또 하나의 그림을 그리는 소통의 수단이자, 감성의 도구이다. 글의 세계와 그림의 세계가 서로 조화하면서 예술의 길에서 만나 '하나의 메시지'를 만들어낸다.

위 시처럼 나에게 글은 그림을 그려 내려가고, 그림은 글을 써 내려가는 것과 같다. 글과 그림이 보내는 메시지는 공통적이다. 바로 빛이 보내는 메시지이다. 빛은 마음의 숲에 들어와 생명의 빛을 머금게 하고, 몸과 마음에 그 빛이 스며들도록 만든다. 별빛으로 다시 일어설 힘을 얻고, 그 빛은 삶을 살아가는데 활력을 준다.

"빛의 힘
숭고의 힘
생명의 힘
부활의 힘"

나는 빛을 통해 전해 받는 생명에 관련된 모든 것을 이야기한다. 그래서 글을 쓰기 시작할 때 그림을 그리는 것처럼 빛을 전하고 싶다는 생각을 했다. 우리네 삶이 그러하듯 일상은 소소한 일들의 연속이고, 그 안에서 그것들을 어떻게 마음속에 간직하느냐에 따라 특별한 일이 될 수도 있고, 그냥 흘려버릴 일이 될 수도 있다.

글을 그리는 이 고요한 시간, 고해소에 앉아 있는 기분을 느끼게 한다. 글을 쓰는 시간은 '고백과 고해' 사이라고 할 수 있을 듯하다. 글은 내 삶과 마음을 보이는 '고백'이자 '고해'이기도 하다. 순수 생명력이 부여되는 이때의 '솔직함'은 무엇일까. 차분한 마음으로 살아온 세월을 하나하나 풀어내며, 이런 삶을 살아왔노라고 고백하며 내 부족한 삶을 있는 대로 이야기한다.

이렇게 그려나가는 글의 여운은 삶의 에너지가 된다. 글은 나만의 방에 머무르는 시간이다. 이를테면 호젓한 다락방 같은 곳이다. 온전히 있는 그대로의 모습으로 서 있는 것, 마치 우주 한가운데 서 있는 것 같은 느낌이 든다. 이 시간은 나를 위한 시간, 또한 누군가를 위로하는 시간이며, 나와 함께 하는 이들에게 편지를 보내는 작업이다.

나는 글을 쓰면서 삶의 에너지를 얻는다. 다락방이 아니어도 괜찮다. 그저 내가 혼자 고요히 머물 수 있는 공간이면 그것으로 충분하다.

글은 마음의 불꽃이라고도 한다. 화려하게 꾸민 언어는

Universe_ 210402, 275x285cm, Acrylic on Canvas, 2021

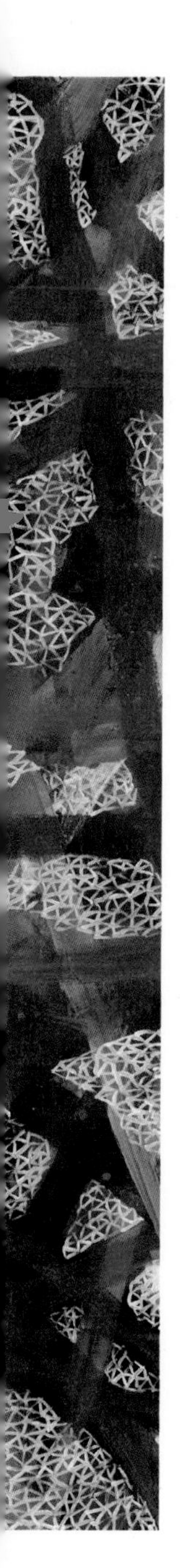

눈송이와 같다. 뜨거운 불꽃과 차가운 눈송이가 어떻게 결합할 수 있겠는가? 그러기에 나는 글을 그럴싸한 단어로 포장하고 싶은 생각이 들 때도 있지만, 솔직만큼 아름다운 것은 없어 있는 그대로, 느껴지는 대로 진솔하게 이야기하고, 그것을 하나의 상징 부호처럼 그려나간다.

글을 쓰는 동안 나는 담담하게 하나하나 풀어가면서 한 겹 한 겹 나의 모습을 드러낸다. 그리고 이를 통해 마법처럼 느껴지는 삶의 경이로움을 하나씩 깨닫게 하고, 내일에 대한 희망을 함께 나누고 싶다. 우리 삶의 순간은 책 한 페이지 한 페이지를 담는 것과 비슷하다. 또 앨범을 넘기는 것처럼 한 장 한 장의 아름다운 그림으로 이어진다. 이런 희로애락의 순간들을 담고 싶다.

윤동주 시인의 〈별 헤는 밤〉은 내 가슴에 깊이 새겨져 있다. 나는 어렸을 때부터 윤동주 시인을 좋아했지만, 그의 삶이 너무나 아팠고, 그래서 그의 시를 아파하면서 읽었다. 그러나 그의 아픈 글에서는 어떤 힘이 느껴진다. 상처받은 내 마음에 따스한 위로를 주었다.

"말조차 할 수 없었던 그때 남은 것은 강요와 서글픔뿐
마음을 쓸 수 없었던 그때 할 수 있는 것은 하늘을 올려다 볼 뿐

그런 동주의 마음을 헤아려준 별
그 별은 동주에게 별을 세는 법과
시대를 살아가는 지혜를 담아주었다.
그리고 나에게
지금을 살아가는 희망을 주었다.

동주의 별이 내게 왔듯
나에게 온 별이 또 누군가에게 전해지길."

—『별 : 오름에서 편지를 띄우며』 중 〈동주 - 윤동주 문학관에서〉에서

윤동주의 시를 읽으며 글을 쓰고 싶다는 생각을 했다. 자기 삶의 모두를 쏟아내는 글, 이는 그림과 비슷한 점이 참 많다는 생각이 들었다. 나도 윤동주의 시처럼 내게 온 별빛을 또 누군가에게 전하고 싶었다. 그래서 그림을 글로 표현하게 된 것이다.

우리는 다양한 모습으로 살아간다. 그때마다 사는 게 그럴 수밖에 없었음을 들어주고, 그런 모습을 다독여 줄 시간이 필요하다. 나를 다독이고, 나와 함께 순례하는 이들을 토닥여줄 수 있는 시간, 내가 글을 그리는 시간이 그런 것처럼, 내 그림을 보는 이들도 그렇게 읽어주길 바랄뿐.

내게 있어 글과 그림은 특별한 관계가 아니다. 일상의 이야기이며 내 삶의 이야기, 우리 공동체의 이야기이다. 그러나

그 안에서 느끼는 기쁨과 슬픔, 행복과 환희, 좌절과 슬픔은 우리가 존재하기에 담겨 있는 것이다.

일상의 시간, 그 틈새에 숨어 있는 이야기들을 글로 담고 싶다. 어쩌면 보통의 이야기가 특별한 이야기가 아닐까. 우리는 저 멀리의 별처럼 작은 존재이다. 그리고 나는 작은 존재들이 사는 보통의 세상, 그 세상을 그려나가고 있다. 나는 글과 그림으로 안부 편지를 쓰기도 하고 답장을 보내기도 한다. 누군가에게 기도를 담아 보내기도 한다. 내 그림으로 누군가 위로를 받고, 힘낼 수 있기를 바라는 마음에서이다.

나의 글과 그림에는 삶의 철학이 담기고, 각자의 존재가치를 전한다. 작은 이를 위한 철학은 작은 점을 그리면서 시작된다. 작은 점은 생명을 가진 모든 존재이다. 길가의 들풀, 들꽃부터 생명이 있는 모두에게 보내는 메시지인 글과 그림, 이는 모든 생명을 담는 그릇이다.

글은 사람이 꿈을 키워나가게 하는 길잡이 역할도 한다. 서로를 응원하는 메시지를 보내는 통로이다. 이 통로는 시공간을 초월하여 영화 〈시월애〉의 주인공들처럼 애틋한 남녀의 사랑을 전하듯, 그렇게 생명의 빛을 전한다.

나는 서로가 나눌 수 있는 세상이 되는 바람을 품고 그것에 필요한 것이 무엇일까 생각해 본다. 물질적 나눔을 생각할지 모르지만, 나는 서로를 이해하는 '경청'을 생각한다. 그러나

가끔은 나도 '내 말'만 하고 싶을 때가 있다.

어린 시절 나는 다락방에 관한 로망이 있었다. 거기에서 일기를 쓰며, 나만의 비밀 아지트를 갖는 느낌. 혼자 앉아 글 쓰는 그 시간은 삶에서 놓쳤던 부분들을 다시 만날 수 있는 때이다. 때로는 고해소처럼 나 자신을 돌이켜보고 참회하는 그 시간이고.

나는 혼자 있는 시간이 전혀 지루하지 않다. 바깥에서 일이 있거나 엄마의 역할 때문에 오로지 내 시간만을 챙기기는 쉽지 않다. 그러다 보니 혼자 있는 시간, 홀로 보낼 공간에 대한 목마름이 일어난다. 홀로 있는 시간에 글을 쓰는 것은 여행과 비슷하다. 글은 또 다른 그림으로 다가가는 통로이자 순례의 여정이기 때문이다.

그 여정에서 삶이 주는 모든 희로애락을 그려나간다. 수많은 순례자를 만난다. 캔버스 위, 길 위의 사람들을 만나는 느낌이다. 붓의 언어로 만난 '별의 언어'를 풀어서 쓰고 싶다. 내 마음을 열고, 그 안에 담긴 별빛을 따라가는 그 여정을 함께 하는 것이다. 글을 쓰면서 삶을 더 사랑하고, 그림으로 더 깊이 들어가 서로를 이해하고 위로하며 사랑할 수 있었다. 글과 그림을 통해 만물의 존재 이유, 그리고 사랑에 대해 알게 되었다.

"글과 그림은 영혼을 담는,

가장 소박하지만, 가장 힘 있는 그릇이다.

그림을 쓰듯 글을 그리듯, 생각이 쌓이고 철학이 되어간다."

글을 쓰기 시작하면서 세상과 삶, 사람의 마음이 보이기 시작했다. 그리고 그 힘으로 공동체로 나아가게 되었다. 타인을 좀 더 이해하고 받아들이게 되고, 때로는 냉정하게 지나칠 힘도 생겼다. 글은 내 인생에 나침반이고, 여기서 함께 하는 힘을 얻는다.

글과 그림에 담긴 메시지는, 사람들의 가슴에 오랫동안 머물게 하고, 머리에 깊은 잔상을 남긴다. 나는 인생에서 겪는 희로애락의 순간들을 담고 싶다. 우리 삶의 순간은 책의 한 페이지일 뿐이다. 하늘, 별, 밤과 낮, 꽃과 풀 등을 이야기하며, 글에 그것들을 담고 싶다.

그렇게 글을 그리듯 써 가면서 나를 다시 깨우고, 다독이고, 돌아본다. 밤이 어두울수록 더 많은 별을 볼 수 있듯, 마음이 깊숙이 놓여 있을수록 더 밝고 아름다운 글이 태어날 수 있다. 그것이 차곡차곡 쌓이고 쌓여 내 삶의 흔적과 역사가 되리라 믿는다.

숨, 쉼,
그리고 함께

"숨

숨, 숨결

이 얼마나 아름답고 경이로운 단어인가,

존재하는 모든 것은 숨을 가지고 있다.

자신만의 숨을 지닌 이

그 숨을 여러 사람과 나눌 수 있는 이

나는 그런 '숨' 같은 사람을 만났다.

비로소 함께 나눌 수 있는

'쉼'이 허락되었다."

세상의 중심에는 집이 있다. 마음속 작은 집을 짓고 있다. 내가 짓고 있는 집, 이 작은 집은 할머니집처럼 따뜻하고 소박하다. 내 삶의 모티브와 가치, 신념, 그리고 내 생각을 담는 데는 아주 작은 집이면 충분하다. 소박한 집이지만, 우주의 뭇 존재들을 품을 수 있는 집, 나는 그런 집을 짓고 싶다.

행복한 집이란 어떤 모습일까, 생각한 적이 있다. 할머니댁 아랫목에 누워 얼굴만 빼꼼히 내놓고 할머니를 부르던 그 때가 떠오른다.

"할머니, 물 좀 주세요. 그리고 고구마 먹고 싶어요."

"어이구, 우리 희승이 먹고 싶은 것 다 먹고, 하고 싶은 것 다 해라."

할머니는 아랫목이 따뜻한지 손을 넣어 확인하셨다. 할머니 사랑은 내가 훌쩍 자란 뒤까지 그 생각만으로도 기분 좋게 하는 엄청난 힘이 배어있다. 지금 뉴욕과 한국을 오가며 생활하고 있지만, 내게는 마음속 시골 할머니 집 같은 곳이 뉴욕 집이고, 또 용인 집이다.

뉴욕 하늘을 찌르는 듯한 월세를 감당하기 어려웠던 나는, 사고팔기는 어렵지만 비교적 저렴한 코압을 구할 수 있었다. 뉴욕 집은 문밖을 나서면 공원들이 여럿 있고, 갤러리와

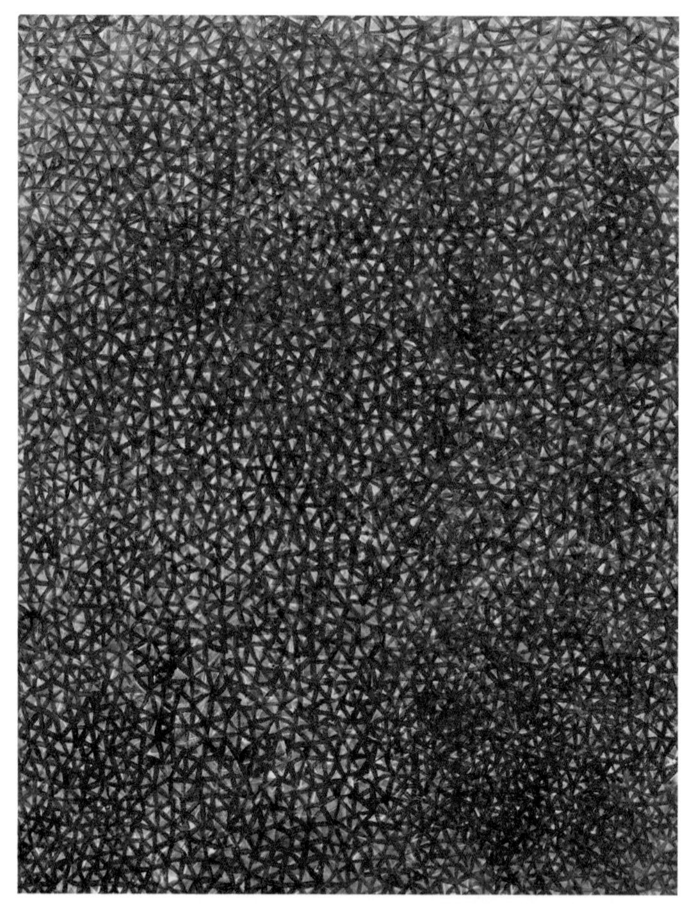

Universe_ 210812, 117x91cm,
Acrylic on Canvas, 2021

미술관도 쉽게 찾을 수 있는 '꿈의 길'로 이끈다.

반면 용인 집은 규모는 있지만, 그 옛날 할머니 댁에서 느꼈던 따스함을 품고 있고, 자연이 품어주는 평온한 분위기가 참 좋다. 두 집은 나의 안식처이자 작업실이며, 내 영혼이 제자리를 찾은 듯한 평안한 분위기를 만들어 준다. 아마도 이곳으로 이사하면서 함께 쉴 수 있는 좋은 사람들을 많이 만났기 때문인 듯하다.

뜻하지 않은 순간에 운명적인 인연을 만나기도 한다. 하늘이 내려준 인연, 용인 집과 뉴욕 집이 그렇다. 집 구석구석 눈에 보이는 모든 것에 내 손길이 닿아있고, 이곳에서의 추억은 나에게 큰 힘이 된다. 그림에 창조의 기쁨과 힘이 들어가 있듯, 집도 생명력을 갖는 듯하다.

화방은 생각만으로 기분이 좋아지는 내가 가장 좋아하는 곳이다. 또 가장 중요한 곳이기도 하다. 내가 좋아하는 소소한 물건들과 꼭 필요한 것들로 가득한 곳이기 때문이다. 필요할 때마다 손을 뻗으면 어디든 연필, 붓, 그리고 물감이 있다. 그래서 이곳에 있으면 기분이 좋아진다. 이것들이 옆에 있어야 편안하다.

화방에서 물건을 장바구니에 하나하나 담을 때마다 마음이 설렌다. 특히 마음에 드는 펜을 담아오면 바로 메모를 하거나 편지, 또는 일기를 쓴다. 사각사각 소리가 나는 그 순간이 참 소중하다. 그러나 우리의 삶에 이런 시간이 점차 사라지는 듯하다.

어느 때부터인가 종이로 쓴 편지가 귀한 선물이 되었다. 스마트폰으로 주고받는 게 더 익숙해지고, SNS 메신저 등이 편지의 대체 수단이 되었다. 하지만 이것들이 편지가 지닌 감성까지 대체할 수는 없다. 우리는 어떻게든 말하고 싶어 하고, 글로 표현하고자 한다. 나도 글을 쓰는 이유는 미처 전하지 못한 메시지, 아직 작품에 담지 않은 이야기 등 내면 깊숙한 감성를 담을 수 있기 때문이다.

며칠 전 귀한 손편지를 받았다. 가끔 아이와 메모는 주고받았지만, 장문의 손편지를 받은 것은 오랜만의 일이었다. 진솔한 정을 담은 편지를 읽는 내내 한 글자 한 글자 써 내려간 정이 전해져 왔다. 편지 곳곳에 담긴 그 정성이 참 소중하다. 편지를 쓸 때의 그 고운 감정이 스며들었다.

편지와 함께 그가 쓴 오래된 일기장 몇 권도 함께 읽을 수 있었다. 이렇게 손으로 편지를 쓰고, 또 일기를 쓰는 사람을 만나면 안심이 된다. 그는 50대지만, 일기장 안 20대의 젊은 청년, 30대의 에너지, 40대의 힘, 50대의 여유로운 그를 만날 수 있었다.

그를 알게 된 것은 햇수로 4년째이지만, 일기를 통해

30년 이상의 세월을 거슬러 올라 그때의 그를 만날 수 있었다. 다이어리를 정리하고 메모를 좋아하는 나지만, 그처럼 꼼꼼하게 정리하지 못했던지라 그의 이런 섬세한 점이 '숨'으로 다가왔다.

'숨' 같은 사람을 만나고 싶다는 꿈을 꾸었다. 젊은 날의 뜨거움보다 늘 숨 쉬는 것처럼 함께 호흡하여 안정을 유지하고, 삶을 함께 살아가며 한 걸음 한 걸음 공유할 수 있는 그런 사람이라면 참, 좋겠다는 꿈 말이다.

인연이었을까? 나에게 '쉼'으로 다가온 한 사람. 그가 살아온 궤적을 내 마음에 담아본다. 그 안에는 수없이 많은 마음을 남겼을 것이다. 공동의 선을 위해 살고자 하는 이를 만났다.

"아, 내 인생의 동반자를

이제야 만나게 될 줄이야."

한 번 실패를 겪은 내게 이런 인연이 다가오리라 전혀 기대하지 않았는데, 그 순간이 오다니, 인생은 예측불허의 연속인가보다. 나는 드라마처럼 극적인 관계보다는, 진솔하게 삶을 함께 그려낼 수 있는 이를 만나고 싶었다.

그와 처음 만났을 때, 단번에 알아챌 수 있었다. 놀란 마음을 감추기 어려웠다. 만날수록 깊어지는 사람이었다. 쌓인 시간이 모여 하나의 거대한 형상이 된다. 덕분에 우리는 가까

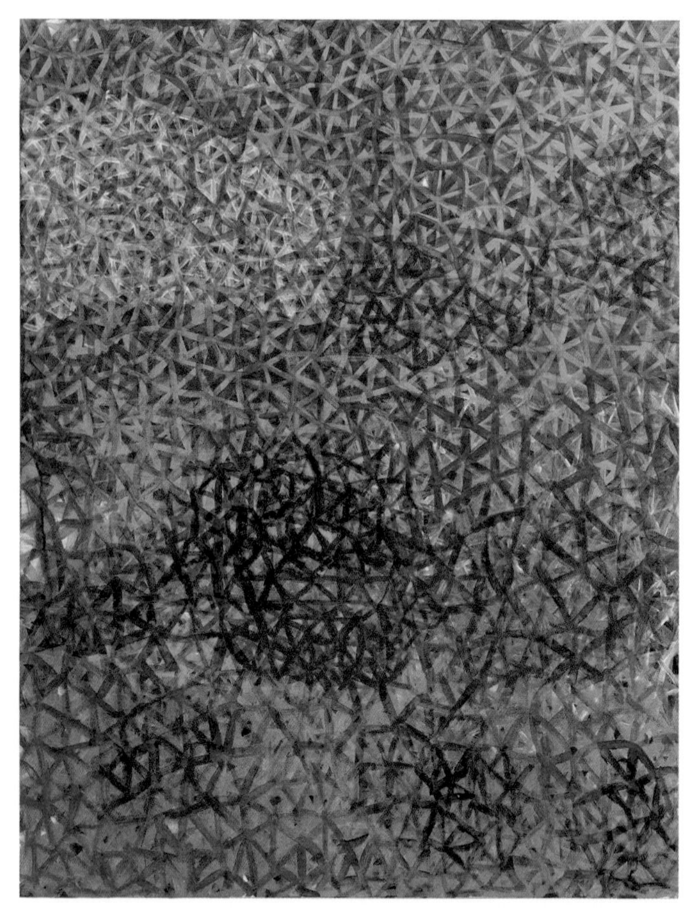

Sprin, 117x91cm, Acrylic on Canvas, 2023

이서도, 멀리 있어도 항상 같은 곳, 같은 자리에 있는 듯했다. 함께 하는 순간순간, 그리고 함께해온 벅찬 기억. 어딘가를 동시에 바라볼 수 있는 인연을 만난다는 것. 다시는 오지 않을 것 같았는데, 이런 축복이 내린 것이다.

올곧은 정신을 가진 이를 처음 만났고, 그래서 가슴은 더욱 설레었다. 매력적이고 카리스마 넘치는 설렘을 줄 때도 있지만, 내면 저 깊은 곳에서부터 '벗'으로 다가온다. 그는 부드러운 마음과 따뜻한 숨을 지녔다. '편안한 숨'을 쉬고, 그 숨을 내게 전한다.

그래서 서로의 삶을 공유해도 전혀 버겁지 않을 편안함을 느낄 수 있다. 편안하기에 함께 숨 쉴 수 있고, 함께 하는 순간순간이 잔잔한 희망으로 벅차오른다. 이야기를 나눌수록 더 함께 기억하고 싶고, 마음을 건네고 싶어진다. 의견이 다를지라도 유연하게 대처할 수 있는 여유가 있다. 그 틈이 있어 우리는 서로가 다름을 인정할 수 있는 여유가 생긴다. 긴 밤 토론을 나누어도 행복하고, 열띤 이야기에 다소 마음이 상할 때도 있지만, 다음날 아무렇지 않게 편히 말을 건넬 수 있어 좋다.

더 이야기하고 싶고, 그의 말을 더 듣고 싶다. 반복되는 일상이고, 특별한 일이 없다 할지라도 옆에 존재하는 것만으로도 충분히 행복하다. 또한, 내가 미처 깨닫지 못했던 것들을 일깨워주고, 마음속 숨은 진심을 알아준다. 그는 나의 제일의 벗이다. 인생의 순례를 함께 하며 서로 웃고 울고 일으켜 세워 주며, 때로는 비밀까지 공유하는 친구가 되고 있다.

그렇게 친구 같은 소중한 이를 만났고, 나는 그와 '가정'을 함께 이루는 꿈까지 꾸게 되었다. 사람은 결국 사람과의 관계 안에서 꿈을 꾸고, 새 희망을 찾는가 보다. 그와 함께하는 새로운 삶에 희망을 둔다. 앞으로 함께 할 시간을 생각하면 즐거운 마음에 기분 좋은 웃음이 나온다.

이렇게 좋은 이를 만날 수 있게 해주신 분은 주님이시다. 사마리아 여인이 그동안 갈급했던 영혼의 목마름을 주님을 만나 해결할 수 있었듯, 내 고단한 삶의 시간에서 다시 일어설 힘을 주신 단 한 분은 주님이셨고, 말씀으로 나를 일으켜 세워 주셨다. 그리고 내게 진정으로 위안을 주는 '참 좋은 사람'을 이어주신 것이다.

주님께서 인도해주신 참 좋은 사람…. 주님의 빛은 나를 깨어나게 했고, 이렇게 귀한 사람을 만나게 해주었다. 그와 함께 일상의 숨결을 나누고, 쉬고 싶을 때 함께 쉴 수 있다. 존중과 배려, 따뜻함이 삶에 배어 있는 그를 만났다.

따뜻한 배려와 마음이 깊어지는 사람을 만나고 싶었는데, 꼭 그런 사람이다. 서로 존중하는 삶, 사랑하는 사람이 나뿐 아니라 타인에게도 그런 모습을 보이면 진짜 멋지다고 생각한다. 외적인 멋보다 더 중요한 내면의 멋이 있는 사람, 그런 사람이 정말 멋있는 귀한 사람이라고 여겼는데, 그런 이와 함께하게 된 것이다.

"귀한 사람과의 만남은,
인생의 숨을 고르는 시간으로 이어진다."

우린 이렇게 인생의 길목에서 귀한 인연을 맺어 기쁨을 이어가게 되었다. 그리고 서로의 삶에 숨 고르는 시간을 가지며, 서로에게 힘을 넣는다. 용인 집 뒷마당은 '정원'이라 할 수는 없지만, 사계절을 만날 수 있으니 행운이다. 뒷동산에서 늠름하게 자라는 나무들의 울창함 속에서 우린 여유를 느끼며 상쾌한 숨을 쉰다.

답답할 때 숨을 쉴 수 있는 곳, 아무 때 아무 곳으로나 훌쩍 떠날 수 있는 비움, 그런 성품을 가진 이를 만났으니 얼마나 감사한 일인가. 나란히 앉아 숨을 쉬고, 함께 쉴 수 있는 이가 함께 있으니, 나도 참 잘 살아왔구나, 하는 생각도 든다. 비로소 '쉼'을 나눌 수 있는 이와 새로운 삶을 꿈꾸게 되었다.

나는 이제 또 다른 가족을 꿈꿀 수 있는 이를 만나 내 가족을 위한 마음의 방을 준비하였고, 마침내 새로운 가정을 이루었다. 이 모든 것이 우연이 아니라, 주님의 사랑 안에서 이루

Universe_( ), 22nd Solo Exhibition at Wow Gallery, 2021

어진 것이다. 내 영혼의 '쉼'을 주시는 주님께서 주님의 말씀 안에서 함께 할 수 있는 이를 만나게 해 주셨고, 주님이 주신 '쉼' 안에서 주님의 말씀을 통해 '관계의 선물'을 받아들일 수 있게 해 주셨다.

살다 보면 빠르게 달려가는 삶의 여정에서 길을 잃을지도 모른다. 그때마다 우리는 함께하는 신앙생활에서 정답을 얻어갈 것을 다짐한다. 우리 안에 자리하고 계시는 주님의 사랑이 맺어준 인연이라는 생각은 이제 믿음이 되었다.

함께하는 새 가정의 평화는 세상의 이치로 설명되는 것이 아닌, 주님께서 주시는 마음의 평화와 같고, 이는 우리를 주님에게로 한 발짝 더 나아가게 하는 신앙의 힘이 되었다. '우리'가 되어 함께 기도할 수 있는 시간이 곧 '쉼'의 시간이며 '숨'의 시간이다. 그와 함께 쉼이 필요한 모든 이들을 위해 기도한다.

"빛으로 오신 주님!
당신의 빛으로 우리를 비추소서.
우리의 어둠을 밝히시며
온 인류를 인도하소서.

당신의 거룩한 안식일에 우리에게 쉼을 주신
당신의 숨으로 쉼을 주시고
평화가 필요한 곳에 평화를 주시어
우리와 함께 이 땅에 머무소서.
당신의 자녀들을 진리와 영원한 빛으로 인도하소서.
아멘!"

모스부호 :

나의 모스부호

다시 희망을 그리며

행동하는 양심

언타이틀드 스타즈

행복 유니버스

나의
모스부호

"오름에 누워
별이 뜨기를
별을 담기를

오름에 누워
자수를 놓듯
별의 수를 세듯

오름에 누워
꿈을 담듯
별을 담네."

—『별: 오름에서 편지를 띄우며』 중 〈별오름〉에서

오름에 올라 하늘을 바라보며, '별빛의 인도로 여기까지 왔구나' 하고 생각했다. 그리고 이곳의 별빛을 전하겠노라고…. 이렇게 시를 적고, 오름에서 띄운 편지가 한 권의 책이 되었다. 『별: 오름에서 편지를 띄우며』. 나는 오름에 올라 한동안 아무런 말도 못하고 침묵했다.

오름은 내가 만난 자연 중에서 가장 아름다운 망루였다. 오름에서 바라보는 자연은 아름다움과 함께 강인한 생명력이 감돌았다. 제주의 새파란 바다가 한눈에 들어와 나를 감쌌다. 별빛이 나를 이곳으로 이끌어주었구나, 운명을 느꼈다. 침묵 외에는 아무것도 할 수가 없었다. 그 아름다움과 깊이를 보며 무슨 말을 할 수 있겠는가.

오름의 환희를 경험한 후 나는 제주의 오름을 순례하듯 올랐다. 능선에서 바람 소리를 들었던 오름, 해돋이에 희망을 품었고 해넘이를 보며 비움을 깨달은 오름, 저 멀리 푸른 바다의 넘실거림에 생의 에너지를 얻었던 오름. 나는 제주의 수많은 오름에서 생명의 강인함을 느꼈고, 그 강인함 속의 따뜻한 바람을 만났다.

그 순간을 생각하며 눈을 감고 침묵에 빠진다. 소리가 크게 들려오다가도 이내 고요해진다. 오랜만의 평온한 시간, 용인 집에 있다 보면, 자연이 말을 걸어오는 듯하다. 뒷마당에서 보이는 나무들, 오랜 시간 그 자리에 서서 나를 지켜주었다. 쉼이 필요하면 뒷마당의 평상에 앉아 '숲 멍'을 한다. 제주의 사려니 숲속에서 피톤치드를 느꼈던 그대로다. 자연스레 제주의 숲 한가운데 있는 느낌이 든다. 그 느낌으로 평온함이 몸과 마음을 감싸 안는 듯하다.

나는 여전히 눈을 감고 '숨'을 한껏 들이마신다. 계속해서 그렇게 앉아 있노라면, 나무들이 속삭이는 듯하다. 나무 사이로 들어오는 햇살을 받으면 그간의 쌓였던 피곤이 풀리면서 다시 일어날 힘을 얻는다. '회복'의 숨처럼 느껴진다. 고요함이 이어지면서 자연의 소리가 점점 크게 들려온다. 바람 소리도 나무들이 대화하듯 전해진다. 자신들의 존재를 알리는 신호, 모스부호를 보내오는 것 같다.

존재하는 모든 것들은 서로를 의지하며 살아간다. 때로는 '힘내!'라는 말보다 더 강력한 메시지가 되어 '위로의 별'로 우리에게 전해진다. 이렇게 빛으로 전해지는 모스부호는 회복을 선사하고 아픔을 치유한다.

빛으로 전하는 모스부호. 칸 영화제와 아카데미 영화제에서 대상을 받은 〈기생충〉에는 전등을 이용하여 모스부호를 보내는 장면이 나온다. 영화에서는 다급한 상황을 설정해 도움을 요청하는 그 숨 막히는 순간이 관객들에게 충분히 전해졌다. 영화에서나 현실에서나 도움을 청하는 이들, 존재하는 모든 이들은 모스부호를 보낸다. 고통과 시련에 처한 자가

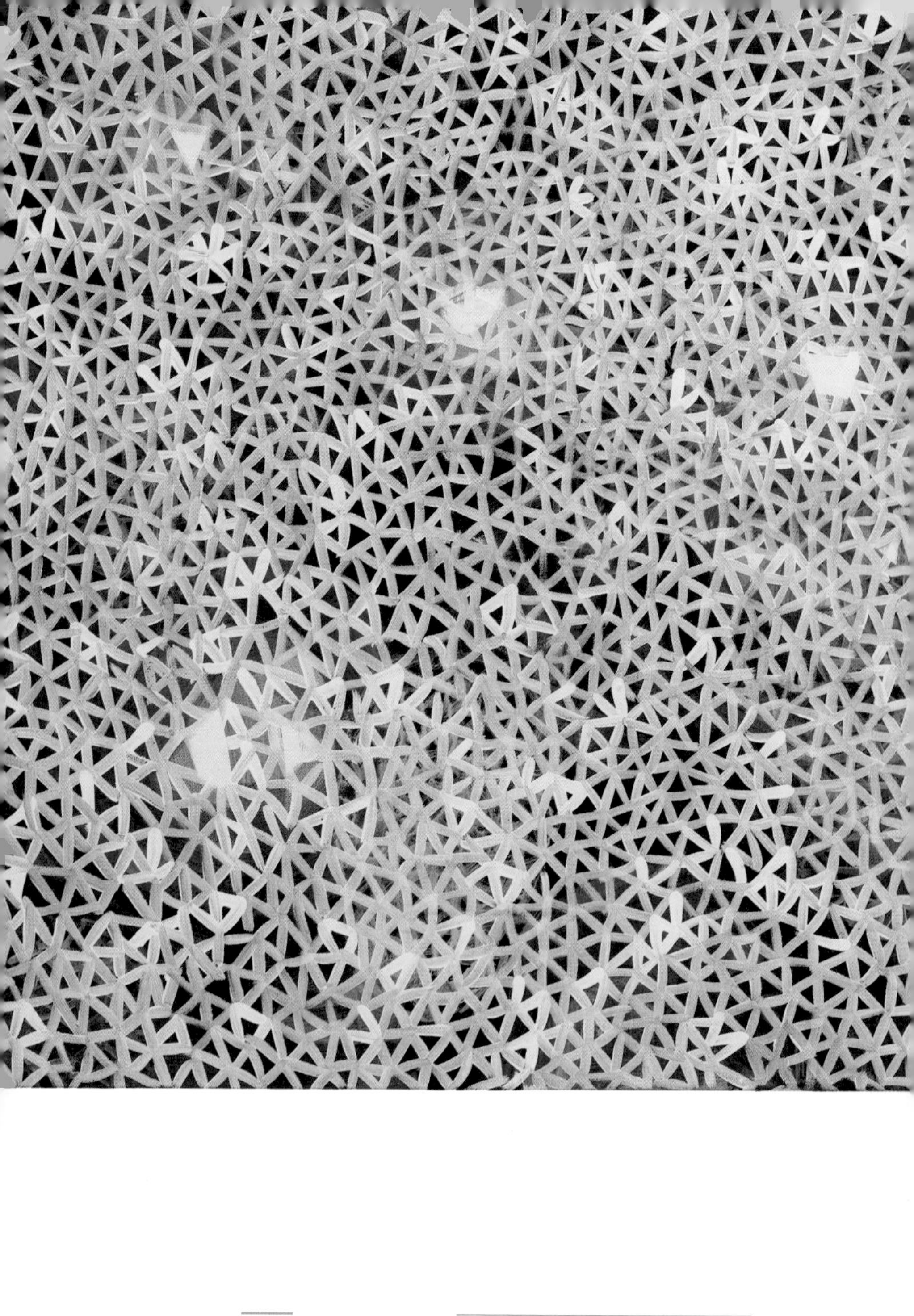

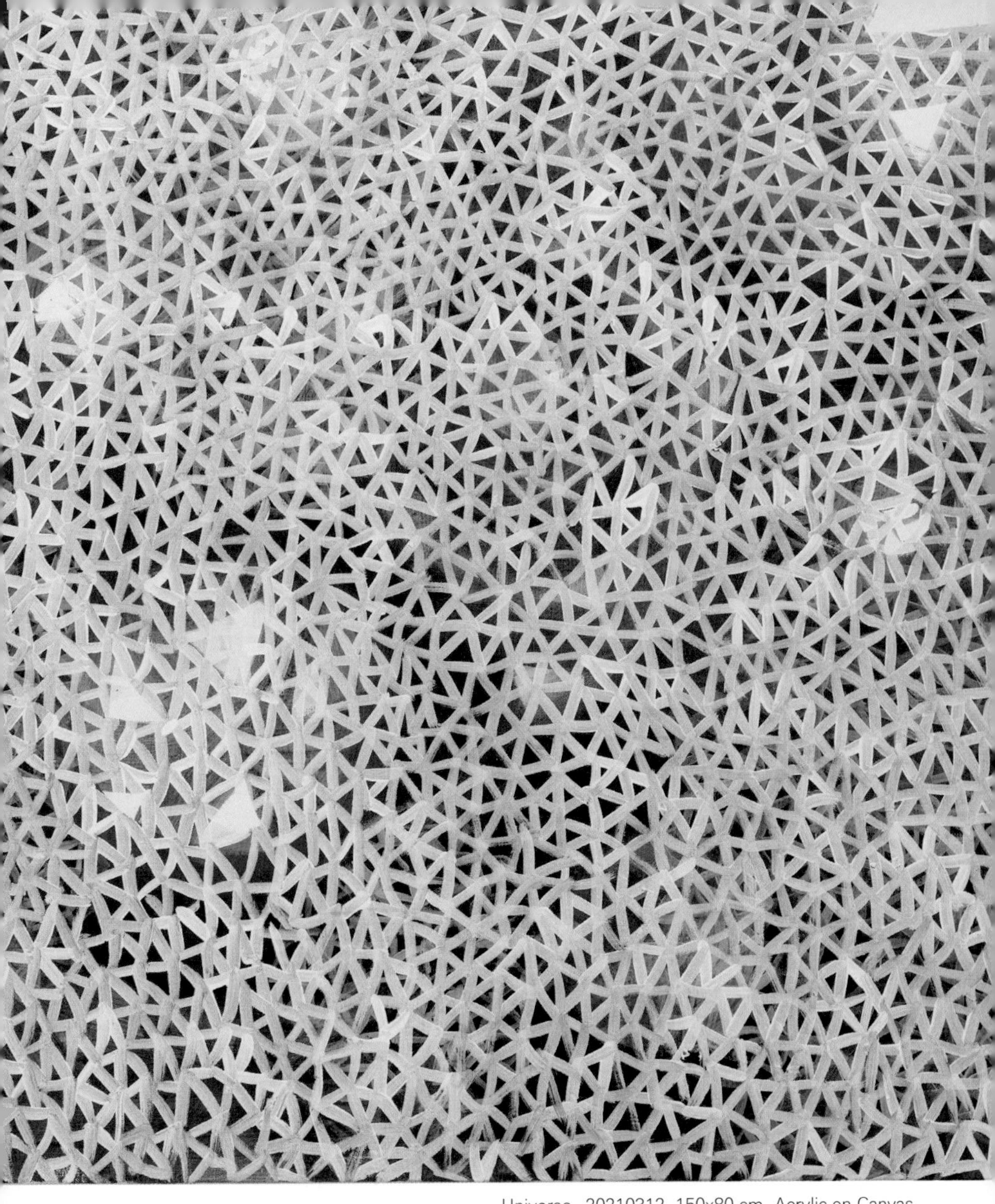

Universe_ 20210312, 150x80 cm, Acrylic on Canvas, 2021

도움을 청하는, 그 모스부호.

어디선가 나에게 모스부호를 보내오는 느낌이 들 때가 있다. 그곳이 어디인지, 누구인지는 모르지만, 칠흑같은 어둠을 뚫고 나온 작은 점 하나가 점점 다가와 깜빡이면서 나를 향해 오는 것 같다. 어두움이 걷히지 않았을 때 내게 전해져 왔고, 다시 회복할 힘을 주었던 별빛이 전해준 언어, 모스부호로 SOS를 알려온다. 어쩌면 내가 살고 싶어 나에게 보낸 모스부호인지도 모른다.

홀로 살아갈 수 있는 삶은 없다. 사람도, 나무도, 그 어떤 것도 생명을 유지할 수 있다.

S.O.S.

Save Our Souls

"우리의 생명을 구해주세요."

우리는 매일 서로에게 생존의 언어인 모스부호로 S.O.S를 보내고 있는 것은 아닐까? 이 간절한 외침은 이 시대에도 처절하게 들린다. 우리는 여러 형태로 모스부호를 접한다. 하늘의 구름을 뚫고 빛을 가로질러 전해지길 바라는 마음이 멀리 누군가에게 향하는 외침으로 들려올 때가 있다.

또한, 침묵 중에 보내는 가장 아름답고 간절한 메시지

로도 들린다. 푸른 하늘에서 보내는 신호처럼 우리에게 떨어지는 별빛, 낙하하는 별빛을 바라본다. 그리고 그것을 가슴에 새긴다. 아니 그 빛이 스며들어 왔다. 나는, 그렇게 별빛을 전하는 소명을 전해 받은 듯하다.

나의 소명. 그것은 '사랑'과 '위로'의 모스부호를 전하는 예술가다. 살면서 모진 일을 겪기도, 온갖 시련에 아파하기도, 거대권력에 짓눌려 넘어지기도 한다. 그럴 때 누군가 손을 내밀어 주고 마음을 나누어 준다면 얼마나 큰 힘이 될까.

나는 순례의 여정처럼 살아가고 있다. 도움이 필요한 이들에게 손을 내밀어 주고, 마음을 나눌 수 있는 이가 되어, 작은 이들과 연대하는 순례자의 소명을 띠고 캔버스에 놓인 붓길을 따라 걷는다. 내가 걸어가는 붓길, 이 길은 작은 점, 간결한 선, 그리고 삼각 공간으로 이루어진다. 그리고 이것들은 모스부호처럼 신호를 보낸다. 모양 또한 비슷하다.

모스부호는 짧은 발신 전류 점(.)과 긴 신호를 나타내는 긴 전류인 선(–)으로 이루어져 있는데, 나의 별빛 언어 역시 그렇다. 어떤 면에서 모스부호는 확장된 언어라 할 수 있으며, 모스부호를 닮은 별빛이 보내는 언어이다. 바로 '치유'와 '위로'의 언어, '회복'의 언어이다.

별빛 언어인 모스부호로 나는 작은 이들과 연대할 수 있도록 신호를 보낼 것이다. 오름에서 꿈꾸었던 별빛을 다시 보낸다. 삶의 원동력인 별빛의 신호를 모두가 받을 수 있기를 염원한다. 모두가 자기 마음속에서 자기만의 '별'을 찾기를 바란다. 여러분에게 보내는 나의 별빛 언어, 모스부호.

당신은

–··· · –·– ––· ··– ··–·

–·– –·· ··–·

세상에서

––· –·–– ––· · –·– –·–

–·–– ––· –

가장

·–·· · ·––· · –·–

빛나는

·–– ··– –·–· ··–· ·

··–· –·· ··–·

별이에요.

·–– ··· ···– –·– ··–

–·– –·–– –·– –· ·–·–·–

다시 희망을
그리며

스타리아 팩토리

‘빨리’를 재촉하는 세상에서
‘느리게’를 외칠 수 있는 곳.

‘많이’ 쌓아가는 곳에서
‘조금씩’ 나누는 곳.

‘혼자’ 채우는 곳에서
‘함께’ 나누는 곳.

갑작스럽게 여행을 하게 되었다. 충주를 시작으로 부산, 경주에 이어 포항에 이르렀다. 남동 해안을 따라 올라가는 즉흥적인 결정이었지만, 그 결정을 실천할 수 있어서 참 행복했다. 또 함께할 수 있는 마음 편한 사람이 있어서 더욱 좋았다. 그와 같은 방향을, 같은 바다를 바라볼 수 있어 좋았다. 그중에서 포항은 운명적으로 이끌렸고, 계획에 없었던 포항제철소 근처까지 가게 되었다.

포항제철소가 훤히 내려다보이는 카페에 앉아 그와 이런저런 이야기를 나누다가 제철소로 눈길이 갔다. 넓은 부지에 펼쳐진 거대한 제철소를 보면서 예전부터 생각해오던 꿈을 꺼낼 기회가 되었다.

영화 〈찰리의 초콜릿 공장〉을 보면서 '스타리아 팩토리'의 밑그림을 그린 적이 있었다. 특히 알록달록 다양한 초콜릿을 만드는 공장 풍경과, 초콜릿 만드는 데 열정적인 찰리를 보면서, 어른의 시각이 아니라 아이의 시선을 간직하고 싶다는 생각을 가졌다. '아이의 시선'은 순수함이다. 있는 그대로를 바라보는 눈과 마음일 것이다. 그런 시선으로 살아가는 곳, 그곳이 '스타리아 팩토리'일 것이다.

'빨리!'를 외치는 곳이 아니라, 조금 다른 느낌으로 느리게 가도 좋다. 한 사람이 많이 가져가는 것이 아니라, 모두가 필요한 만큼 나눌 수 있었으면 좋겠다. 함께하는 이들의 개성이 존중되고, 조금 늦더라도 그들이 해낼 수 있을 때까지 기다려 줄 수 있으면 좋겠다.

내가 꿈꾸는 '스타리아 팩토리'는 학교가 될 수도 있고, 누군가의 꿈을 이루는 곳일 수도 있다. 이 꿈이 이루어질지는 알 수 없지만, 꿈을 꾸고, 그 꿈에 다가가기 위한 노력을 하고 싶다. 〈찰리의 초콜릿 공장〉의 대사 중에 꿈과 관련된 내용이 있다. 내가 좋아하는 구절이다.

> Life of mankind is sweeter than chocolate.
>
> 인생은 초콜릿보다 더 달콤하다.
>
> Nothing is impossible in the world.
>
> 세상에 불가능은 없단다.
>
> — 영화 〈찰리의 초콜릿 공장〉 중에서

이 대사처럼 인생은 초콜릿보다 달콤할 때도 많지만, 때로는 쌉싸름하거나 씁쓸한 초콜릿 맛이 강할 때도 있고, 밀크 초콜릿처럼 부드러운 맛이 날 때도 있다. 하지만 이들 맛의 공통점은 달콤하다는 것이다.

힘든 일이 연속일 때, 인생이 달콤한 이유는 무엇일까? 이는 꿈을 꿀 수 있기 때문일 것이다. '꿈꾸는 것'은 내 삶의

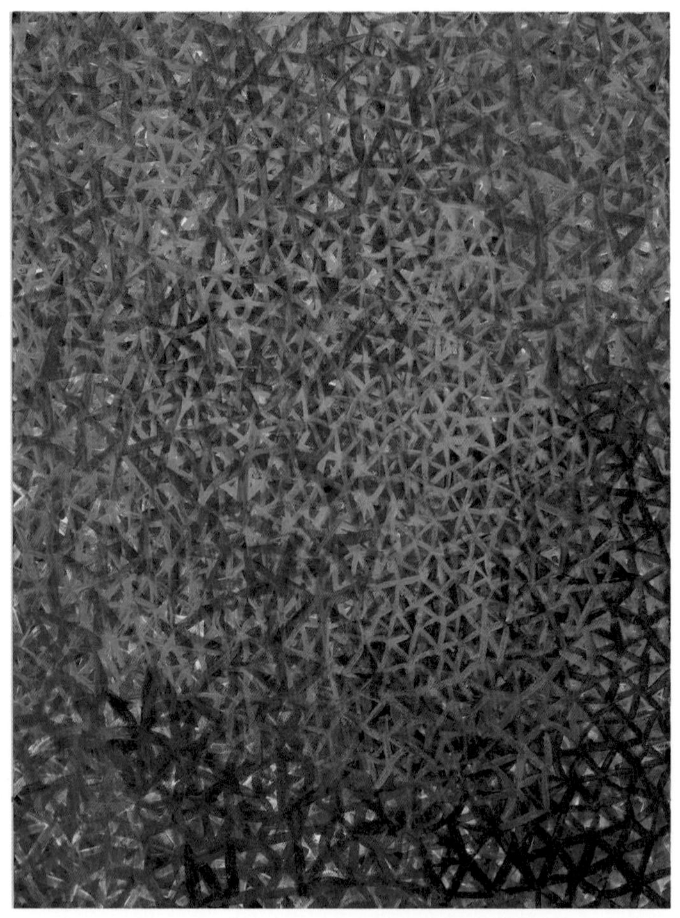

Universe_ 210301, 90x72cm, Acrylic on Canvas, 2021

에너지이다. 꿈꾼다면, 언젠가는 그곳을 향해 다가갈 것이다. 내가 아직 꿈꾸고 있다는 것이 참 다행한 일이다.

포항제철소 부근 카페에는 젊은 여행객들도 많은데, 그들을 보면서 나도 모르게 엄마 미소가 나온다. 그들에게서 젊은 에너지를 느끼며, 청년세대가 꿈을 펼쳐나가야 할 이 시대를 생각하게 된다. 꿈을 현실로 만들기 위해서는 우선 꿈을 꿀 수 있는 사회가 되어야 하는데, 꿈을 꾸기에도 힘든 시절을 겪고 있는 그 청춘에 대해 연민의 마음을 감출 수가 없었다.

"꿈꾸는 것,
그리고 꿈을 향해 나아가는 것"

이 시대의 청년들에게 해주고 싶은 말이다. 하지만 우리 사회는 '빨리, 빨리'를 외치며, 결과만을 빨리 내기를 요구한다. '빨리' 때문에 우리나라가 GDP 세계 10위일지도 모른다. 그러나 풍요의 시대를 사는 것 같지만, 우리 사회는 너무나 많은 문제를 안고 있다. 부익부 빈익빈, 혐오와 차별, 비정규직, 금수저 흙수저, 세대 갈등, 난민과 이주노동자, 능력제 등 숱한 난제들이 놓여 있다.

그런 상황에서 '심각한 경영난', '최악의 취업난' 등의 이슈가 횡행하니 청년들이 직장을 얻기가 쉬운 일이 아니다.

정부의 청년 일자리 해결 방안도 수박 겉핥기식이요, 단기적 봉합에 치중하는 임기응변뿐이다.

우리나라 젊은이들의 삶이 얼마나 팍팍한지 안타까운 마음이 든다. 당장 생존을 위한 삶, 직장을 위해 달려야 하는 것이 우리 젊은이들의 현실이다. 그들이 미래의 꿈을 꾸고, 그 꿈을 향해 나아가는 일이 무척 힘들 것이다.

가끔 방송프로그램에 출연할 기회가 있다. 한번은 '아이돌 사생대회'라는 프로그램에서 오랜 연습생 생활 끝에 프로가 된 아이돌을 만날 기회가 있었다. 그들에게 온기를 불어넣어주고 싶었다. 그들이 그림을 그리면서 위로와 치유를 받는 모습을 보며 희망의 에너지를 감지했다.

이렇게 서로 빛을 주고받고 살았으면 좋겠다. 우리 사회는 좌절과 아픔을 청춘의 상징인 것처럼 말한다. 하지만 좌절과 아픔 대신 도전과 꿈을 꿀 수 있는 길을 열어주는 것을 우리 기성세대와 사회가 해야 할 일이 아닐까.

여전히 청년을 위한 인프라는 취약하고, 청년 스스로 각자도생하라는 게 우리 사회다. 꿈을 꾸는 것보다는 생존을 위해, 취업을 위해 스펙을 채워야 하지만, 이를 채우는 게 쉬운 일이 아니다. 여러 가지 현실적 제약조건이 있기 때문이다. 이런 현실에서 자기만의 길을 새롭게 만들어 성장해 나가라는 것은 막막한 일이다.

우리 사회는 청년을 위한 기반을 마련해주어야 한다. 미래 사회를 책임질 청년들이 꿈을 꾸고 희망을 그려나갈 캔버스를 마련해줄 사람은 바로 기성세대다. 보다 구체적으로는 국가와 사회의 뒷받침이 있어야 한다.

'아프니깐 청춘'이라고 말하지 말자. 기성세대의 무책임한 언설이다. 청년이 아프지 않고 꿈을 펼칠 수 있도록 제도적 장치가 만들어져야 함을 회피하는 언설이다.

우리 사회는 가치 기준을 외적 지표만을 가지고 평가할 때가 많다. 모든 면이 경쟁에 치우쳐 있고, 성적순대로 줄 세워져 있다. 지금의 평가 방식은 개인의 장점이나 개성을 배제한 성적순이다. 뉴욕에서 초등학교 졸업을 앞둔 딸이 어느 날 신이 나 말했다.

"엄마, 여기는 등수가 없어. 수학 시간에 문제를 맞게 풀었는지 보는 것 말고는 문제 풀이 시간이 아예 없어. 얘네들은 말하는 걸 정말 좋아해. 나 미국에서 계속 공부할래. 음악과 댄스 시간도 너무 좋아. 연극 시간도…."

이처럼 자유로움과 다양함을 존중하는 뉴욕의 교육방식이 좋다. 졸업을 앞둔 고학년이지만, 다채로운 예술 수업과 토론문화가 정착된 수업방식으로 서로를 돕고 이야기하며 창작해 나간다. 아이의 영어 구사능력이 향상되도록 선생님들은 리딩 영어책을 번역한 한글본을 준비해 주었다. 이렇듯 공교육에서 제공하는 섬세한 배려가 절대적으로 필요하다.

반면 우리나라 교육 환경에서는 모든 게 수치로 좌우되어 평가되고, 개인은 그 수치로 성공한 사람이 되거나 낙오자가 되어야 한다. 이러니 불공정, 부조리의 사회적 모순들이 더욱 증대될 수밖에 없다. 이 수치 지상주의가 아이들의 꿈을 앗아가고 있는 게 아닌지 돌아보아야 한다.

지금의 교육 환경은 기다리지 않고 당장의 결과를 내야 하는 구조이다. 꿈을 가진 아이들에게, 그 꿈을 향해 나아갈 수 있는 길을 마련해줘야 한다. 단지 경험으로 끝나는 것이 아니라, 그것을 통해 경제적 효과를 얻고, 말하자면 형식적 인턴제가 아닌 실제로 삶의 이정표가 될 수 있는 시스템을 갖추어야 한다.

때를 놓치면 힘들다고 하지만, 때라는 것이 모두가 같을 수는 없다. 자신만의 버킷 리스트들이 하나 둘 이루어져 가는 것을 보면서 긍정의 에너지를 얻고, 미래에 대한 희망을 품을 수 있다. 주어진 달란트를 활용하여 열매 맺는 삶이 가장 행복한 삶이지 않을까. 꿈을 펼칠 수 있는 시스템이 마련되어야 하고, 흔들리고 불안한 그들에게는 따뜻한 위로와 격려가 필요하다.

삶이란 언제까지 반드시 뭘 해야 하고, 무엇을 이루어야 한다고 정해진 숙제가 아니다. 우리는 쫓기듯이 살아간다. 수

치와 지표를 정해놓고 물질적으로 성취했을 때 박수를 보낸다.

> "우리 모두의 노력이 한 겹 한 겹 쌓이면서 달라질 수 있다. 그럴 수 있을 때 우리는 '희망의 빛'을 향해 나아갈 수 있다."

그림은 점과 선, 면이 만들어지고, 색이 한 겹 한 겹 쌓이면서 변화를 거듭한다. 꿈도 세월이 더해지면서 변화하는 것처럼, 색깔이 더해지면서 진해지기도 하고 깊어지기도 하면서 앞으로 나아간다. 이것이 반복되는 과정에서 '꿈'은 큰 그림으로 완성된다. 누군가에게는 거창한 일보다는 작은 일, 소소한 일이 꿈일 수도 있고, 꿈을 키워나가는 과정일 수 있다. 나도 그런 삶을 살아왔고, 그런 노력으로 지금 이 자리에 있다.

돌아보면 우리 삶을 채색해 온 것은 이런 소소한 순간들이고, 이 순간이 모여 특별한 인연을 만들고 나만의 공간을 창조한다. 이렇게 인생이라는 커다란 캔버스에 작은 점과 같은 일들을 시작하고 마무리하면서 한 겹 한 겹 꿈을 쌓아 올린다.

나는 '실패'와 '성공'보다는 '도전'이라는 단어, '처음'과 '마지막'이라는 단어를 좋아한다. 우리 삶에는 수많은 처음과 마지막이 있고, 그때마다 다시 시작하고 다시 마무리한다. 이런 과정이 수없이 반복되면서 그 인생의 흔적을 빛나게 하고, 다시

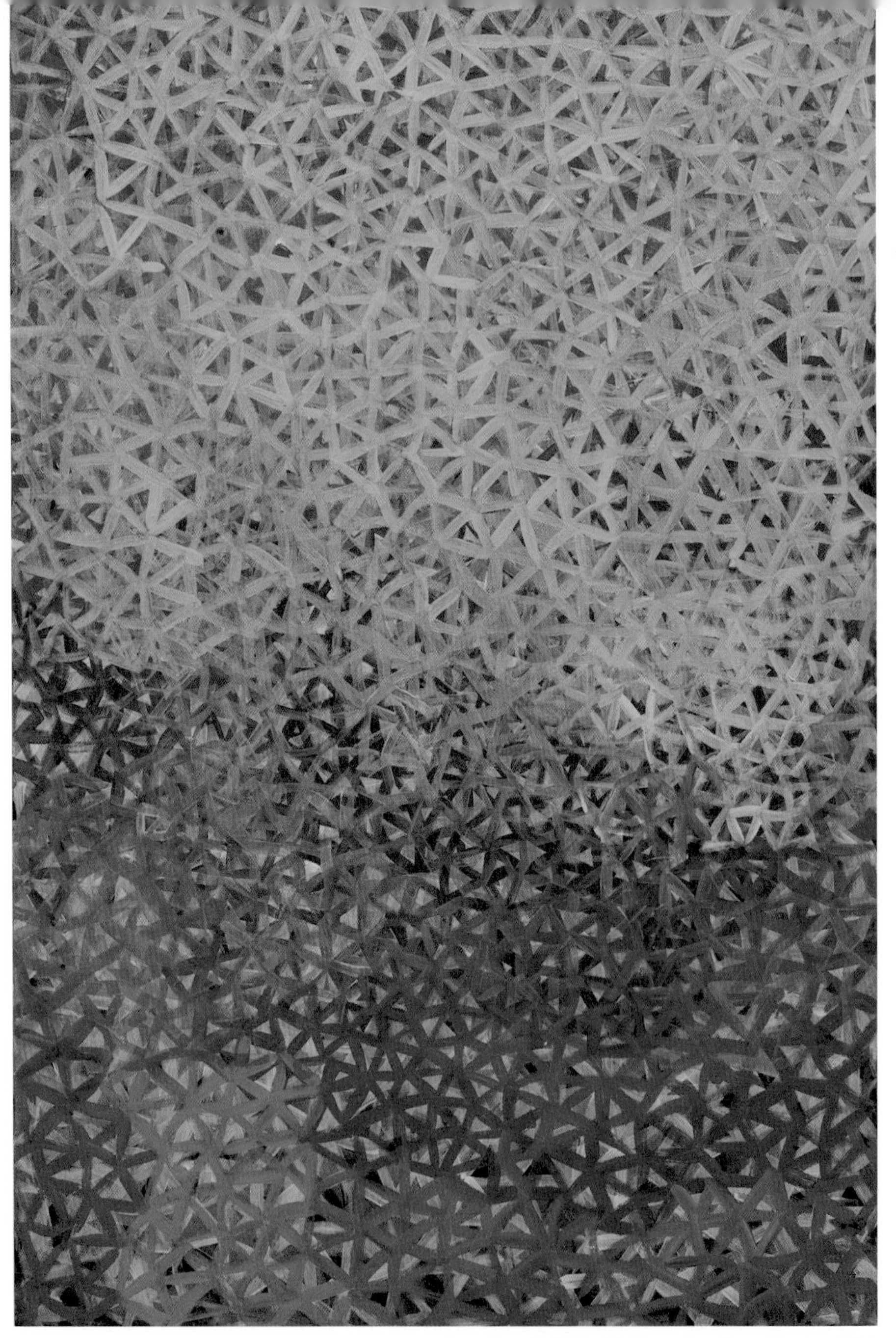

Universe_ 210719, 90x61cm, Acrylic on Canvas, 2021

시작할 수 있는 희망과 힘을 불러일으킨다.

그리다 보면 지우고 다시 그려야만 할 때가 있다. 깨끗하게 닦아 다시 시작할 때 바탕 작업으로 이용하는 미술 재료가 '젯소'다. 캔버스에 젯소를 바른 후 다시 그림을 그린다. 이처럼, 다시 일어서는 나라, 희망의 나라가 되도록 기성세대가, 사회가 도와야 한다.

"이게 나라냐?"라는 외침이 유행한 적이 있다. 극한의 '국가 불신'이다. 이래서는 우리의 미래가 없다. 우리 모두 청년들이 각자의 꿈을 꿀 수 있도록 도와야 한다.

행동하는
양심

"숨을 쉬는 '마음'이 함께 하는 곳
쉼을 나누는 '집'이 있는 곳

행동하는 양심이 숨 쉬는 곳
양심을 지닌 삶이 모인 곳

작은 이를 위한 곳
작은 이들이 연대하는 곳

내 마음이 살아있는 곳
행복한 집이 있는 곳

그래서 꿈꿀 수 있는 것
행복한 나라에 사는 것"

생각지도 않은 순간에 새로운 인연을 만나는 것, 내 삶에서 받는 큰 선물이다. 지구 저 건너편 미국에서 이처럼 선물 같은 인연을 만났다. 뉴욕에서 우리나라 최초의 싱어송라이터이자 한국 포크-락의 전설 한대수 선생님을 만났다.

좋아하는 노래를 만든 뮤지션과 만나 인생을 논하고 예술을 나누는 것은 내 작업에도 신선한 자극이 되었다. 한대수 선생님은 처음에는 나를 미스코리아라고 부르더니, 요즘 내가 쓰고 있는 글 이야기를 듣고는 나를 '인코그니토'라고 칭했는데, 그게 내게 큰 영감이 되었다.

한대수 선생님도 글을 쓰는 뮤지션이다. 그동안 여러 권의 책을 내 언어적 감각과 예술적 감수성이 뛰어남을 평가받았다. 지난날의 이야기를 하는 내내 그의 자유로움이 전해졌다. 유명인으로 산다는 것은, 때론 목소리만 듣고도 알아보고 택시비를 내지 말라고 하거나, 식당에서 밥값을 받지 않았다는 등의 일화들이 넘쳐나지만, 뉴욕에 처음 도착해서 아무도 알아보지 못할 때의 해방감은 이루 말할 수 없는 자유를 선사했다고 한다.

Universe_ Exhibition View, Wow Gallery, 2021

나를 돌아본다. 2003년 내가 처음으로 뉴욕 땅을 밟고 거기를 내 삶의 무대로 삼아 살아갔을 때이다. 같은 해에 베니스 비엔날레에 자발적 아티스트로 참석했지만, 좀 더 용기를 내 루마니아 파빌리온에 작품을 남길 수 있었다. 그때의 해방감은 이후 나의 퍼포먼스 작품들에 모티브를 주었고, 여러 작품을 나오게 했다. 그 해방의 과정이 지금의 자리에 와 있는 듯하다.

한대수 선생님은 대화 중 메모지에 'Incognito is beautiful'(익명은 아름답다)이라는 구절을 적어주었다. 보이지 않는 별을 바라보는 그의 마음이 전해지는 듯 따뜻함이 담긴 구절이었다. 그 글귀가 내 안으로 쏙 들어와 나를 비추는 듯했다.

한대수 선생님의 노래 〈물 좀 주소〉, 〈행복의 나라로〉는 영혼을 깨우는 느낌이었는데, 선생님의 이야기를 직접 들으니 그 노래들이 더욱 좋아졌다. 선생님은 어려운 상황에서도 사랑과 평화를 노래하여 그 메시지를 사람들에게 고스란히 전했다.

> "아 나는 살겠소 태양만 비친다면
> 밤과 하늘과 바람 안에서
> 비와 천둥의 소리 이겨 춤을 추겠네
> 나는 행복의 나라로 갈 테야."

〈행복의 나라로〉에서 내가 특히 좋아하는 가사다. 어떤 역경에서도 생명력을 잃지 않고 나아가는 그 힘이 느껴지고, 가사 그대로 나도 행복의 나라에 살고 싶다는 생각이 들어서다. 한대수 선생님이 생각하는 행복의 나라에 관한 이야기를 들으니, 문득 아버지가 떠올랐다.

나는 아버지를 존경한다. 나는 아버지의 낙천적이고 정의로운 기질을 고스란히 물려받았다. 아버지에게 물려받은 것은 이뿐만이 아니다. 사회를 바라보는 아버지의 시선도 이어받았다. 아버지는 김대중 대통령의 『행동하는 양심』을 읽고 또 읽으셨다. 그래서 김대중 대통령의 삶은 내게도 힘을 준다.

김대중 대통령은 군부독재와의 투쟁에서 다섯 차례 죽음의 고비, 6년간의 감옥 생활, 10년 동안의 망명과 연금 등 숱한 고난을 겪으셨다. 그러나 역경 속에서도 좌절하거나 불의와 타협하지 않으셨다. 독재정권 하에서도 '행동하는 양심'으로 나라의 민주화를 위해 전진함으로써 끝내 그 꿈을 이루신 분이다. 그래서 김대중 대통령을 가리켜 '인동초忍冬草'라고 비유했다. 혹독한 겨울을 이겨내고 향기로운 꽃을 피우는 인동초처럼, 참혹한 시련 속에서도 신념을 잃지 않고 끝내 꽃을 피운 그의 삶 때문이다.

"희승아, 우리는 항상 행동하는 양심을 지녀야 한다. 그래야 지성인이다."

아버지는 자신보다 이웃을 위해 보이지 않는 일을 많이 하셨다. 내게도 김대중 대통령의 책을 건네주며 사회 속에서 시민이 할 역할에 대해 생각하라고 하셨다. 양심은 라틴어로 콘스시엔티아conscientia다. 자기 자신을 '앎'이라는 의미이다. 곧 사물의 가치를 구별하고, 자기 행동에 대해 옳고 그름과 선악의 판단을 내리는 도덕적 의식이다. 종합해보면, 도덕적 의식을 지닌 자기 자신에서 시작한 앎은, 공동체에서 함께 인식하고 행동하여 사회의 공동선을 향해 나아간다는 뜻이다.

그러하니 양심은 공동선을 품고 있는 빛의 무리, 곧 별무리 같을 수도 있다. 한 사람의 양심이 움직여 여러 사람의 양심에 전해지고, 점점 확대되면서 행동하는 양심은 더욱 빛날 것이다.

아버지의 깨어있는 모습은 나를 이끄는 힘이 되어주었다. 작가로서 개인적 삶을 뛰어넘어 공동체를 늘 마음에 품고 있다. 이렇듯 아버지는 한 인간이 가져야 할 가치관과 신념을 물려주셨다. 나는 이런 아버지가 자랑스러웠다.

그리고 이런 신념을 가진 이를 만나고 싶다고 생각했는데, 바로 그런 동반자와 인연을 맺은 것이다. 그와 함께 『행동하는 양심』을 다시 읽기로 했다. 진정 우리가 '행동하는 양심'을 가졌는지 되돌아보고, 앞으로의 삶도 그에 맞춰, 선한 지향을 함께 할 수 있는 사람들과 함께 가자고 다짐했다.

그와 나는 삶의 동반자가 되었고, 서로에게 편히 쉴 수 있는 '숨'이 되어 '쉼'을 할 수 있는 집을 마련하기로 했다. 그 집은 마음이 살아있는 곳, 양심이 살아 숨 쉬며, 나를 넘어 우리가 살아가는 집이 될 것이다. 나는 '우리'라는 가정을 꿈꾸면서 '우리'라는 공동체를 생각한다. 우리가 행복한 집에 살길 바라면서 우리가 사는 이 나라도 행복한 나라가 되길 기원한다.

우리나라는 OECD 국가 가운데 자살률 1위라는 불명예를 안고 있다. '행복한 나라'가 되기 위해서는 시민의 삶이 존중받고 잘 살아갈 수 있도록 국가가 제도와 사회적 인프라를 구축해야 한다. 정책과 제도가 탄탄하게 갖춰진 사회라면, 시민들이 삶의 고비를 만나더라도 훌훌 털고 일어날 수 있을 것이다. 그러나 현실은 그렇지 않다. 우리 사회는 개인의 능력 부족을 탓하며 타인의 불행에 모른 척하는 공동체가 돼가고 있다.

"행복의 나라에서 모두가 행복하기를…"

순진무구한 어린이의 마음으로 나는 우리 사회가 행복해지길 간절하게 기도드린다. 그런 마음으로 '행복의 나라에'라는 짤막한 시를 썼다. 우리는 행복할 권리가 있으며, 또 나라는 모든 국민이 행복하게 살 수 있도록 보장할 의무가 있다.

하지만 2022년 대통령이 바뀌고 나서 우리 현실은 관료, 검찰, 재벌, 수구언론 등 기득권 세력의 카르텔이 활개 치는 곳이 되었고, '불안한 Korea'로 크게 후퇴했다. 뉴욕의 외국인 친구들이 우리를 더 걱정할 정도이다. '한국 민주주의가 30년은 후퇴한 것 같다'는 말을 여기저기서 들을 때마다 속상하다.

4·19혁명, 유신독재 정권을 붕괴시킨 부마항쟁, 1980년

신군부 세력에 저항하여 이 땅의 민주화를 이끈 5·18민주화운동, 군사정권의 종식을 가져온 1987년 6월의 시민항쟁 등 수많은 사람이 피를 흘려 민주화를 이룬 나라가 대한민국이다. 그런데 지금 우리는 양심을 잃어버린 시대로 향하고 있다. 민주주의는 정체성을 잃고, 그 본질을 잃어버린 시대가 되었다.

또다시 혹독한 '겨울공화국'이 다가오고 있다. 그렇다고 절망해서는 안 된다. 혹독한 겨울이 있으면 봄이 오고, 아름다운 꽃도 핀다. 겨울을 이겨내는 그 인동초처럼 행동해야 한다.

"행동하는 양심 –
또 하나의 빛으로 다가온다."

주님께서 가리킨 곳에 그물을 던져 많은 물고기를 잡아 올렸듯이, 빛의 그물로 우리의 마음을 한데 모은다면 행복한 나라도 가능하지 않을까.

언타이틀드
스타즈

핏빛으로 물든 바다
숨이 멈춘 듯
알알이 맺힌 물방울
그 속에 비친 얼굴들

누군가의 부모였으며
누군가의 남편이요
아내였으며
또 누군가의 아들이었고
딸이었을 것이다.

어떤 흔적도 없이
핏빛 눈물 흘리며
이름 없이 빛나는
보통의 그들은
이름 없는 별 무리가 되었다.

그 이름만으로도 마음을 벅차게 하는 곳, 제주. 많은 이들이 사랑하는 제주는 그만큼 빠르게 변화하는 지역이다. 그래도 변화하지 않는 것이 있다면 바로 제주의 자연일 것이다.

제주가 주는 힘은 늘 그 자리에 있는 제주의 자연이라고 생각한다. 나는 다양한 생명력을 품은 제주의 자연을 사랑한다. 푸른 바다와 거센 파도, 가슴을 감싸 안듯 불어오는 바람, 한없이 매력적인 현무암 등 제주의 자연을 통해 살아있음을 느낀다.

제주를 오랜만에 다시 찾을 기회가 왔다. 다음 전시회 타이틀을 '우주 숲'으로 해야지, 했던 순간부터 맺어진 인연이었을까? '생명의 빛'을 품은 별 무리를 담은 '우주 숲'을 제주의 갤러리 '솔트 스톤'에서 선보이게 되었다. 솔트 스톤은 "제주의 현무암, 돌멩이 등이 소금이 되고, 소금이 다시 바다로 스며들어 제주가 되었다"는 신화적인 이야기를 품고 있다.

이 또한 운명이지 않을까? 생명의 빛을 품은 별 무리가

Universe_(   ), Installation view of Solo Exhibition, Wow Gallery, 2021

제주 바다로 스며들어 '빛과 소금'이 되어 제주의 '우주 숲'을 이루며 강인한 생명력을 지닌 제주의 자연과 만난 느낌이 들었다. '운명'이라는 단어가 계속 떠올라 내 가슴에 가득하다.

제주 바다는 강하면서도 한없이 부드럽고 지혜로운 어머니의 품처럼 느껴져 더 사랑스럽다. 바다와 파도에 몸과 마음을 맡기며 살아온 해녀의 모습이 떠올라서 드는 생각일지 모른다. 해녀는 바닷속에서 잠수장비 하나 없이 해산물을 채취하며 살아간다. 그 힘은 어디서 나오는 것일까?

헤아릴 수 없이 물질을 하며 아이들을 키워 오고, 가정을 지켰을 제주 해녀들의 삶이 저절로 그려졌다. 가장으로서 가정을 책임져온 제주의 해녀들, 그녀들의 삶은 강인할 수밖에 없었을 것이다. 그녀들은 바다 일과 가장의 무게에 자부심이 넘쳐 보인다. "해녀는 전문직이야." 자기 일을 자랑스러워했던 어느 해녀 할머니의 말씀처럼, 나는 해녀에게서 강인한 모성을 느끼고, 삶을 주도하는 에너지를 느낀다.

바닷가 검은 현무암 위에서 잠시 쉬고 있는 해녀들을 본 적이 있다. 고단한 풍경이었지만, 미소 가득한 자태가 빛을 품은 것처럼 느껴졌다. 그녀들이 더 아름다운 것은 공동체를 이루며 살아가기 때문일 것이다. 해녀들은 늘 무리 지어 작업한다. 혼자만 잘 살기 위한 물질이 아니라, 공동체로 움직이는 그녀들을 보며 함께 어우러질 때의 힘을 확인한다.

제주 해녀는 유네스코에 '인류문화유산'으로 등재되었다. 그녀들의 삶을 보며, 사람이 사회 공동체의 일원으로서 어떻게 살아가야 하는지를 생각하게 된다.

제주 하면 떠오를 수밖에 없는 '제주의 역사'가 있다. 그래서 제주는 잠깐 스쳐 지나가는 곳이 아니라 오랫동안 꼼꼼히 바라보아야 할 대상이다. 제주의 역사를 넘어 대한민국의 역사인, 우리 모두 위로하고 함께 치유해 가야 할 제주 4·3 사건이다.

제주 4·3의 이야기는 아직도 진행 중이다. 제주의 오름들을 여기저기 넘나들며 그들의 시련을 확인한다. 거기서 제주의 역사 속으로 더 깊이 들어가 제주의 아픔을 발견한다. 제주의 일은 제주 사람의 이야기일 뿐 아니라 우리 모두의 이야기다.

공산주의자, 또는 그 부역자라는 혐의를 씌워 제주인들을 죽음으로 내몰았다. 경찰, 국군, 서북청년단의 총질로 희생당한 그들은 정치나 이념과는 관계없는 평범한 사람들이었다. 그런 이들이 그렇게 많이 죽어갔다. 하늘도 바다도 그 죽음을 애도했다. 수십 년이 흘러도 제주 4·3 사건의 상흔은 사라지지 않았다. 제주의 오름은 제주의 슬픈 역사를 모두 보았을 것이다.

함덕은 에메랄드 빛깔의 바다를 품고 있다. 그곳에 제주에서 가장 피해가 컸던 북촌 마을이 있다. 4·3사건 때 북촌 마을 주민 1,700명 가운데 400여 명이 학살되었다. 가까스로 목숨을 구했다 해도 일생 동안 가족을 잃은 슬픔을 가슴에 묻고 살아야 했다.

1948년 4월 3일 이래 제주는 그런 삶을 살아야 했고, 슬픔의 역사를 품어야 했다. 강한 바람의 제주, 그 바람에 인고의 세월이 함께 흐르는 듯하다. 거센 바다와 거친 바람에 눈물조차 흘릴 수 없어 사방이 온통 막힌 느낌이 든다. 바람에 눈물이 마르고 한만 가득 남는다. 음악가들이여, 이름 없는 별들을 위한 진혼곡을 만드시라. 그럼 나는 무엇을?

함덕의 바닷길이 열리고, 그 길을 따라 생명의 빛이 걸어갈 수 있는, 하늘숲으로 가는 숲길이 열리는 듯했다. 평화롭게 하늘숲으로 올라갈 수 있도록, 나는 그들을 위한 진혼곡을 그림에 담겠다고 약속했다. 제주 바다의 문을 열었더니 우주숲이 열리고, 그 길은 다시 바다로 연결되면서 또다시 바다와 닿아있는 하늘로 이어진다. 그렇게 해서 우주 숲처럼 하늘숲이 만들어진다.

말 없이 바닷가 모래알갱이를 바라본다. 막 떠오른 햇살에 반짝이는 모래알갱이가 또 다른 별들로 다가오며, 발밑에서 반짝인다. 바다는 갑자기 잔잔해지며 고요하다. 거센 바람도, 삼킬 듯한 파도도 모두 멈추었다. 그리고 제주가 나에게 말을 건넸다. 제주의 이름 없는 별들이 말을 건네왔다. 잔잔해진 바닷길이 열리고, 그 길을 따라 생명의 빛이 걸어갈 수 있도록 숲길이 열리는 듯했다.

지금도 바람을 맞는 푸른 바다와 모래알갱이에 제주의 아픔이 각인 되어있는 듯하다. 오랜 시간 한번도 위로받지 못한 그들의 아픔, 별이 된 그들의 외로움이 고스란히 전해진다.

"제주의 에메랄드 바닷가에서
나는 한참을 그렇게 서 있어야 했다."

제주의 오름들을 모두 올라보고 싶은 꿈을 꾼다. 오름에 올라 숨을 들이쉬며 생명을 얻는다. 제주의 지난날 핏빛 설움은 강인한 생명력을 주었다. 제주의 자연에서 그 에너지가 느껴진다. 내게 제주는 여행을 떠나는 '목적지'가 아니라 별이 된 그들이 하늘로 올라갈 수 있는 길, 그 길을 함께 열기 위해 가는 순례길이 되어가고 있다.

"캄캄한 밤하늘에
그림을 그려내듯
하늘을 향하는 눈동자들

바람에 흩날려

꽃바람을 일으키듯

쏟아지는 별들

깊게 잠들었던

밤하늘을 깨우듯

활짝 피어나는 별꽃들

고통의 순간들에

따뜻한 마음과 위로를 주듯

솜이불처럼 포근히 감싸 안는 밤하늘."

—『별: 오름에서 편지를 띄우며』 중 '밤하늘에 드리워진 별꽃 1'

행복
유니버스

별을 그리고 그 자리를 잇다 보면, 모든 별이 연결되어 있음을 느낀다. 우리 삶도 그렇다. 우리는 자연과 우주, 사회와 역사 안에서 끊임없이 고민하며 살아간다. 이 모두가 얼기설기 관계 맺고 있다.

하이퍼 추상으로 그것들을 그림 속에 녹여 나가고 있다. 그것들은 자연과 우주의 끊임없는 대화이며, 메시지를 전하며, 사회와 역사 속에서 중심을 찾기 위해 한 점 한 점을 연결하여 나가는 모든 존재의 혼을 표현한다.

이 작은 존재의 깊이는 쉽게 헤아릴 수 없다. 순간 속에서 살아가는 이들, 그리고 순간을 잘 이어 서로의 삶이 연결되고 공동체가 된다. 그 안에서는 용서하며, 욕심내지 않으며,

서로가 나눌 수 있는 세상이 펼쳐진다. 하나의 꽃, 우리는 저 멀리 별처럼 작은 존재이다.

나는 가슴으로 글을 그려나가는 과정을 통해 닫힌 문을 열고 소통의 다리를 놓는다. 그러면서 서로를 위로하며 따뜻하게 살아갈 수 있는 것이 아닐까. 글을 쓰는 것도 마음을 모으는 일이라는 생각이 든다. '우리'가 함께 걷는 길이 되어가고 있다.

삶의 여운을 담은 글과 울림이 있는 당신을 만나고, 글을 만나고, 그림을 그린다. 그리고 함께 순례의 길을 걸어가는 여정이다. 상대의 말에 귀 기울이고, 발맞춰 순례하고 위로하는 시간이다. 그리하여 각자의 삶에서 진정한 행복을 찾을 수 있도록 서로가 서로에게 힘이 되어주는 친구가 되어주길 소망한다.

이런 마음을 나는 캔버스에 담는다. 하얀 캔버스 위에 작은 점들과 무수히 많은 선이 그려지면서 구성되는 삼각 공간이 켜켜이 쌓여 하나의 실체를 만들어 간다. 캔버스는 나에게서 확장되어 우리가 되고, 공동체가 되고, 그 공동체에 '마음'이 스며드는 곳이다.

"추상은 시간 속에 흘러가는 '사건'을,

빛 에너지의 흐름으로 표현하는 듯하다.

나는 그것들을 더 간결하게 표현한다.
나의 하이퍼 추상은 간결하고 명확하다."

캔버스 위에 점, 선, 면이 채워진다. 삼각형이 무한히 생성되고 이어지기를 반복하면서 점점 확대된다. 우주를 향해 점점 팽창되어 무한으로 가는 듯하다. 수많은 별이 팽창하는 모습을 자세히 보면 서로를 강력하게 이끌 듯 하나의 거대한 우주를 옮겨놓은 듯하다. 작은 존재가 모인 삼각의 공간은 무한히 팽창해 거대한 우주를 이루어 우리에게 다가오는 듯하다.

우주 저 너머 미지의 공간인 듯 캔버스 너머로 펼쳐지는 세묘의 움직임은 아직 목적지가 정해지지 않은 여정이다. 순례자의 기나긴 여정을 닮은 듯하다.

"사람과 사람을 잇는 마음
이 안에서 행복 유니버스를 만난다."

우주가 팽창할 때 그 크기가 무한하듯, 캔버스 안에서도 특정 공간의 규정은 없다. 가장 작은 단위인 점이 무한히 뻗어 나가면서 마지막에는 캔버스에 담고자 하는 메시지가 드러난다. 작은 점이 향하는 우주, 그 우주는 행복 유니버스이며, 이곳은 선한 이들, 작은 이들이 모이는 곳이다. 이렇게 사람과 사람을 잇는 곳, 작은 이들이 모여 무리가 되어 공동체를 이루고 있다.

우리가 함께 나누는 곳, 그곳은 '행복 유니버스'이다. 하얀 캔버스에 까만 점부터 알록달록한 점까지 각기 다른 작은 점들이 그려지고, 무수히 많은 선이 그어지면서 세묘의 공간이 켜켜이 쌓이는 것처럼 우리 삶도 그렇다. 우리 한 사람 한 사람의 삶이 모여 우주를 만들어 간다.

우주는 이 시대의 작은 이들의 마음이 모여 '행복 유니버스'라는 아름다운 행성이 된다. 앞으로의 더 나은 삶을 기대하는 모든 이들에게 글을 나누며, 함께 이야기하며 연대하여 인생의 이정표를 공유하고 함께 순례하는 것이다.

인생은 수많은 별처럼 끝없는 걷기이다. 그 마지막 걸음 끝에 무엇이 있는지 알 수 없지만, 지금 걷고 있는 이 길에서 만나는 이들과의 인연을 놓치지 않고 켜켜이 쌓아갈 수 있다. 이것이 삶을 행복하게 만드는 원동력이다.

따로 또 함께 걸어가며 각각의 행복을 만들어간다. 릴레이 하듯 행복의 점을 이어나간다. 넘어지기도 하고 멈춰야 할 때도 분명 있지만, 그때마다 함께 하는 힘이 서로를 일으킨다. 이 힘은 행복을 연료로 하는 무한한 에너지가 된다. 에너지가 쉴새 없이 생성되면서 거대한 유니버스를 형성한다. 소소하지만 따뜻한, 빛나는 무한 행복의 순간들이 모여 행복 유니버스를 만든다. 행복 유니버스는 너와 나, 그리고 우리가 함께 만들어나가야 할 세상이다.

다시 별을 잇는 행복 유니버스를 향하고 싶다. 하늘을 올려다볼 때마다 꽃 같은 별이 된 우리 아이들을 생각해 볼 수 있게 말이다.

인류는 우주의 작은 점에 불과하다. 한 점에서 시작되어 흩어지고 모이는 작업을 계속 반복한다. 시간과 공간도 한 점에서 시작된다. 그 순간은 물질도 시간도 공간도 모두 초월하여 하나의 별무리가 되어 세상을 비출 것이다.

"관용의 언어, 존중의 언어, 배려의 언어"

서로에게 힘을 주는 행복 유니버스, 여기서는 세 가지 언어로 살았으면 좋겠다. 서로에게 말로만이 아니라 행동으로 전하기를. 이 세 가지 언어로 살아간다면 닫혀 있는 마음을 열 수 있다. 이 세 가지 언어를 받아들이면 행복하다. 이 세 언어가 담긴 공간이라면 서로를 비춰주며 살아갈 수 있지 않을까? 개인주의와 이기주의가 사라지지 않을까?

"우주에 수없이 펼쳐져 있는 별,
우리 모두 별빛을 받고,
저마다의 빛을 내는 존재다."

반짝이는 별들이 꽃처럼 보여 별꽃이라고 부른다. 꽃보다 더 고운 우리는 별빛을 받아 빛을 내는 존재다. 작은 이들은 만개한 꽃들처럼 환한 빛을 내는 별꽃을 닮았다. 또 이 땅을 밝히며 무리 지어 있다. 별은 홀로 있을 때보다 무리 지을 때 더 빛나는 존재감을 보인다. 우리도 이런 별을 닮았다. 별무리를 보듯, 별의 물결을 만나듯 무한의 세계로 확장되어 나아간다.

별자리는 우리의 과거와 현재, 미래를 잇는 듯하다. 작은 점들이 연결되듯, 우리의 시간이 연결되어 하나의 우주가 형성된다. 그것들이 이어져 우리 존재를 빛나게 하며, 지금의 자리를 밝혀준다.

흐드러지게 빛을 밝히는 별처럼, 인류는 수없이 많은 변혁 과정을 거치며 발전했다. 그리고 지금 4차산업혁명 시대를 앞두고 있다. 나는 혁명이라는 단어를 좋아한다. 조용한 혁명, 잔잔한 혁명, 은은한 혁명, 우리 사회에 필요한 것은 작은 이들이 주도하는 혁명일지 모른다. 생을 작은 혁명으로 살아갈 때 기쁨을 느낄 수 있다. 우리 삶도 매일 소리 없는 작은 혁명을 통해 변화, 발전하고 있다. 내 그림의 세계도 잔잔한 내적 혁명으로 확장되었다.

우리는 작은 점을 닮았다. 서로 전혀 관계없이 세상을

살아가는 것 같지만, 점과 선, 그리고 삼각의 공간이 이어져 별무리가 만들어지는 것처럼 타자를 넘어선 연대의 관계로 살아가는 것이다.

세상 끝 절벽에서 서성이며 살아가는 이들도 많다. 그 누군가가 고통과 상처로 두려움에 휩싸여 있을 때, 나 혼자가 아니라는 것은 얼마나 힘이 되겠는가. '나'를 찾아 떠난 여정이 '우리'와 '함께' 하는 여정으로 확대되어 가는 것, 이것이 인생 혁명이고 행복 유니버스로 향하는 길일 것이다.

이런 작은 혁명이 모여 물결을 만들고, 물결이 모여 세찬 파도가 되고, 거대한 우주를 움직이게 하는 힘이 된다. 나는 우주를 움직이는 작은 별들을 닮은 작은 이들의 행복 유니버스를 계속해서 꿈꿀 것이다.

"언젠가 다가올 나의 마지막 붓질,
그 붓질을 생각하면 마음이 애틋해진다.
마지막 붓질을 하며 나는 기쁘게 할 일을 다했고,
전할 것을 모두 전했노라 말하고 싶다.
나뿐 아니라 우리가 함께 가는 길
'행복 유니버스'를 향한 길을 이어나갔노라고,
그렇게 소명을 다했노라고."